D1143916

Les leçons d'une courtisane

Du même auteur
aux Éditions J'ai lu

Indécente
N° 10077

Emma WILDES

Les leçons d'une courtisane

Traduit de l'anglais (États-Unis)
par Catherine Berthet

AVENTURES
&PASSIONS

Vous souhaitez être informé en avant-première
de nos programmes, nos coups de cœur ou encore
de l'actualité de notre site *J'ai lu pour elle* ?

Abonnez-vous à notre *Newsletter* en vous connectant
sur **www.jailu.com**

Retrouvez-nous également sur Facebook
pour avoir des informations exclusives :
www.facebook/pages/aventures-et-passions
et sur le profil *J'ai lu pour elle*.

Titre original
LESSONS FROM A SCARLET LADY

Éditeur original
Signet Eclipse, published by New American Library,
a division of Penguin Group (USA) Inc., New York

© Katherine Smith, 2010

Pour la traduction française
© Éditions J'ai lu, 2012

Prologue

*Si vous ne captez pas son attention
dès le premier instant, comment
ferez-vous pour la retenir ?*
Préface aux Conseils de lady Rothburg,
édition de 1802

Brianna Northfield était satisfaite. Une foule de gens vêtus de leurs plus beaux atours se pressait dans le vestibule. Elle-même abandonna sa cape de velours entre les mains de son mari, lui tournant délibérément le dos pour saluer plusieurs connaissances. Sans rien remarquer du manège de sa femme, Colton Northfield tendit le vêtement à un domestique et échangea quelques mots avec son vieil ami lord Bassford. Brianna attendait, le dos ostensiblement tourné vers lui.

Elle espéra que la première étape de son plan allait fonctionner comme prévu, car elle se sentait exposée aux regards.

Très exposée.

Colton lui reprit le bras. Par chance, il garda les yeux fixés sur la foule, cherchant comment atteindre leur loge.

— Par ici, ma chère. Je pense que nous pouvons passer par là, à côté du comte de Farrington.

— Je ne connais pas la jeune femme qui est avec lui. Seigneur, il est assez vieux pour être son père !

— Il doit s'agir de sa dernière maîtresse, répondit son mari avec détachement. Je suis certain qu'il l'a entraînée à l'opéra pour éveiller la jalousie de sa femme. La discrétion n'a jamais été le fort de Farrington.

Le ton de son mari était désapprobateur. Mais elle n'était pas visée. Du moins, pas encore. Colton Northfield, cinquième duc de Rolthven, était un personnage discret. En trois mois de mariage, elle avait eu amplement l'occasion de s'en rendre compte.

Si jamais il avait une maîtresse, il se garderait de paraître avec elle aux yeux de toute la bonne société de Londres. Il n'humilierait pas sa femme à dessein. Brianna espérait secrètement que cette hypothèse n'était pas vérifiable et que son mari ne ressentirait jamais le besoin d'avoir quelqu'un d'autre à ses côtés.

Il l'escorta dans l'escalier recouvert d'un épais tapis jusqu'à leur loge, un recoin élégant placé face à la scène. Des têtes se tournèrent sur leur passage, des connaissances les saluèrent. Plus d'un gentleman laissa son regard s'attarder sur Brianna, tandis que les dames haussaient les sourcils avec surprise et dédain.

Parfait. Après tout, son but était de faire sensation. À en juger par les regards appuyés des hommes, elle avait réussi.

Colton finit par remarquer sa robe. Il fixa son décolleté, figé de stupeur. Il resserra les doigts sur le bras de sa jeune épouse.

— Seigneur, que portez-vous là ?

— Êtes-vous obligé de vous arrêter dans l'escalier pour contempler ma poitrine ? demanda-t-elle avec un calme étudié. Cette robe est la dernière création de Madame Ellen. Le corsage est un peu osé, mais ma silhouette me permet ce genre de fantaisie.

Son mari resta comme pétrifié, les yeux rivés sur les deux globes d'ivoire qui dépassaient de son corsage.

— Votre silhouette vous le permet peut-être, mais pas la bienséance. Vous auriez dû me demander mon avis.

Son avis sur une robe ? Comme s'il prêtait attention à ce qu'elle portait ! Il était toujours impeccablement habillé, mais il ne faisait jamais la moindre remarque sur ses toilettes à elle.

Cela allait peut-être changer.

— Les gens nous regardent, Colton, murmura-t-elle. Ils se demandent si nous allons nous quereller devant eux.

— Cela risque fort d'arriver. Avez-vous perdu la tête ?

Le duc de Rolthven, se disputer avec sa femme en public, à l'opéra ? Hors de question. Cela n'effleurerait même jamais son esprit. Si elle avait choisi cette occasion, c'était justement parce qu'elle connaissait son sens inné de l'étiquette. Les joues enflammées et la gorge nouée d'appréhension, Brianna réussit à sourire d'un air serein.

— Pas du tout. Allons nous asseoir.

Marmonnant un juron inaudible, il lui serra le poignet à lui faire mal et l'entraîna dans la galerie, jusqu'à leur loge privée. Son visage était de marbre et sa bouche formait une ligne mince et dure.

Le théâtre était bondé, comme toujours. D'immenses lustres de cristal illuminaient la salle et un brouhaha de conversations s'échappait de la rangée de loges décorées avec luxe. Les gens venaient moins pour le spectacle que pour se montrer eux-mêmes et observer les autres. Son mari en était parfaitement conscient.

— Maintenant que nous sommes là, si je vous obligeais à remettre votre manteau et à repartir, je suppose que cela ferait jaser, énonça-t-il d'un ton sarcastique. Je sais que nous faisons toujours une entrée remarquée, mais je me demandais pourquoi nous attirions tellement l'attention dans le foyer. À présent je comprends. Je pense que toutes les jumelles seront dirigées vers votre décolleté et non vers la scène, ce soir. Quelle mouche vous a donc piquée, de choisir une robe aussi extravagante, madame ?

J'aimerais tellement vous séduire.

Mais jamais elle ne pourrait le lui avouer. Il était beau comme un dieu ce soir, malgré sa mine contrariée et ses lèvres pincées. Les cheveux châtains épais, il était grand, svelte et athlétique. Ses rares sourires faisaient se pâmer les dames de son entourage. Ses pommettes saillantes lui donnaient un air arrogant. Il avait un nez droit et aristocratique, une mâchoire ferme, un menton volontaire. La première fois qu'elle l'avait vu, Brianna avait été éblouie. Quand il s'était intéressé à elle, elle était tombée follement amoureuse.

Mais en s'unissant à lui, elle n'avait pas envisagé certains aspects de sa personnalité. Colton représentait le prince des contes de fées, mais derrière cette belle apparence, il était loin d'être parfait. Certes il possédait une des plus grandes fortunes d'Angleterre, son pouvoir politique était considérable et ses ancêtres étaient illustres. Mais Brianna ne se doutait pas qu'il aurait aussi peu de temps à lui consacrer, une fois marié.

Néanmoins, s'il croyait avoir épousé une pauvre petite ingénue faible et soumise, il se trompait.

— Beaucoup de dames ce soir portent des robes à la mode aussi décolletées que la mienne, déclara-t-elle avec aplomb. Je pensais que cela vous plairait.

— Pour que tous les hommes de Londres lorgnent sur la poitrine de mon épouse ? Réfléchissez un peu, ma chère.

Malgré son agacement, il ne pouvait détacher les yeux du décolleté de Brianna, ce qui encouragea la jeune femme à poursuivre.

— En fait, j'espérais que je vous plairais dans cette robe.

Ses yeux bleus s'étrécirent un instant, sous l'effet de la surprise.

— Vous êtes d'une beauté époustouflante, Brianna, et je vous admire quoi que vous portiez. Pourquoi croyez-vous que je vous ai épousée ?

Ce n'était pas du tout ce qu'elle avait envie d'entendre. Bien au contraire.

— J'espère que vous ne m'avez pas épousée uniquement pour avoir une belle femme à votre bras, Votre Grâce, répliqua-t-elle en agitant furieusement son éventail. Je suis une personne avant d'être un physique agréable.

Colton parut déconcerté, ce qui ne lui arrivait pas souvent.

— Je me suis sans doute mal exprimé. Je voulais dire que je vous trouve jolie en toutes circonstances. Il n'est pas nécessaire que vous soyez à moitié nue pour que je m'en aperçoive.

— Eh bien, prouvez-le.

— Je vous demande pardon ?

11

Il haussa les sourcils, perplexe.

Bien. Elle avait réussi à capter toute son attention. La plupart du temps il avait l'air absent, à peine conscient de sa présence. C'était un homme très occupé, et les responsabilités dues à son titre et à sa fortune accaparaient le plus clair de son temps. Brianna voulait bien l'admettre. Mais lorsqu'ils étaient ensemble, elle aurait aimé savoir que son mari appréciait sa compagnie. Leur mariage en était à ses balbutiements, et elle commençait à peine à s'habituer à sa nouvelle vie. Quant à Colton, il ne semblait pas avoir changé grand-chose à ses habitudes sous prétexte qu'il avait une femme. Il passait ses journées à travailler, continuait de se rendre à son club, et passait plus de temps dans les salles de jeu que sur la piste de danse lorsqu'ils étaient invités dans des réceptions. Beaucoup de couples de la bonne société menaient des vies séparées. Mais ce n'était pas ce qu'elle souhaitait. Aussi était-elle bien décidée à le faire changer d'attitude.

L'orchestre commença à jouer, et Brianna haussa la voix pour se faire entendre de son mari, peu soucieuse des oreilles indiscrètes dans les loges voisines.

— Ce soir, prouvez-moi que vous me trouvez séduisante.

— Que diable voulez-vous dire ?

Elle le regarda d'un air dépité et poussa un petit soupir.

— Je craignais d'obtenir ce genre de réponse.

*
**

Les femmes étaient des créatures imprévisibles et irrationnelles, songea Colton Northfield, tout en écoutant d'une oreille distraite la musique de Mozart. Une troupe de danseuses aux costumes colorés s'agitait sur la scène. Captivée, sa ravissante épouse agitait nonchalamment son éventail. Des mèches soyeuses, d'un blond pâle, retombaient dans son cou mince. La chaleur étouffante de la salle enflammait son visage aux traits délicats.

Il n'avait pas menti. C'était une des plus belles femmes qu'il eût jamais vues. Dès l'instant où on la lui avait présentée, presque un an auparavant, il l'avait passionnément désirée. Une cour assidue, une inévitable période de fiançailles, et enfin le mariage, n'avaient rien changé à ses sentiments. En ce moment même, voir ses seins ronds émerger du corsage de cette scandaleuse robe ivoire lui embrasait les reins.

Que se passait-il donc dans sa jolie tête ? Jusqu'à ce soir, Colton n'aurait jamais cru Brianna capable de porter un vêtement aussi choquant. C'était une jeune femme convenable. Parfois même trop convenable... mais elle était encore innocente et manquait d'expérience. Il avait autant que possible refréné ses propres élans pour essayer de la mettre à l'aise et la libérer de ses inhibitions. Il devait la familiariser avec l'acte sexuel.

Ce soir cependant, elle était tout sauf inhibée !

Colton était surpris par sa propre réaction. Il aurait dû être irrité. De fait, il l'était un peu, mais ses sentiments étaient partagés.

Il était aussi vaguement intrigué.

Elle se pencha en soulevant ses jumelles de théâtre pour mieux voir la scène. Sa poitrine se gonfla contre le tissu de la robe, et il aurait juré voir pointer une aréole rose sous la soie.

Le défi qu'elle lui lançait était inattendu. Il n'approuvait pas du tout cette apparition en public dans un tel accoutrement, mais il ne pouvait s'empêcher de la contempler. Elle avait des seins magnifiques, ronds et pleins, merveilleusement mis en valeur par la couleur et le décolleté de la robe. Il sentit son désir s'éveiller.

— La soprano est impressionnante, n'est-ce pas ?

Ses grands yeux bleus frangés de cils noirs fixaient toujours la scène, et elle souriait. Comme il n'avait pas vraiment prêté attention au spectacle, il eut du mal à exprimer un jugement.

C'est vous, qui êtes impressionnante.

Au lieu de le lui avouer, il marmonna d'un ton plat :

— Oui, elle a beaucoup de talent.

— Son interprétation est à couper le souffle.

Ce qui lui coupait le souffle, à lui, c'étaient les épaules nues de Brianna, et sa peau blanche et soyeuse. Sans parler du rose de ses lèvres et de ses fins sourcils dont la couleur châtaine contrastait avec le blond de sa chevelure.

Seigneur, songea Colton, en se ressaisissant. Il n'était pas homme à laisser son esprit battre la campagne dans une loge d'opéra.

Il s'efforça, sans grand succès, de fixer son attention sur la scène.

Il eut l'impression que le spectacle ne prendrait jamais fin. Enfin, les derniers applaudissements se turent et la foule se dirigea vers la sortie. Plus grand que la moyenne, Colton se faufila dans la cohue avec sa femme. Il avançait d'un pas pressé pour éviter que la robe de Brianna ne devienne le sujet des commérages et le point de mire des gentlemen. Il expédia aussi vite que possible les salutations, et attendit avec impatience au vestiaire de récupérer le manteau de sa femme. Il le lui déposa sur les épaules, enfin soulagé.

— Ma voiture, je vous prie, lança-t-il sèchement à un valet, qui se précipita pour appeler le carrosse.

— Vous êtes pressé ? s'enquit Brianna.

La question était en apparence innocente, mais la jeune femme l'avait suffisamment surpris ce soir pour qu'il se tînt sur ses gardes.

— Je veux éviter la foule, répondit-il d'un ton vague.

— C'est mieux, en effet. Mon Dieu, comme il fait chaud ce soir !

Tout en parlant, elle écarta les pans de sa pelisse, exposant justement ce qu'il voulait qu'elle cachât. Des gouttes de sueur perlèrent sur son front, et la température n'avait certainement rien à voir avec son état.

Leur voiture arriva et Colton aida Brianna à grimper à l'intérieur. Il s'installa face à elle et cogna au plafond pour faire signe au cocher de démarrer.

Dans la semi-obscurité de l'habitacle, avec le somptueux décolleté qui révélait sa peau laiteuse, Brianna était plus séduisante que jamais.

— Avez-vous apprécié la représentation, ma chère ?

— Oui, dit-elle à voix basse, en le contemplant les yeux mi-clos. Et vous ?

À chaque respiration, ses seins se soulevaient comme pour échapper au corset minuscule qui les contenait. Colton était fasciné. Tétanisé. C'est à peine s'il s'entendit répondre.

— Le spectacle était splendide. Oui, j'ai trouvé cet opéra très divertissant.

Brianna sourit. Elle n'avait plus rien de la jeune ingénue qu'il avait épousée. C'était une femme sensuelle et provocante.

— Si je peux vous divertir d'une quelconque façon, j'en serai ravie. Tout de suite, si vous voulez.

— Me divertir ? Tout de suite ? répéta-t-il, en se demandant s'il avait bien compris.

— Tout de suite.

Son sourire était enjôleur. Oui, indéniablement, il avait bien compris. Quelque part, au fond de lui, il était irrité qu'elle sache à quel point elle l'avait troublé. Et il n'avait aucunement l'intention de faire un geste vers elle. Mais son désir avait pris le pas sur son esprit et il sentait qu'il ne contrôlait plus la situation.

Quand soudain, envoyant les convenances au diable, il prit Brianna dans ses bras et l'attira sur ses genoux. Il l'embrassa passionnément, explorant sa bouche avec fièvre. Elle s'abandonna à son étreinte, noua les bras autour de son cou et pressa son corps svelte contre lui. Sans cesser de l'embrasser, il fit glisser la robe sur son épaule ronde, et saisit un sein ferme.

Tout s'effaça. Le bruit des roues sur les pavés, la chaleur du soir... tout sauf le désir qui le tenaillait. Il l'embrassa plus bas, fit glisser ses lèvres dans le cou de sa jeune épouse, s'attarda sur son pouls qui battait à toute allure. Brianna étouffa un petit cri lorsqu'il caressa du bout de son pouce un mamelon rose et dur.

— Colton... oh, oui.

Sa peau était douce et souple, merveilleusement parfumée. Il trouva les agrafes dans le dos de sa robe, les défit prestement et lui entoura la taille de ses doigts. Ses lèvres se refermèrent sur la pointe d'un sein, et elle se cambra contre lui en murmurant son nom.

Colton n'avait jamais prêté attention aux larges banquettes dont était muni le carrosse et qui rendaient aujourd'hui leur entreprise si agréable.

— Dieu me pardonne, Brianna, j'ai envie de vous, murmura-t-il, haletant, en la faisant allonger sur le siège.

— Moi aussi.

Son chignon s'était défait et ses cheveux retombaient autour de son visage. Dans la pénombre, ses épaules et ses seins étaient blancs comme de l'albâtre. Elle remonta ses jupes jusqu'à la taille et révéla de superbes jambes gainées de soie et des jarretelles de dentelle. Colton en eut le souffle coupé. Fasciné par le triangle de boucles dorées entre ses cuisses pâles, il enleva son manteau en hâte. Elle écarta les jambes en une position d'un érotisme affolant.

Consumé de désir, Colton défit son pantalon et s'allongea sur sa femme à demi nue, s'insinuant entre ses cuisses. Brianna lui agrippa les épaules et il la pénétra d'un puissant coup de reins, lui arrachant un gémissement rauque.

En proie à un désir fiévreux, il ne songea même pas au bruit qu'ils pouvaient faire. En temps normal, il aurait été horrifié à l'idée que son cocher puisse les entendre. Mais à cet instant, c'était le cadet de ses soucis.

Les yeux fermés, Brianna se cambra sous lui pour mieux aller à sa rencontre. Ses ongles s'enfoncèrent dans la chair de ses épaules, à travers le tissu de sa chemise. Colton sentit l'entrejambe de sa femme se contracter de plaisir. Elle étouffa un cri, au bord de la jouissance.

Il ne lui en fallut pas davantage. La pénétrant encore plus profondément, il s'abandonna en elle, ivre de désir.

Lorsqu'il recouvra ses esprits, il prit conscience que sa femme le regardait avec un sourire de triomphe. Quant au carrosse, il venait juste de s'arrêter.

Damnation, songea-t-il, incrédule. Il venait de faire l'amour à sa femme, avec la fougue d'un adolescent incapable de se contrôler.

1

Les hommes voudraient bien nous comprendre, mais sans trop de détails. Ils pensent que nos sentiments versatiles font de nous des créatures trop compliquées. Et dans une certaine mesure, je suis d'accord avec cette idée. Ils ont une vision de la vie très pragmatique. Nous ferions bien de nous en souvenir. D'autre part, les femmes se comprennent parfaitement entre elles.

Extrait du chapitre intitulé :
« Leur réalité et nos illusions »

Les rayons obliques du soleil d'après-midi dessinaient des formes géométriques sur le tapis persan du salon, et le parfum des roses du jardin pénétrait par les portes-fenêtres grandes ouvertes. Rebecca Marston haussa un sourcil.

— Tu es bizarre, Bri. J'ai l'impression que tu n'écoutes pas.

— C'est vrai, renchérit Arabella Smythe, comtesse de Bonham. Tu sembles distraite.

Petite et jolie, la comtesse s'était avancée au bord de son fauteuil. Ses cheveux d'ébène étaient sagement noués sur la nuque et ses beaux yeux sombres scrutaient Brianna d'un air interrogateur.

— Vraiment ? fit Brianna, feignant l'insouciance.

Elle se mit à rire. Elles étaient installées dans le petit salon d'Arabella, où elles causaient chiffons tout en prenant le thé. Ses amies avaient raison, elle avait perdu le fil de la conversation depuis un moment. La soirée de la veille avait été… un triomphe. Et même une révélation. Impossible de ne pas sourire en y repensant.

— Oui. Tu as l'air d'une chatte qui vient de trouver un pot de crème.

Rebecca se redressa sur son canapé de brocart. C'était une jeune femme grande et mince, aux traits fins et à la silhouette ravissante. Les gentlemen se pressaient autour d'elle, mais malgré l'insistance de son père pour qu'elle se marie au plus vite, elle n'avait pas encore trouvé de prétendant à son goût. Une année déjà avait passé et elle représentait un véritable défi pour les jeunes gens de la bonne société.

— Que s'est-il passé ? s'enquit-elle.

Brianna essaya de prendre l'air indifférent. En vain. Ses deux amies d'enfance ne furent pas dupes.

— Qu'est-ce qui vous fait penser qu'il s'est passé quelque chose ?

Rebecca et Arabella échangèrent un regard entendu.

— Nous te connaissons, déclara sèchement Arabella. Je reconnais cette expression. Cela me rappelle la fois où nous sommes sorties à minuit pour visiter l'abbaye en ruines, en espérant voir un fantôme ou deux. Quand ma gouvernante nous a surprises à notre retour, tu lui as raconté une histoire à dormir debout, et elle t'a crue !

— Grâce à moi, nous avons évité une punition, non ? murmura Brianna, amusée à l'évocation de ce souvenir.

— Tu sais embobiner ton monde quand tu veux, fit remarquer Rebecca. Mais avec nous, cela ne prend pas. Allons, pourquoi as-tu ce petit sourire en coin, depuis un moment ?

Brianna n'était pas sûre de pouvoir leur révéler la vérité. Son secret relevait du scandale. Néanmoins, ses amies étaient les seules personnes au monde en qui elle avait confiance.

— Bri ? fit Rebecca.

— Je suis retournée l'acheter, avoua-t-elle.

Les deux jeunes femmes se figèrent, leur tasse à la main.

— Je suis retournée dans cette petite librairie pour acheter le livre de conseils de lady Rothburg.

Arabella demeura bouche bée, tandis que Rebecca laissait échapper un petit cri étranglé.

— Avant tout, ajouta Brianna en levant une main devant elle comme pour les supplier, laissez-moi vous dire que *cela a fonctionné*. Les conseils de cette femme sont inestimables. J'ai lu le premier chapitre, qui m'a considérablement éclairée. Vous auriez dû voir Colton ! Un quart d'heure après le début de l'opéra, il cessait de regarder la scène. Il ne m'a plus quittée des yeux. Du moins, il n'a plus quitté des yeux une certaine partie de ma personne.

— Quelle partie ? Bonté divine, Bri, à quoi joues-tu ? s'exclama Arabella, en manquant renverser son thé. As-tu idée de ce que dirait mon mari, si je possédais un tel manuel ? Et pardonne-moi de te le faire remarquer, mais je pense qu'Andrew est plus tolérant que Rolthven.

C'était probablement exact. Mais Brianna ne pouvait s'empêcher de penser à l'élan de passion de Colton, dans le carrosse. De toute évidence il n'avait pas pu se contrôler... et c'était exactement la réaction qu'elle avait espérée.

— Au début il a été très étonné, et puis il s'est... adapté.

— Adapté à quoi ? demanda Rebecca, ses yeux verts luisants de curiosité. Arrête de faire des mystères, et dis-nous tout.

Brianna lissa sagement sa jupe.

— Eh bien, dans le premier chapitre le manuel suggère que si l'on doit assister à la messe, ou bien à une réception chez une grand-tante, une tenue discrète est recommandée. Mais si l'on veut attirer le regard de son mari, il faut être plus audacieuse.

— Audacieuse ? répéta Arabella. Comment cela ?

Brianna sentit ses joues s'enflammer.

— Hier soir, mon décolleté avait quelque chose d'outrageux, je le reconnais. Colton était furieux, mais il était trop tard pour me ramener à la maison. Les gens auraient jasé, et il a horreur du scandale. Pourtant, j'ai bien vu que cela le troublait aussi. J'en ai eu la confirmation un peu plus tard. Il a fini par voir les avantages d'un vêtement offrant une telle facilité d'accès...

— Tu plaisantes ? Le duc est toujours très convenable et parfaitement maître de lui. Quand les gens parlent de Rolthven, ce qui arrive souvent en raison de son importance, c'est toujours avec le plus grand respect pour son maintien.

— Eh bien hier soir, pour une fois, il a perdu son sang-froid. Il m'a séduite dans le carrosse qui nous ramenait à la maison, ajouta-t-elle en baissant la voix. J'ai adoré !

Le regard de Brianna se perdit dans le vague, puis elle reprit :

— J'avoue que j'étais un peu embarrassée quand j'ai dû descendre de voiture toute décoiffée.

Son mari avait tout juste eu le temps de rajuster son pantalon et de l'aider à remettre sa robe, avant que l'un des valets ne vienne ouvrir la portière. À cette pensée, ses joues rosirent. Avec ses cheveux défaits et son manteau jeté sur le sol, les domestiques n'avaient certainement eu aucun doute sur ce qui s'était passé pendant le trajet.

Arabella reposa brusquement sa tasse qui tinta dans la soucoupe.

— Dans le carrosse ? répéta-t-elle, les yeux écarquillés. Le duc ? Oh, mon Dieu !

— C'était merveilleux. Il donne l'impression d'être un homme rigide et plein de dignité, mais ce n'est qu'une apparence. Je pense que Colton craignait de me choquer en révélant sa nature passionnée. De plus il a été élevé dans l'idée qu'il allait devenir duc et qu'il devait tenir son rang. Pendant nos fiançailles, il s'est contenté de me voler quelques chastes baisers, alors qu'il désirait bien davantage, je le sais. Il y a certaines choses que les hommes ne peuvent pas cacher avec la mode vestimentaire actuelle, ajouta-t-elle en baissant pudiquement les yeux.

Arabella soupira et s'enfonça dans son fauteuil en arrangeant les manches de sa robe bleu ciel.

— Andrew n'aurait jamais l'idée de me faire l'amour dans le carrosse.

— Colton ne l'aurait pas eue non plus si je ne l'avais pas provoqué, tu peux me croire. Mais ce qui est bien, c'est de savoir que je peux l'amener à faire certaines choses. Je trouve que le livre de lady Rothburg est très juste. Les hommes et les femmes ont des conceptions de l'amour totalement différentes. Colton ne manque pas de m'offrir des bijoux et des fleurs lorsqu'une occasion se présente, mais il serait très étonné si je lui disais que parfois un sourire tendre ou un baiser me feraient plus plaisir qu'un colifichet de diamants. Les hommes ne pensent pas comme nous.

— Moi qui suis célibataire, je trouve cette conversation fascinante. Si je comprends bien, tu veux faire son éducation ? déclara Rebecca en haussant les sourcils. Je n'ai pas encore de mari, mais je commence à comprendre comment tout cela fonctionne. En somme, nous sommes des adversaires vivant dans le même camp, et obligés de s'allier.

— Tu n'es pas loin de la vérité, confirma Brianna avec un rire léger. Disons qu'il existe un terrain d'entente, et que je vais faire en sorte de le découvrir. Si comme le dit ce manuel les hommes confondent le romantisme et le sexe, je ferai tout pour lui paraître romantique. Je refuse de laisser mon mari aller voir ailleurs parce qu'il ne me trouve pas assez intéressante au lit !

— Tu es beaucoup trop idéaliste, rétorqua Arabella. Les hommes comme Rolthven ne tombent pas à genoux pour déclarer leur flamme. Ils n'ont pas besoin de cela, Bri.

De fait, le milieu privilégié de son mari posait problème.

— Ma sœur et son mari sont tellement heureux, reprit Brianna. Si vous les voyiez ensemble ! Parfois, ils se sourient tout simplement et cela laisse transparaître l'amour qu'ils se portent. Léa a épousé Henry bien qu'il ne soit qu'un modeste homme de loi, et ils s'adorent. Mes parents désapprouvaient cette union, à tel point qu'ils ont menacé ma sœur de la déshériter. Mais Léa était amoureuse et ils ont fini par céder. Très franchement, ma maison est somptueuse, mais j'aimerais qu'elle soit aussi chaleureuse que la leur.

À vrai dire, la résidence londonienne de Colton était loin d'être une simple « maison ». Elle ressemblait plus à un palais. Rolthven Manor, sa propriété de campagne, était encore plus vaste.

— Que dit encore lady Rothburg ? s'enquit Rebecca avec un vif intérêt.

— Rien que nous soyons supposées lire, affirma Arabella en secouant sa cuillère en direction de Brianna. Je doute que ton mari soit enchanté s'il apprend un jour que cet ouvrage est en ta possession. Je n'arrive toujours pas à croire que tu sois retournée dans cette petite boutique miteuse pour l'acheter !

Arabella avait raison. Le livre de lady Rothburg avait été interdit dix ans auparavant, lors de sa publication. Ce livre à la couverture usée avait attiré l'attention de Brianna par hasard, mais une fois qu'elle l'avait ouvert, elle avait eu la certitude d'avoir fait un bon achat.

— C'est un ouvrage très intéressant, qui ne peut qu'être bénéfique à notre mariage, répondit-elle d'un ton serein. Pourquoi émettrait-il une objection à ce que je le lise ?

— Parce que c'est un livre scandaleux, qui traite de la séduction et de comportements libertins, et qu'il a été écrit par une courtisane, répondit son amie d'un petit air sage.

La remarque était fondée. Colton aurait été outré de savoir qu'un tel ouvrage était en sa possession. Il lui aurait sans nul doute ordonné de s'en débarrasser sur-le-champ.

Imperturbable, Brianna prit une petite tarte au citron sur le plateau du thé.

— Peut-être. Il n'empêche qu'il semble avoir apprécié le conseil dispensé dans le premier chapitre.

Elle mordit dans le gâteau et mâcha délicatement, avant d'ajouter :

— Et il n'a pas encore tout vu. Si vous saviez ce qu'elle préconise dans le chapitre suivant...

**

Le White's était bondé, comme toujours. Colton tendit son pardessus au valet et gagna sa table préférée. Robert, son jeune frère, s'y trouvait déjà confortablement affalé dans un fauteuil, un verre à la main. Son journal était posé près de la carafe et il le tapota du bout du doigt en souriant quand il vit Colton approcher.

— Ta belle duchesse a droit à un paragraphe dans la rubrique mondaine ! annonça-t-il sans préambule.

Colton s'assit en grimaçant et attira la carafe vers lui.

— Je sais.

— Et en bonne place ! ajouta Robert.

Colton détestait la rubrique mondaine et ses cancans, mais il savait que le décolleté de Brianna ne pouvait être passé inaperçu.

— J'ai presque peur de te le demander, mais que dit l'article ?

Robert avait trois ans de moins que lui, mais c'était un ami autant qu'un frère. Si ses cheveux d'un brun doré étaient plus clairs que les siens, ils avaient en revanche les mêmes yeux d'un bleu d'azur.

— Rien de méchant, répondit Robert d'un ton malicieux. Il fait simplement allusion à ses... atouts féminins qui ne pouvaient manquer d'attirer le regard. C'est tout. Ah oui, l'article laisse entendre qu'elle veut sans doute lancer une nouvelle mode parmi les jeunes femmes de la haute société.

— Absolument pas, marmonna Colton en se servant une bonne rasade de brandy. Si j'avais remarqué sa robe plus tôt, elle ne l'aurait jamais portée en public. Lorsque je l'ai vue, nous étions déjà arrivés à l'opéra et le mal était fait.

— Comment as-tu pu ne pas la remarquer ? s'étonna Robert en s'enfonçant un peu plus dans son fauteuil. D'après ce que j'ai lu, son décolleté ne pouvait qu'attirer l'attention.

Bonne question. Colton se l'était d'ailleurs posée, après coup, encore abasourdi par ce qui s'était passé dans le carrosse. Il avait bien failli être surpris à moitié nu par son valet de pied. À l'heure actuelle, tout le personnel devait jaser. Encore heureux que la fin de l'histoire ne se trouve pas étalée dans cette rubrique !

— Elle était en retard et avait déjà revêtu sa cape lorsqu'elle m'a rejoint dans le hall, au moment de partir. Sinon j'aurais remarqué sa tenue, bien entendu.

Bref, il était certain qu'elle avait agi ainsi à dessein, pour ne pas qu'il l'envoie se changer. Ce comportement était curieux, il aurait été prêt à jurer qu'elle n'était pas le genre de femme à vouloir le prendre au piège de quelque façon que ce soit. Néanmoins, il venait d'avoir la preuve du contraire. Diable.

— Brianna est jeune, fit observer Robert en faisant tourner son verre entre ses longs doigts fins. Elle n'a pas dû se rendre compte...

— Elle savait très bien ce qu'elle faisait, protesta sèchement Colton en songeant aux joues enflammées de sa femme. Mais cela n'arrivera plus, tu peux compter sur moi. Après tout, c'est moi qui paye les factures de sa couturière.

Son frère arqua un sourcil.

— Je ne suis pas expert dans les problèmes conjugaux, mais je connais les femmes. Il ne me semble pas très judicieux de vouloir jouer au despote.

Des éclats de rire s'élevèrent à une table voisine, assez éloignée pour que Colton soit certain que ce n'était pas une réaction aux propos de son frère.

— Que suis-je censé faire ? martela-t-il à voix basse. La laisser s'habiller de cette façon scandaleuse ? Certainement pas. Elle est duchesse de Rolthven. Je ne sais pas ce qui l'a poussée à agir ainsi, mais elle affirme qu'elle pensait que cette robe me plairait.

— Et elle t'a plu ?

Colton eut un sourire sardonique.

— Si elle l'avait portée en privé, uniquement pour moi, elle m'aurait sans doute plu.

— Sans doute ?

— Oui, je l'ai trouvée ravissante, mais d'un point de vue strictement personnel. Elle est ma femme et, en tant que telle, elle n'aurait jamais dû porter ce genre de tenue.

— Ah.

— Que veux-tu insinuer ?

Son frère tenta sans succès de dissimuler un sourire.

— Je vois qu'elle a réussi à déstabiliser le duc sage et convenable qui te sert de façade. C'est un bon point pour elle.

Colton n'aimait pas qu'on pense de lui qu'il était quelqu'un de *convenable*. Le mot évoquait les visages de vieilles dames aux cheveux blancs et à l'air sévère, ou de prêtres presbytériens. Il n'était ni l'un ni l'autre. Toutefois, il était convaincu que l'étiquette était indispensable pour bien vivre en société. Après tout il était pair du royaume et son rang exigeait qu'il se comporte avec dignité.

— Tout le monde ne peut pas se permettre d'avoir mauvaise réputation, Robbie, fit-il observer non sans agacement. Ni de passer d'un lit à un autre sans jamais regarder derrière soi. Je prends mes responsabilités au sérieux, et mon mariage aussi.

Robert, qui avait la réputation d'être un grand débauché et regardait la fidélité d'un mauvais œil, n'eut pas l'air de se sentir visé.

— J'en suis sûr ! dit-il en riant. Tu traites tous les sujets avec autant d'efficacité que de sérieux, qu'il s'agisse des affaires du domaine ou de ton siège à la Chambre des lords. Mais regardons les choses en face, Colt. Tu ne t'es encore jamais intéressé à un être humain. Et encore moins à une femme ! Elle ne va pas se conduire comme tu en as envie, juste parce que tu en as décidé ainsi. Elle ne le fera sans doute même pas si tu le lui ordonnes. Brianna ne se contente pas d'être belle, elle est aussi intelligente. Et elle estime pouvoir prendre ses décisions elle-même.

— Je le sais mieux que personne, répliqua Colton, piqué au vif. Je n'ai jamais eu envie d'épouser une écervelée. J'admire son esprit et son intelligence.

— Dans ce cas, je te conseille une approche plus subtile. Inutile d'aller dire à sa couturière que tu désires donner ton approbation à chaque modèle qu'elle crée pour elle. Ce serait insultant pour Brianna, et très peu avisé si tu désires éviter les ragots. Tout le monde saurait que tu désapprouves la façon dont elle s'habille et les langues iraient bon train. Car tu ne t'attends pas, je pense, à ce que la couturière se taise ?

C'était enrageant de se voir faire la leçon par ce jeune libertin. Robert, qui fuyait le mariage comme la peste, venait de lui donner quelques sages conseils. Il fallait bien reconnaître qu'il avait raison. Cet homme connaissait les femmes, c'était un fait établi.

Colton vida son verre et se resservit. Puis il observa son frère, en se frottant le menton.

— Disons que je suis d'accord avec toi sur le principe. Je préfère naturellement employer la diplomatie avec ma femme, mais je ne souhaite pas que son nom soit sur toutes les lèvres et qu'elle suscite les commérages.

Robert se rembrunit, l'air pensif.

— Je dirais qu'il vaudrait mieux la rallier à ton point de vue plutôt que de lui imposer tes choix. Si elle décide de porter encore une robe trop audacieuse, annule votre sortie à la dernière minute. Montre-lui que tu préfères apprécier sa jolie tenue en privé. Ainsi, chaque fois qu'elle portera une robe que tu trouves trop choquante pour être vue de tous, tu n'auras qu'à décider de rester à la maison. Elle comprendra très vite, et si elle veut sortir elle s'habillera plus convenablement. Par contre, si tu as la chance qu'elle préfère rester à la maison avec toi, ce sera d'autant plus agréable. Quoi qu'il arrive tu ne seras pas perdant.

Robert avait raison. Au lieu de faire l'amour à sa femme subitement dans un carrosse, il pourrait s'enfermer avec elle dans leur chambre. Bien entendu il avait trouvé cet intermède très agréable, mais il avait bien failli être surpris par son valet. Il préférait pouvoir prendre son temps, surtout avec une femme aussi séduisante que Brianna.

Il observa son frère, tout en portant son verre à ses lèvres. Le parfum puissant du brandy lui effleura les narines.

— Cette solution me paraît tout à fait juste.

— Je préfère ce sujet aux problèmes politiques qui t'occupent habituellement l'esprit, fit remarquer Robert avec un sourire effronté. Quoi de plus captivant que de parler des femmes ?

Paroles de débauché ! Colton ne pouvait s'offrir le luxe de passer des heures assis, à rêver et à se demander comment s'y prendre avec sa femme. Mais Robert venait de faire preuve de tant de perspicacité qu'il le consulterait peut-être encore.

— Je ne crois pas avoir jamais envisagé les choses sous cet angle, mais je n'ai pas la même position sociale que toi, murmura-t-il avant de vider son verre.

— C'est exact, convint Robert en saisissant la carafe. C'est horriblement barbant d'être le duc ! Il vaut bien mieux être le benjamin de la famille. Et une fois que tu auras un fils, je ne serai même plus le troisième sur la liste des héritiers !

Parfois il était en effet terriblement ennuyeux de porter le fardeau d'un titre et des responsabilités qui l'accompagnaient. Mais c'était ainsi. Son jeune frère ne pouvait pas comprendre le poids de ces obligations.

— Un jour, déclara Colton avec un sourire en coin, une belle jeune femme te fera tomber à genoux, et j'aurai ma revanche.

— Peut-être, admit Robert, nullement troublé. Mais en attendant, si tu as encore besoin de conseils, tu sais où me trouver.

2

Dans les relations entre hommes et femmes, la curiosité est aussi vitale que l'air que nous respirons. C'est ce ballet subtil entre les amoureux qui donne à l'affaire tout son piquant.

Extrait du chapitre intitulé :
« Ils sont tous les mêmes
et pourtant tous différents »

L'image que lui renvoyait le miroir était loin d'être déplaisante. Rebecca Marston lissa une de ses boucles brunes et s'observa à loisir. Oui, cette robe rose pâle était un excellent choix, elle s'accordait à son teint ivoire et mettait ses cheveux sombres en valeur. Il y avait un avantage à ne pas être blonde. Cela lui permettait de se distinguer des autres débutantes qui cherchaient toutes à attirer l'attention d'un bon parti. Elle dépassait ses congénères de quelques centimètres également. Mais cela ne décourageait en rien les prétendants.

Non, le vrai problème c'était son âge. L'importance de sa famille aussi, son statut de jeune fille à marier et, naturellement, son père.

Toute une liste en vérité. Qui faisait rempart lorsqu'elle songeait à celui qui occupait son esprit.

Elle se leva, prit son éventail en soupirant et descendit rejoindre ses parents qui l'attendaient dans le hall. Sa mère était rayonnante, toute vêtue de soie émeraude et parée d'un diadème de diamants qui scintillait dans ses cheveux bruns. Son père portait un élégant costume de soirée. Une épingle ornée de rubis était piquée dans sa cravate blanche et ses cheveux grisonnants étaient plaqués en arrière. Il posa sur elle un regard approbateur.

— Te voilà enfin. J'allais envoyer quelqu'un te chercher, ma chérie. Mais nous n'avons pas attendu pour rien, tu es magnifique !

Rebecca eut un sourire contraint. La perspective de cette soirée ne l'enchantait pas. Encore un bal, des heures passées à voir de jeunes hommes se presser autour d'elle, alors que le seul à lui plaire passait son temps à charmer d'autres femmes, sans lui jeter un seul regard.

Elle en était malheureuse.

— Je suis désolée pour ce retard, dit-elle tandis qu'un des valets lui posait son manteau sur les épaules. Je n'arrivais pas à choisir ma toilette.

Ses propres paroles lui parurent terriblement frivoles. Pourtant, elle n'était pas quelqu'un de superficiel. C'était même tout le contraire. Sa grande passion était la musique. Ses parents n'aimaient pas qu'elle en parle en public, mais elle ne se contentait pas d'être une excellente pianiste et de savoir jouer de la harpe, de la flûte et de la clarinette. C'était la composition qui l'intéressait vraiment. À tout juste vingt ans, elle avait déjà composé deux symphonies et quantité d'autres ouvrages de moindre importance. La musique faisait partie inhérente de sa vie et elle transcrivait avec un naturel déconcertant les notes sur le papier.

Un talent aussi rare dans la bonne société que la couleur de ses cheveux.

Le carrosse les attendait. Son père les escorta et les aida à s'installer à l'intérieur. Rebecca prit place sur la banquette et s'apprêta à subir le sermon habituel.

Sa mère ne perdit pas une seconde.

— Ma chérie, lord Watts sera chez les Hampton ce soir. Fais-moi le plaisir de lui accorder une danse.

Ce lord Watts n'avait rien du prince charmant, avec sa moustache et son rire qui sonnait faux. Il porterait bientôt le titre de comte et possédait une fortune. Mais eût-il été le dernier homme sur terre, Rebecca n'en aurait pas voulu.

— C'est un homme prétentieux. Un philistin qui ne s'intéresse pas à l'art, et…

— Il est beau, riche, et c'est le fils d'un de mes amis, déclara son père d'un ton sans appel. Tu danseras avec lui. Il est fou de toi et a déjà demandé deux fois ta main.

Pourquoi aurait-elle dû encourager un homme qu'elle n'avait nullement l'intention d'épouser ? La question paraissait logique, mais elle renonça à discuter.

— Très bien, murmura-t-elle. Je lui réserverai une danse.

— Tu devrais sans doute réfléchir à sa proposition. Je suis favorable à cette union.

Pas elle. Elle ne pourrait jamais épouser cet homme. Pourtant, elle ne dit pas un mot.

Le carrosse poursuivit sa route en cahotant sur les pavés de la rue. Sa mère lui lança un regard désapprobateur.

— Il faudra bien que tu te décides un jour.

La plupart des jeunes filles de son âge étaient déjà fiancées ou mariées, comme Arabella et Brianna, ses deux meilleures amies. Elle ne pourrait donc pas repousser ce jour indéfiniment. De fait, Rebecca avait déjà choisi. Mais sa décision, si scandaleuse, ne serait jamais acceptée.

Personne n'imaginait son amour secret. Pas même ses deux amies.

Quand ils arrivèrent, la résidence était illuminée et une longue file de carrosses attendait dans l'allée. Ils finirent par pouvoir descendre de voiture et entrer, parmi la foule des autres invités. Sur le seuil de la salle de bal, Rebecca inspectait déjà les groupes de jeunes gens. Allait-il faire une apparition ce soir ? Il assistait à tous les événements les plus prestigieux car son frère était duc, et…

Il était là.

Il était si grand et si viril, avec ses traits droits et ses cheveux châtains toujours un peu décoiffés. Un sourire éclaira son visage alors qu'il saluait un ami. Lord Robert Northfield était un charmant gredin aux manières élégantes, qui ne s'intéressait absolument pas aux jeunes filles à marier. Ce qui lui ôtait toute chance d'être remarquée, songea Rebecca avec un soupir navré. Elle était l'amie de Brianna et, par ce biais, elle avait eu l'occasion de faire la connaissance du jeune frère du duc de Rolthven. Depuis, elle restait meurtrie. Mais dans le fond de son cœur, jamais elle ne regretterait de l'avoir rencontré.

Elle avait découvert qu'on pouvait tomber amoureuse en un instant. Il avait suffi d'un regard, lorsqu'il s'était penché pour lui baiser la main… Le cœur de Rebecca s'était emballé.

Son père, debout à ses côtés, aurait été horrifié s'il avait pu lire dans ses pensées. Robert avait mauvaise réputation. Très mauvaise réputation. Il aimait les cartes et les femmes, et pas forcément dans cet ordre de préférence. Il était tout le contraire de son frère, Colton, homme respectable doté d'une influence politique considérable et d'une immense fortune.

Le père de Rebecca le détestait cordialement. Il avait plus d'une fois prononcé son nom avec mépris, et la jeune fille n'avait jamais osé lui demander la raison de cette hargne. Peut-être était-elle due uniquement à la réputation du jeune homme, mais elle craignait qu'il ne se cache derrière cette animosité quelque chose de plus grave encore.

Alors qu'elle l'épiait, à l'autre bout de la salle, et espérait que personne ne remarque la direction de son regard, elle vit leur hôtesse s'approcher de lui et lui toucher le bras d'une manière taquine, qui trahissait aussi une certaine intimité entre eux. La rumeur laissait entendre que lady Hampton avait une préférence pour les hommes jeunes et fougueux, et cette description correspondait parfaitement au frère du duc de Rolthven. Les deux duels qu'il avait déjà provoqués n'avaient rien fait pour assurer sa respectabilité.

Les seules références respectables dont lord Robert pouvait se vanter étaient le nom de sa famille et la place qu'occupait son frère dans la haute société.

Et pourtant, Rebecca était fascinée par ce personnage. Son attirance était sans espoir, car même si par miracle il la remarquait, si surmontant sa profonde aversion pour le mariage il faisait en sorte de l'approcher, son père n'autoriserait jamais une telle alliance.

Au lieu de composer de la musique, elle aurait dû apprendre à écrire des romans d'amour. De cette façon, elle aurait pu raconter la triste histoire d'une jeune héroïne s'amourachant d'un beau débauché.

— Mademoiselle Marston. Quel plaisir ! J'espérais vous voir ce soir.

De loin, elle vit Robert Northfield entraîner lady Hampton sur la piste pour une valse, la tête penchée, souriant, écoutant attentivement ce que lui susurrait sa belle cavalière.

Étaient-ils amants ? Cela ne la regardait pas. Robert ignorait son existence, et si lady Hampton voulait le regarder de cet air possessif et enamouré, Rebecca n'y pouvait strictement rien...

— Mademoiselle Marston ?

La mort dans l'âme, Rebecca détourna les yeux du couple qui valsait sur la piste. Elle se trouva face à face avec un lord Watts radieux.

— Oh, bonsoir, murmura-t-elle sans enthousiasme, s'attirant un regard noir de la part de son père.

— Puis-je espérer que vous accepterez de danser avec moi ?

Le jeune homme la considéra d'un air suppliant. Si ses yeux avaient été d'un bleu plus franc, frangés de longs cils noirs. Si ses cheveux au lieu d'être jaune paille avaient été d'un brun chaud éclairé de reflets dorés... Si à la place de ce menton fuyant il avait eu une mâchoire volontaire et des lèvres pleines, un sourire enjôleur...

Et quand bien même il aurait eu tout cela, il n'aurait pas été Robert Northfield.

Le père de Rebecca répondit à sa place.

— Naturellement. Rebecca me disait justement qu'elle attendait ce moment avec impatience. N'est-ce pas, ma chérie ?

Comme elle n'avait jamais su mentir, Rebecca s'efforça d'esquisser un sourire. Sans grand succès. Son sourire ressemblait à une grimace. Décidément, cette soirée allait être longue et ennuyeuse.

**

— Vous êtes ailleurs, fit observer Maria Hampton.

Robert reporta son attention sur la femme qu'il tenait dans ses bras.

— En fait je suis fatigué.

Une lueur coquine passa dans les prunelles vertes de sa cavalière.

— Oh, je vois. Je la connais ?

— Ce n'est pas ce que vous croyez, répliqua-t-il avec un brin d'agacement. C'est-à-dire que ma fatigue est bien due à une femme, mais cela n'a rien à voir avec ce que vous avez en tête. C'était l'anniversaire de ma grand-mère, aujourd'hui, ajouta-t-il avec un sourire sarcastique.

Maria haussa les sourcils, intriguée.

— Et alors ?

— Alors, je me suis levé à l'aube pour assister au déjeuner familial qui avait lieu au domaine, en son honneur.

— Vous ?

— Est-il si surprenant que je fasse ce genre d'effort ?

Maria n'essaya même pas de nier.

— Oui mon chéri, c'est étonnant, confirma-t-elle en secouant ses boucles rousses.

Robert ne pouvait pas lui en vouloir de sa réponse. Étant donné sa lamentable réputation, toutes les mauvaises langues auraient été fort étonnées de savoir qu'il adorait sa grand-mère. En dépit d'une légère gueule de bois due aux excès de la veille, il avait accompli ce petit voyage avec plaisir. Colton était arrivé à Rolthven avant lui, naturellement, avec sa jeune et jolie femme. Brianna était particulièrement séduisante, dans sa robe de mousseline parsemée de petites fleurs roses. Ses cheveux blond pâle étaient simplement noués d'un ruban. Sa tenue fraîche et innocente contrastait avec l'image que donnaient d'elle les rubriques mondaines de la semaine. Fin observateur, Robert remarqua deux choses très intéressantes.

Tout d'abord, Colton semblait la traiter un peu différemment. Robert ne serait pas allé jusqu'à dire qu'il était attentionné, mais il semblait plus conscient de la présence de sa femme. Ensuite, elle n'était plus aussi timide qu'autrefois. Comme si elle savait détenir un pouvoir sur son mari, non seulement par sa beauté, mais aussi par son intelligence. Colton l'avait dit lui-même : il n'avait pas épousé n'importe quelle femme insipide, juste pour avoir un héritier.

Robert aurait eu du mal à dire d'où lui venait cette aura de confiance en soi et ce maintien, mais cette nouveauté n'en était pas moins intéressante.

Bousculé par un couple qui de toute évidence avait absorbé un peu trop de vin, Robert sortit de sa rêverie. Le mariage de son frère n'était pas son souci premier. À cet instant, ce qu'il voulait vraiment, c'était échapper aux griffes de Maria Hampton. De toute évidence la politesse ne fonctionnait pas, il allait donc devoir changer de tactique. Non qu'il ne la trouvât pas séduisante. Avec ses cheveux de flammes, sa peau blanche et son corps aux formes voluptueuses, elle était même d'une beauté stupéfiante. Malheureusement, son mari était un de ses bons amis.

Robert était bien conscient d'avoir une réputation sulfureuse, cependant jamais il ne fréquentait les femmes de ses amis. Même si la plupart des couples avaient leurs arrangements personnels et toléraient largement l'infidélité, l'idée d'avoir une liaison dans ces conditions le mettait mal à l'aise. Il craignait de gâcher une amitié à laquelle il accordait de la valeur.

Donc, Maria aurait beau bouder, il ne tomberait pas dans ses filets. Et il lui fallait s'esquiver avec diplomatie. C'était déjà leur deuxième valse de la soirée, hors de question qu'il y en ait une troisième. Par chance ils se trouvaient à proximité des portes-fenêtres lorsque la musique s'arrêta. Robert s'inclina.

— Excusez-moi, madame, murmura-t-il. J'ai besoin de prendre l'air. Nous nous reverrons tout à l'heure.

Maria le retint par la manche.

— Je viens avec vous. Il fait tellement chaud, ici.

— Vous devez penser à vos invités, protesta-t-il en se dégageant. D'autre part, je sais qu'Edmond vous laisse une grande liberté, mais je ne veux pas le mettre dans l'embarras.

Avant qu'elle ait pu répondre, il tourna les talons et s'éloigna en espérant que personne n'avait été témoin de ce bref échange. Alors qu'il atteignait la fenêtre, il se heurta à une jeune femme qui semblait vouloir quitter la salle de bal en toute hâte.

S'il fallait se heurter à quelqu'un, il valait toujours mieux que ce soit à une femme. Elles étaient douces, et sentir leur corps contre le sien n'avait rien de désagréable. Les effluves d'un parfum fleuri emplirent ses narines tandis qu'il saisissait la jeune femme par le bras pour l'empêcher de tomber.

— Je vous demande pardon, murmura-t-il en plongeant son regard dans des yeux bleu-vert qui le contemplaient avec stupéfaction. C'est ma faute.

— N... non, c'est la mienne. J'étais si pressée que je ne regardais pas devant moi.

L'air du dehors était frais. La lune presque pleine projetait ses pâles rayons sur les dalles de la terrasse. La chaleur était si étouffante dans la salle, que la fraîcheur du jardin lui sembla paradisiaque.

— Nous étions tous les deux pressés. Après vous, je vous en prie.

— Merci.

Elle passa devant lui, très droite, les épaules rejetées en arrière. Il la suivit des yeux, admirant le balancement de ses hanches et ses cheveux sombres et brillants. Il la connaissait. C'était une parente de sa belle-sœur. Non... peut-être pas... c'était une de ses amies. Comment s'appelait-elle, déjà ?

Il aurait été grossier de s'éloigner, aussi lui emboîta-t-il le pas. Elle se dirigea vers la large allée qui menait au jardin et il entendit dans le lointain le bruit cristallin et apaisant d'une fontaine.

La jeune femme avançait dans un bruissement de soie, son profil mis en valeur par la clarté de la lune. Un très joli profil, remarqua Robert tout en continuant de chercher son nom. En vain. Elle avait un petit nez retroussé, des cils longs et recourbés, un joli front bombé, un cou de cygne. Et une jolie poitrine. Une très belle poitrine, en fait. Il ne put s'empêcher de contempler la rondeur de ses seins, sous le corsage.

— Il fait bien meilleur ici, n'est-ce pas ?

— Oui, répondit-elle d'une voix presque inaudible, en continuant de lui tourner le dos.

— J'ai toujours l'impression d'étouffer, dans ces réceptions, continua-t-il poliment.

Brianna appartenait au groupe des débutantes de l'année dernière. Si cette jeune femme faisait partie de ses amies, il n'était pas étonnant qu'il n'ait pas fait plus ample connaissance avec elle. Cependant, il avait d'ordinaire une bonne mémoire des noms et des visages.

Elle se tenait toujours de telle sorte qu'il ne pouvait voir ses traits. Son comportement était un peu étrange. Elle marchait vite, tenant les pans de sa jupe dans ses poings serrés afin de ne pas être gênée dans ses mouvements.

— C'est oppressant, en effet, répondit-elle en hochant la tête.

Elle ne faisait pas seulement allusion à la température qui régnait dans la salle. Il perçut un vague dégoût dans la manière dont elle prononça ces mots. De là sa hâte à fuir la fête. Ils cherchaient tous deux à s'échapper. Robert ne put retenir un rire.

— Je suppose que pour vous, le manque d'air est dû à un prétendant trop pressant ?

Elle acquiesça d'un signe de tête et jeta pour la première fois un regard dans sa direction. Puis elle se détourna aussitôt. Robert comprit qu'il était la cause de sa nervosité. Il était évident que s'il ne pouvait se rappeler son nom, en revanche elle savait qui il était.

En quels termes devait-on parler de lui, pour qu'une jeune fille ne puisse faire dix pas en sa compagnie sans avoir peur de ternir sa réputation ? Et cette jeune personne était une amie de sa belle-sœur. Qu'était donc allée raconter Brianna ? Que pensait-on de lui ? Il offrit machinalement le bras à la jeune femme en arrivant au sommet des marches qui donnaient dans l'allée. Elle hésita un court instant avant de poser les doigts sur la manche de son habit.

Elle tremblait légèrement et, dès qu'ils eurent posé le pied dans l'allée, elle retira sa main comme si elle craignait de se brûler.

Robert n'était pas un saint, mais il ne s'attaquait jamais aux jeunes dames convenables. Elle n'avait donc strictement rien à craindre en sa compagnie. Vaguement agacé, il tint néanmoins sa langue.

Il passait d'un extrême à l'autre. D'abord les avances ardentes de Maria, et maintenant cette ingénue toute tremblante qui fuyait un prétendant ennuyeux.

Des sentiers ombragés partaient dans toutes les directions, entre les haies de buis et les massifs de rhododendrons. L'air transportait les premières fraîcheurs de l'automne.

— Vous préférez peut-être vous promener seule ? suggéra Robert d'un ton froid.

La remarque lui fit enfin lever la tête, et elle écarquilla les yeux.

— Non, non. Pas du tout.

Il se détendit et étouffa un rire en songeant à sa propre réaction. Pourquoi diable s'inquiétait-il de ce que pensait de lui cette ravissante enfant ? Il ne s'était jamais soucié de l'opinion des autres. Tout ce qui comptait, c'était l'avis de sa famille et de ses amis les plus proches. Le scandale ne l'atteignait pas, il s'en moquait. La moitié de ce que l'on disait sur lui était faux, et ce qui était vrai ne regardait que lui. Si les commérages amusaient la haute société londonienne, il n'y pouvait rien. Tout avait commencé à l'âge de dix-sept ans quand il avait attiré l'attention d'une des actrices les plus en vue du moment. Elle avait fait un commentaire osé en public sur ses prouesses sexuelles et il avait été catalogué parmi les libertins notoires. Encore tout jeune, il s'était senti mortifié à l'idée d'avoir donné du grain à moudre aux mauvaises langues. Sans compter que sa mère avait eu vent de cette liaison torride et en avait été chagrinée. Mais avec le temps, son embarras avait fini par se dissiper. Dans le fond, la remarque de la célèbre Élise avait été flatteuse. Depuis, aucune femme ne s'était jamais plainte de lui et sa popularité allait grandissant. Il se plaisait en compagnie des personnes du beau sexe.

Le seul petit bémol, c'étaient ces petits incidents qui survenaient parfois, comme ce soir. Il était un peu irrité que Maria ait pu croire qu'il était prêt à trahir son ami pour passer un moment dans son lit. Et un peu coi à côté de cette jeune personne effrayée par sa présence.

— J'ai eu l'impression que vous n'aimiez pas ma compagnie, dit-il doucement.

— Je suis désolée.

Robert se rendit compte qu'il s'était rembruni sans le vouloir en pensant à lady Hampton. Les joues de la jeune fille s'étaient enflammées.

— Pourquoi êtes-vous désolée ? demanda-t-il en souriant.

— Je... je ne sais pas trop.

Elle rougit de plus belle. Robert la trouva très séduisante. Pas aussi belle que Brianna, avec ses cheveux d'or et son visage en forme de cœur, mais très attirante. Un charme secret, songea-t-il.

Rebecca Marston. Ce nom lui revint brusquement en tête. Elle faisait partie des *Incomparables* de l'année dernière qui avaient décliné toutes les demandes. Et pour les gentlemen qui envisageaient le mariage, ce qui n'était pas son cas, elle représentait un véritable défi à remporter. Son père, très fortuné, comptait parmi les hommes les plus influents du pays. On pensait même à lui comme futur Premier ministre.

Sir Benedict Marston le méprisait ; il avait déclaré d'un ton cinglant qu'il croyait le pire sur lui. Robert le savait parfaitement. Et le fait qu'il fût innocent des faits qui pesaient contre lui ne changeait rien.

Il valait mieux que Mlle Marston et lui ne passent pas trop de temps seuls dans les jardins. Robert s'apprêtait à s'excuser, quand une voix appela, depuis la terrasse :

— Mademoiselle Marston ?

Rebecca lui agrippa le bras et chuchota d'un ton pressant :

— Aidez-moi à me cacher.

— Vous cacher ?

— Je vous en prie, supplia-t-elle, paniquée. Si je passe une minute de plus avec lord Watts, je risque de succomber !

Robert connaissait lord Watts et il la comprenait. Il n'était pas homme à refuser son aide à une jeune femme.

— Par là, dit-il en désignant un étroit sentier entre les haies de buis.

Elle s'y précipita sans perdre une seconde. Il aurait sans doute été plus prudent de la laisser échapper seule au sinistre vicomte, mais Robert la suivit. Le sentier donnait sur un petit étang couvert de nénuphars. Une niche était creusée dans la haie où une statue de Pan avec sa flûte surveillait les promeneurs qui s'attarderaient sur ses deux bancs de pierre. Il devait faire bon s'y reposer par les chauds après-midi d'été.

L'endroit était discret, à l'abri des regards.

Mlle Marston se retourna et regarda derrière lui.

— Vous croyez qu'il m'a vue ? chuchota-t-elle.

Qu'il *nous a vus*, corrigea Robert en son for intérieur. Seuls, dans un endroit sombre.

— Mademoiselle Marston ? répéta la voix, un peu plus ferme, et plus proche. Rebecca ?

Damnation. Il faisait trop sombre pour que Watts les ait vus clairement, mais il avait dû percevoir du mouvement et comprendre dans quelle direction ils étaient partis.

Un doigt sur les lèvres, Robert prit la jeune femme par le bras et l'entraîna dans l'ombre. Il la plaqua contre la haie, et posa les mains de part et d'autre de ses épaules. Il se pencha en chuchotant :

— Ne vous en faites pas, je vais nous débarrasser de lui. Ne dites pas un mot et ne montrez pas votre visage.

Elle hocha la tête, les yeux brillants.

Robert était plus grand qu'elle et surtout beaucoup plus large d'épaules. Il était sûr que dans la pénombre personne ne pourrait distinguer les traits de la jeune femme. Des pas se dirigeaient vers eux. En un instant, il sut qu'il devait sérieusement éloigner cet importun. Pourquoi diable avait-il suivi la jeune femme aussi loin ? Cet élan irrationnel aurait des conséquences calamiteuses, si jamais ils étaient surpris ensemble dans cette alcôve retirée.

Il baissa la tête, et ses lèvres effleurèrent la joue de Rebecca. Il crut sentir la commissure de ses lèvres et son souffle parfumé. Mais cela n'avait rien à voir avec un baiser.

Avait-elle déjà reçu un vrai baiser ?

Ce n'était pas le moment de se poser ce genre de question.

— Posez une main sur mon épaule, chuchota-t-il.

Elle obéit, posant le bout de ses doigts sur sa veste.

Comme prévu, le prétendant de Rebecca déboula dans le petit carré de verdure, et il lui fallut quelques secondes à peine pour repérer les deux « amoureux » enlacés.

Pour une fois, songea Robert, sa réputation allait le servir. Personne n'irait imaginer qu'il badinait dans les jardins avec une jeune ingénue. Ses maîtresses étaient des femmes expérimentées, qui ne cherchaient pas de liaison durable. Rebecca Marston ne correspondait pas du tout à ce genre de description, aussi Watts ne pourrait-il jamais deviner que c'était elle qui se tenait blottie contre lui.

Il se tourna suffisamment pour que Watts puisse le reconnaître et dit d'un ton clair et cassant :

— Laissez-nous tranquilles, monsieur.

— Oh, euh… bien sûr. Désolé, Northfield. Je cherchais… quelqu'un. Je m'en vais, ajouta-t-il, embarrassé. Je ne m'attendais pas à vous trouver ici.

Robert se retourna sans répondre, feignant d'embrasser ostensiblement sa compagne, dont le corps était plaqué contre le sien. Il sentait le renflement de ses seins, et les effluves d'un parfum aux odeurs de jasmin.

Sa senteur préférée.

Elle avait une peau d'une exquise douceur, songeat-il tout en écoutant ce clown de Watts s'éloigner dans l'allée.

Malheureusement, son corps ne tarda pas à réagir, ses reins s'enflammèrent.

La voix de la raison s'éleva. *Bien sûr, elle a une jolie peau, un corps souple et les cheveux brillants. Après tout, elle ne peut pas avoir plus de… dix-neuf ou vingt ans. Une jeune fille à marier ? Oh, oui. Et si jamais son père remarquait son absence et décidait de partir à sa recherche…*

Étant donné l'opinion de sir Benedict à son sujet, ils risquaient de se retrouver face à face demain matin, un pistolet à la main.

Robert se redressa brusquement et fit un pas en arrière.

— Vous devriez attendre ici quelques minutes. J'étais sur le point de quitter le bal, je vais sortir par la porte de derrière.

Rebecca Marston le contempla, les lèvres légèrement entrouvertes.

— Merci. Vous avez eu beaucoup de... présence d'esprit.

Ses lèvres étaient humides. Sa robe sage ne pouvait dissimuler les courbes gracieuses de son corps. Contrairement à certains hommes de sa connaissance, Robert n'était pas particulièrement attiré par les petites femmes. Rebecca était plus grande que la moyenne. Et ses seins... il pouvait deviner, en fin connaisseur, qu'ils étaient rebondis et fermes. C'était une ravissante jeune femme. Rien d'étonnant à ce que Watts arpente les jardins à sa recherche.

Il devait avoir l'air aussi idiot que ce dernier, debout devant elle à laisser libre cours à son imagination. Il était temps de filer.

— Ce fut un plaisir, annonça-t-il avec un sourire insouciant. Si jamais vous devez échapper à un autre prétendant importun, n'hésitez pas, appelez-moi !

Tournant les talons, il s'éloigna d'un pas alerte.

3

*L'élément de surprise est toujours
utile. N'oubliez pas que les hommes
aiment le changement. Si vous le
leur procurez, ils n'iront pas se distraire ailleurs.*

Extrait du chapitre intitulé :
« Connaître sa proie »

— Tu veux bien me dire ce qui t'est passé par la
tête ? demanda Léa en arquant un sourcil.

C'était une belle journée d'automne, douce et sans
nuages, et elles étaient assises dans le petit jardin.
Les enfants gambadaient autour d'elles. L'une des
petites filles se laissa tomber dans l'herbe avec un cri
de joie et fit des cabrioles sans se soucier de tacher sa
robe de dentelle. Brianna regarda les facéties de ses
nièces en dissimulant un sourire.

— À quoi fais-tu allusion ?

Sa sœur la foudroya du regard. Mince et blonde
comme elle, Léa était son aînée de cinq ans. Elles se
ressemblaient, mais Léa avait toujours été plus guindée que Brianna.

— Tu sais parfaitement de quoi je parle. Dans tous
les journaux mondains, il n'est question que de la

robe que t'a confectionnée ta couturière française et qui a suscité tant de commentaires l'autre soir à l'opéra. Apparemment, c'est la robe la plus osée qu'on ait vue cette saison.

Duchesse ou pas, Brianna redevint en un instant une petite fille réprimandée par sa grande sœur.

— C'était audacieux, reconnut-elle. Mais j'avais une très bonne raison de la porter. Et les décolletés ne manquaient pas ce soir-là.

— Te rends-tu compte que tu es l'une des femmes les plus enviées de la haute société ?

Léa se leva, alla relever sa fille et épousseta sa robe, avant de l'envoyer de nouveau jouer avec ses deux sœurs. Elle revint s'asseoir au soleil, faisant tournoyer les volants de sa jupe de soie.

— Tu ne peux pas faire quelque chose d'aussi audacieux, en imaginant que personne ne te remarquera. Tu es la duchesse de Rolthven.

— Je voulais seulement attirer l'attention de Colton, pas celle des autres.

— Mais enfin, que racontes-tu ? Tu as déjà attiré son attention, puisque c'est ton mari !

— Et ce soir-là, il a fait plus qu'attention à moi, confirma Brianna en songeant au trajet du retour dans le carrosse.

— Que veux-tu dire ?

Brianna haussa les épaules avec une désinvolture appuyée.

— Ai-je tort de vouloir être plus heureuse dans mon ménage ?

— Je croyais que tu étais folle de joie d'avoir épousé Colton, et que tu étais amoureuse de lui ?

Tout cela était vrai.

Et c'était bien là le problème. Si elle avait voulu simplement épouser un duc, elle se serait contentée de la position et de la fortune que ce mariage lui apportait. Mais Brianna aurait épousé Colton, comme Léa avait épousé Henry, même s'il avait été un homme ordinaire.

— J'aime Colton. Ce n'est pas cela le problème. Ou plutôt si, justement.

Brianna arrangea les plis de sa jupe, sans quitter du regard les enfants qui jouaient dans le jardin.

— Je pense qu'il est satisfait de m'avoir épousée. Je sais qu'il me trouve attirante et qu'il apprécie ma compagnie, bien que nous ne soyons pas assez souvent ensemble, à mon goût. Mais a-t-il une véritable inclination envers moi ? Je n'en suis pas sûre. Dans la société où nous vivons, il serait tout à fait admis qu'il ne m'aime pas. Pour moi en revanche, une telle chose n'est pas acceptable. Si mes sentiments n'étaient pas en question, je ne me ferais pas de souci. Mais je veux plus qu'un mariage avantageux. Je veux être heureuse, et je veux que Colton le soit aussi.

— Je ne pense pas qu'il ait été heureux que tu t'exhibes en public vêtue d'une moitié de robe, fit observer Léa, en grande sœur raisonnable.

— Il en a été très irrité, reconnut Brianna. Mais pour la première fois depuis que nous nous connaissons, il a compris que j'étais une personne à part entière et que mes actions peuvent être imprévisibles. Que cela lui plaise ou non, précisa-t-elle avec un sourire espiègle. D'autre part, lorsque nous nous sommes retrouvés en tête à tête, j'ai eu l'impression que ma robe lui plaisait beaucoup, en fin de compte. C'est d'ailleurs pour cette raison que j'avais décidé de la porter. Jusqu'ici, c'est lui qui a pris toutes les décisions dans notre couple. Cela va changer. Je veux que nous partagions tout, pas seulement une maison.

Sa sœur garda le silence un moment. Puis elle se mit à rire.

— Je vois. Tu sembles très déterminée. Enfant, tu étais déjà obstinée lorsque tu avais une idée en tête. Le pauvre homme n'a pas une chance de te résister. Est-ce qu'il sait à quoi il doit s'attendre ?

Brianna songea au livre qu'elle avait acheté, et répondit d'un ton serein :

— Il n'en a pas la moindre idée.

**

Aucun doute, il se passait quelque chose d'étrange.

Quand la porte de la chambre voisine s'ouvrit à la volée, Colton se tint vaguement sur ses gardes. Pendant le dîner, Brianna s'était montrée particulièrement agitée. S'ils n'avaient pas eu des invités, il lui aurait sans doute demandé sans détour ce qui la bouleversait. Il ne comprenait vraiment pas la raison de sa nervosité. Lord et lady Black étaient des gens ternes qui s'intéressaient plus au contenu de leur assiette qu'à la conversation. Il ne pouvait croire que c'était leur compagnie qui avait suscité une telle agitation chez son épouse.

— Il est tard et ma femme de chambre est partie se coucher. Pourriez-vous m'aider à ôter ma robe ?

Elle avait déjà enlevé les épingles qui retenaient ses cheveux et ses boucles blondes et chatoyantes retombaient dans son dos, effleurant sa taille. Pieds nus, elle s'avança vers lui d'un air à la fois interrogateur et taquin.

L'aider à enlever sa robe ?

Rien ne pouvait lui faire plus plaisir.

Les doigts un peu tremblants, Colton s'exécuta et défit les crochets qui retenaient le vêtement. Le fourreau glissa sur les épaules de la jeune femme et tomba sur le sol. Sa chemise était d'une dentelle si fine, qu'elle ne cachait rien de ses formes. Colton inspira vivement.

— Je vois que Mme Ellen s'est encore surpassée, dit-il d'une voix étranglée.

Brianna eut un sourire malicieux.

— L'été a été chaud et il me fallait des sous-vêtements légers.

— Il fait chaud, en effet, marmonna Colton en tirant sur sa cravate.

— Puis-je retourner dans ma chambre ?

C'est à peine s'il entendit la question. Les deux mamelons roses se pressaient contre la dentelle de la chemise, et le tissu arachnéen moulait parfaitement la rondeur des seins de Brianna. Le vêtement la couvrait jusqu'à mi-cuisses, et il distinguait le triangle sombre entre ses jambes.

— Pardon ?

Elle laissa fuser un rire léger et provocateur.

— Je vous demandais si je pouvais retourner dans ma chambre. Mais puisque vous m'avez aidée à me déshabiller, c'est à mon tour de vous venir en aide.

Stupéfait, il vit sa jeune et jolie épouse s'agenouiller devant lui pour défaire son pantalon. Le frôlement de ses doigts à travers le tissu exacerba son désir, et il retint son souffle jusqu'à ce qu'elle ait dégrafé le dernier bouton.

— Brianna, bredouilla-t-il lorsqu'elle se mit à le caresser. Que faites-vous ?

Elle leva vers lui des yeux innocents. Avec ses cils épais et ses cheveux répandus sur ses épaules, elle ressemblait à une jeune nymphe. Elle baissa la tête, et Colton sentit ses reins s'embraser. Les lèvres de la jeune femme effleurèrent son sexe tendu. La sensation était exquise.

Il n'avait jamais rien éprouvé d'aussi délicieux.

Bien sûr il avait eu des maîtresses avant son mariage qui lui avaient prodigué ce genre de caresses. Mais c'étaient des femmes expérimentées qui n'avaient rien de la sensualité de la jeune lady entre ses cuisses. Il tendit les mains vers sa chevelure, sur le point de lui demander comment elle avait eu l'idée de faire une chose aussi audacieuse. Mais alors qu'il enfonçait les doigts dans ses boucles blondes, elle le taquina du bout de la langue.

Il laissa échapper un grognement rauque et il se mit à trembler. Dans un réflexe inconscient et purement masculin, il s'enfonça plus profondément dans la bouche de sa compagne. Il voulut immédiatement se retirer, mais elle crispa les doigts sur lui pour le retenir et il grogna de nouveau. Elle répéta ses caresses doucement, encore et encore. Colton n'eut pas la force de la repousser.

— Assez, grommela-t-il quand il sentit la jouissance sur le point de déferler.

Trouvant alors la force de la repousser, il la souleva dans ses bras et l'emporta vers le lit, où il la déposa. Ses longues boucles se répandirent sur les draps. Il agrippa le bord de sa chemise pour la relever, et entendit le tissu craquer. Puisque le mal était fait, autant en finir, décida-t-il en déchirant la fragile dentelle.

Brianna le regarda, nue, offerte, les seins gonflés de désir. S'il la pénétrait maintenant, il savait qu'il serait aussitôt submergé par la jouissance et la priverait de son plaisir. Il défit sagement les deux premiers boutons de sa chemise, puis changeant du tout au tout, la fit prestement passer par-dessus sa tête.

— Puisque vous avez envie d'être coquine, madame, dit-il en la contemplant, poursuivons.

Elle s'humecta les lèvres et murmura :

— Je veux bien faire tout ce que vous voudrez.

— C'est mon tour à présent, cela va vous plaire.

Il s'allongea auprès d'elle, effleura rapidement ses mamelons du bout de la langue, lui embrassa le ventre, puis enfouit le visage entre ses cuisses.

Comme il s'y attendait, Brianna étouffa un cri. L'espace d'un instant elle voulut protester en resserrant les jambes, mais il lui écarta les cuisses des deux mains et pressa sa bouche contre la moiteur de son sexe. Puis il la taquina du bout de la langue comme elle l'avait fait pour lui, et sentit son petit bouton se gonfler de plaisir sous ses caresses. Elle se mit à jouir en poussant de petits cris, ce qui décupla le désir de Colton. Frissonnante, elle lui agrippa les bras. Sans lui laisser le temps de reprendre ses esprits, il se hissa au-dessus d'elle et la pénétra.

Comme il le pressentait, tout alla très vite. La jouissance le submergea presque aussitôt et il ferma les yeux en s'abandonnant à cette merveilleuse sensation.

Lorsqu'il recouvra enfin l'usage de la parole, il posa les yeux sur la jeune femme décoiffée, dont la chemise de dentelle était désormais en lambeaux.

— Pouvez-vous… me dire…, bredouilla-t-il, pantelant, ce qui vous a pris, ma chère ?

Elle fit glisser le bout de ses doigts sur ses reins puissants.

— Il me semble que c'est *vous* qui m'avez prise, Colton.

Ce dernier étouffa un rire.

— Certes, et c'est délicieux. Mais ce n'est pas ce que je voulais dire, et j'attends une réponse.

Un parfum fleuri s'échappait de ses boucles, et il l'inhala avec délices.

— Qu'est-ce qui vous a donné l'idée de… de…

Il chercha ses mots, agacé par l'amusement évident de Brianna. Il n'était pas du tout habitué à se faire surprendre ainsi par sa femme. C'était lui l'expérimenté. Brianna était arrivée vierge au mariage et elle ne connaissait que ce qu'il lui avait appris. Il ne lui avait certainement rien demandé de choquant. Si une courtisane souhaitait se servir de ses lèvres pour donner du plaisir à un homme, c'était très bien. Mais ce n'était pas un acte à proposer à une jeune femme mariée depuis à peine trois mois.

— J'ai pensé que cela vous plairait, murmura-t-elle d'une voix rauque, sans cesser de lui caresser le dos.

Colton s'efforça de demeurer calme et rationnel, alors que son cœur continuait de battre la chamade.

— Et vous savez pertinemment que cela m'a plu. Mais votre réponse reste évasive.

— Pourquoi souhaitez-vous tout analyser, en un moment aussi agréable ?

Elle se cambra un peu, se pressant contre lui. Le contact de sa peau fit surgir une nouvelle sensation de plaisir, signe que le désir de Colton ne s'était pas dissipé. Il décida que sa femme avait raison. Pour le moment, la cause de cet élan de sensualité n'avait pas vraiment d'importance. Pour l'heure, il allait lui faire encore une fois l'amour. Tout en l'embrassant, il chuchota :

— Cette discussion n'est pas terminée. Nous la reprendrons plus tard.

**

Ce livre était une bénédiction.

Comblée et somnolente, Brianna se blottit entre les bras de son mari. Après leur première union passionnée, Colton lui avait fait l'amour avec tendresse et lenteur, lui caressant les seins et le cou, avant de l'embrasser longuement.

Il était si silencieux qu'elle le crut endormi.

— Je suis navré d'avoir déchiré votre chemise, dit-il de but en blanc.

Brianna leva la tête pour essayer de déchiffrer son expression. Sans ses vêtements, et avec ses cheveux emmêlés, il était très différent du duc raffiné qu'elle avait épousé. D'une beauté à couper le souffle. Brianna se rendit compte avec un peu d'étonnement qu'après trois mois de mariage, c'était la première fois qu'elle le voyait nu. Lorsqu'il venait la rejoindre dans ses appartements, il était toujours en robe de chambre, et il faisait nuit quand il se glissait dans son lit.

— Êtes-vous vraiment désolé ? s'enquit-elle d'un ton mutin. Moi non.

— Il me semble qu'il est discourtois voire même barbare de déchirer les vêtements de sa femme.

— Vous êtes pardonné, Colton.

— Vous m'avez surpris, ma chère.

Il l'avait surprise également. Elle avait encore en mémoire ce baiser coquin et très intime entre ses jambes. Quand elle avait lu le passage conseillant de poser les lèvres sur le sexe de son mari, elle avait été extrêmement choquée. Mais comme le prédisait lady Rothburg, il avait pris un immense plaisir. Un si grand plaisir qu'il lui avait arraché sa chemise dans un moment de passion fiévreuse.

C'était un progrès.

Puis ils avaient fait l'amour une deuxième fois et il était passé du désir impétueux à une douceur attentionnée. Avant la soirée à l'opéra, elle n'avait connu que la deuxième manière. Et encore, cachée, tue. Ces deux expériences avaient chacune leur mérite. Elle était un peu apeurée cependant de découvrir que son propre plaisir était décuplé lorsque son mari perdait le contrôle de lui-même.

À partir de maintenant, décida-t-elle, Mme Ellen ne lui ferait plus que des sous-vêtements de dentelle.

— J'espère que je n'ai pas été trop exigeant, dit-il en posant les doigts sur son bras.

— Avez-vous décelé quelque objection de ma part ?

— Non.

Un de ses rares sourires éclaira ses traits, et s'effaça presque aussitôt.

— Tout de même, je vous ai un peu harcelée.

Il était ennuyé à l'idée de ne pas avoir pris l'initiative de cette étreinte et de ne pas avoir su se maîtriser. Brianna s'y attendait. Il avait tellement l'habitude de prendre toutes les décisions, non seulement pour lui mais aussi pour les autres. Ils étaient deux à présent, et ils devraient composer. Elle espérait qu'il se rangerait bientôt à ce point de vue.

— Je me sens très bien, Colton, dit-elle en étouffant un bâillement. Délicieusement lasse, c'est un état très agréable.

— Je suppose.

Elle posa la joue sur son torse dur et humide, en espérant qu'il n'allait pas lui suggérer de retourner dans sa chambre. En général c'était lui qui venait chez elle, comme cela s'était passé le soir de leurs noces. C'était une routine comme beaucoup d'autres dans la vie de Colton qui aimait avoir une vie bien ordonnée. Il attendait qu'elle soit couchée et qu'elle ait renvoyé sa femme de chambre. Puis il lui demandait poliment si elle n'était pas trop fatiguée pour tolérer sa compagnie, et éteignait les lumières. Jamais avant ce soir, il ne l'avait complètement dévêtue. Il la caressait à travers l'étoffe de sa chemise, et soulevait délicatement celle-ci avant de la pénétrer avec des mouvements calmes et mesurés. Quand il avait fini, il regagnait invariablement son lit. Parfois il attendait qu'elle s'endorme, mais le plus souvent il s'excusait avec la même politesse qu'en arrivant, et sortait.

Cela n'avait rien d'anodin. La haute société trouvait plus convenable que mari et femme aient des chambres séparées. De plus, Colton avait l'esprit pratique. Puisqu'il avait sa propre chambre, pourquoi ne serait-il pas retourné y dormir ?

Tout cela était sensé, certes, mais c'était aussi très irritant et frustrant quand deux personnes s'aimaient.

Non qu'elle n'ait pas pris plaisir dès le début à leurs échanges sexuels. Même la toute première fois, son mari lui avait donné du plaisir. Mais elle avait eu le sentiment de lui donner quelque chose, qu'il avait pris. Le terme « devoir conjugal » s'adaptait parfaitement à ces brèves rencontres. Or, Brianna détestait l'idée d'accomplir par obligation un acte aussi merveilleux que celui qu'ils venaient de connaître ensemble.

Avant ce soir, elle n'aurait pas eu l'idée de penser à elle comme à une amante. Elle était l'épouse de Colton, mais pas sa maîtresse. Jusqu'à maintenant. Nue dans son lit, elle se sentait entière, épanouie sexuellement. Il avait passé un bras autour de ses épaules et elle se laissa bercer par une exquise fatigue, la semence de l'homme qu'elle aimait répandue sur ses cuisses.

— Brianna, dit-il en lui caressant la joue du bout du doigt. Je dois me lever tôt demain matin, j'ai des rendez-vous toute la journée.

Le bien-être de Brianna se dissipa aussitôt, laissant place à une vive déception.

— Comme chaque jour, Votre Grâce.

— Vous n'êtes pas obligée d'employer une formule aussi guindée dans un moment comme celui-ci.

Brianna ne répondit pas.

— Roger viendra dès le lever du jour prendre ses instructions, continua-t-il sur le même ton raisonnable.

Comme s'il ne venait pas de lui faire l'amour avec tant de passion.

— Et il ne faudrait pas que votre valet me trouve dans votre lit !

Brianna s'assit en rejetant ses longs cheveux en arrière, et darda sur son mari un regard acéré.

— Je suis congédiée, maintenant que vous avez obtenu ce que vous désiriez.

Colton se rembrunit.

— Je ne dis pas cela. Simplement, je ne souhaite pas vous déranger lorsque je me lèverai.

— C'est très attentionné de votre part.

— En effet, c'était une marque d'attention. Mais à en juger par votre ton sarcastique, vous n'êtes pas de cet avis.

— Parfois, je me dis que vous devez être l'homme le plus obtus de Londres.

Brianna quitta le lit en se disant qu'elle ne pourrait pas le changer aussi vite qu'elle l'espérait. Il n'envisageait même pas de modifier quoi que ce soit à sa vie, pour s'adapter aux sentiments de son épouse ! Il lui faudrait s'armer de patience.

L'amour était un mot qu'il ne connaissait pas.

— Pourriez-vous m'expliquer en quoi le fait de vouloir que vous ayez une nuit de sommeil ininterrompue fait de moi quelqu'un d'obtus ?

Les lèvres serrées, les yeux mi-clos, il la regarda ramasser ses vêtements.

— Non, répliqua Brianna en gagnant la porte de communication d'un pas lent, afin de lui laisser tout le temps d'admirer sa chute de reins. Bonne nuit, Votre Grâce.

Elle crut l'entendre marmonner un juron, avant de franchir la porte.

⁂

Diable. Que s'était-il donc passé ?

Allongé dans son lit, Colton contempla le plafond. Devait-il passer dans la chambre de sa femme pour lui demander une explication ? Ou plutôt deux explications ?

Non, trois.

Elle lui devait trois explications.

Tout d'abord, il y avait eu la robe. Il ne comprenait toujours pas ce qui l'avait poussée à porter cette tenue si outrageante. Même si Robert lui avait soufflé un moyen raisonnable de l'empêcher de recommencer. Ensuite, elle l'avait déstabilisé en accomplissant un acte dont elle était censée tout ignorer. Et maintenant... eh bien, il n'avait rien compris à ce qui s'était passé.

Il avait l'impression d'avoir commis un faux pas et d'avoir blessé sa femme au lieu de la remercier pour l'expérience sexuelle la plus enivrante de toute sa vie. Pourtant, il aurait juré qu'ils n'avaient jamais été aussi proches que pendant ces quelques minutes, après avoir fait l'amour. Brianna semblait faite pour être dans ses bras, son corps souple lové contre le sien, ses cheveux soyeux répandus sur sa poitrine. Il l'avait toujours trouvée particulièrement sensible à ses caresses, mais ce soir leur étreinte avait été magique.

Jusqu'à ce qu'il commette une maladresse.

Son regard morne se fixa sur la porte fermée.

Elle voulait bien qu'il lui déchire ses vêtements, mais pas qu'il évite de la réveiller le matin ?

Si elle croyait qu'il accepterait qu'un autre homme que lui, fût-ce son valet, la devine nue sous les couvertures, elle se trompait. Leur vie privée n'appartenait qu'à eux, et sa beauté n'était là que pour lui.

Il lui parlerait, quand il ne se sentirait plus aussi fatigué.

Mais malgré une journée bien remplie et cette étreinte passionnée, il ne put trouver le sommeil.

Quelque chose clochait, conclut-il en fixant les rayons pâles de la lune contre les tentures. Tout se bousculait dans sa tête, rien n'était sous contrôle, or il avait toujours mené une vie simple et prévisible.

4

Évitez les hommes qui se font pas-
ser pour ce qu'ils ne sont pas. La per-
sonnalité d'un amant est importante,
même si vous ne cherchez qu'un plai-
sir passager dans ses bras. J'ai une
affection particulière pour les jeunes
libertins, car ils sont authentiques et
ne font pas mystère de leur caractère
volage. Ils sont invariablement char-
mants. Une femme qui parvient à
s'attacher un de ces hommes a beau-
coup de chance.
Extrait du chapitre intitulé :
« Ces chères fripouilles »

Leurs chevaux avançaient côte à côte. Les bêtes
étaient magnifiques mais aussi différentes l'une de
l'autre que leurs deux cavaliers. Robert avait choisi un
cheval de sa race préférée, un étalon barbe. Difficiles à
dresser, ces animaux étaient rapides et endurants. Son
frère aîné montait son cheval favori, un pur-sang, une
bête extraordinaire, la vedette de leur haras. Après
avoir gagné une foule de prix, Thèbes était maintenant
à la retraite, mais Colton continuait de le monter
régulièrement.

Ils s'accordaient très bien, songea Robert, amusé. Le duc à l'allure aristocratique et le champion. Néanmoins, son frère d'ordinaire si serein semblait soucieux.

— Je ne sais pas quoi faire, avec mon épouse.

— Tenu en échec par une femme ? s'esclaffa Robert. C'est nouveau !

Colton le foudroya du regard.

— Ta réaction ne m'aide pas.

— C'est de l'aide que tu cherches ?

— Peut-être, admit Colton au bout d'un instant. Son comportement est déconcertant.

Les allées du parc étaient très fréquentées en cette belle matinée d'automne. Ils saluèrent plusieurs connaissances et gardèrent le silence jusqu'à ce qu'ils se retrouvent seuls sur le chemin. Le ciel était d'un bleu pur, à peine parsemé de quelques nuages blancs et ronds.

— Brianna m'a paru comme à son habitude, lors du déjeuner d'anniversaire de grand-mère, la semaine dernière. Il est vrai que je ne la vois pas tous les jours.

Robert, qui avait une maison de ville, refusait de résider dans la grandiose demeure familiale de Mayfair. Il n'était pas duc, et Damien, le cadet de la famille, le précédait sur la liste des héritiers. Aussi Robert aimait-il vivre comme il lui plaisait.

Colton hésita. Ses doigts se crispèrent si fort sur les rênes que Thèbes secoua la tête. Le duc tapota l'encolure du cheval pour s'excuser de sa brusquerie.

— Cela ne se voit pas de l'extérieur, mais il y a une différence, sans aucun doute.

Son frère aîné était rarement aussi mal à l'aise. La curiosité de Robert en fut piquée au vif.

— Il va falloir que tu m'expliques, Colt.

— Bon sang, je m'en rends compte.

Robert attendit patiemment tandis que leurs chevaux avançaient le long des sentiers sinueux. Le temps était radieux et l'atmosphère paisible.

— L'autre soir, elle a... elle a agi de manière tout à fait inattendue, hésita Colton dont le rouge montait aux joues.

Robert finit par comprendre à quoi son frère faisait allusion.

— Au lit, tu veux dire ? demanda-t-il de but en blanc.

— Oui.

— Et cette initiative t'a plu, ou non ?

Après tout, c'était Colton qui était à l'initiative de cette promenade matinale. Il voulait lui demander conseil. Robert avait renoncé à sa grasse matinée, il valait donc mieux entrer dans le vif du sujet.

— Elle m'a plu. Beaucoup, si tu veux savoir.

— Je ne veux rien savoir de ta vie personnelle, Colt. Mais c'est toi qui as mis le sujet sur le tapis.

— J'en suis bien conscient, rétorqua le duc. Je suis désolé. Je reconnais qu'il est un peu étrange de discuter de son épouse avec un tiers.

Robert ne sut que répondre. Il n'avait jamais eu ce genre de discussion avec un de ses amis. Colton était en général excessivement discret, aussi cette conversation était-elle pour le moins inattendue.

Le duc fixa un bosquet, comme s'il n'avait rien vu d'aussi fascinant de toute sa vie.

— Eh, bien voilà... elle... elle a fait quelque chose qu'elle n'avait encore jamais fait.

Voilà qui était clair..., songea Robert en soupirant.

— Elle a demandé une tasse de thé ? S'est mise à chanter en se déshabillant ? Ou bien à danser nue devant la fenêtre ? Elle a suggéré à sa femme de chambre de vous rejoindre dans le lit ? Il va falloir que tu t'expliques, mon vieux. La subtilité, c'est bon pour les commères qui échangent des ragots en sirotant leur sherry. Je ne peux pas lire dans tes pensées.

— Bon, bon, maugréa Colton. Brianna s'est servie de sa bouche pour me donner du plaisir. Et le pire, c'est qu'elle s'en est... très bien sortie.

La première pensée de Robert fut que son frère avait de la chance. Néanmoins, il s'abstint de le dire à haute voix.

— Tu y vois quelque chose de mal ? demanda-t-il doucement.

— Seigneur, pas le moins du monde.

Colton se rembrunit et ajouta :

— Simplement, je me demande comment elle a pu avoir cette idée.

— Ce n'est pas toi qui la lui as soufflée ?

— Grands dieux, non. Brianna est une dame, je n'oserais jamais lui demander une chose pareille.

Comprenant enfin l'embarras de son frère, Robert réprima un rire.

— Tu te rends compte que tu t'inquiètes, alors que d'autres seraient ravis ? Le sexe est une évidence. Brianna a des amies mariées. L'une d'entre elles a peut-être un mari moins poli et réservé que toi. Les femmes parlent entre elles. C'est même leur passe-temps favori.

— Tout de même pas de ce qui se passe dans leur chambre à coucher ?

— Pourquoi pas ?

— C'est contraire à la bienséance.

Robert songea avec cynisme que vivre depuis l'enfance avec l'idée d'endosser un jour les responsabilités d'un duc devait faire perdre le sens des réalités.

— Réfléchis, Colt. Les femmes sont fascinées par les histoires d'amour. Elles sont par nature beaucoup plus intéressées que nous. Quant au sexe, c'est un sujet universel. Malgré quelques variantes, les principes sont toujours les mêmes. Les hommes se concentrent sur la taille des seins de leur partenaire, mais les femmes s'enivrent d'autre chose. Des mots tendres, une caresse dans les cheveux, une phrase poétique de l'homme qui les enserre le matin à l'aube. Rien de tout cela n'est malséant.

— Ce qui renforce mon argument, rétorqua Colton d'un ton acerbe. Qui a pu lui suggérer un comportement aussi libertin ?

— Tu viens d'avouer que cela t'avait plu.

— Ce n'est pas la question, Robbie.

— Naturellement, l'une de ses connaissances lui aura rapporté que les hommes adorent ce genre de caresses. Pas de la façon dont nous en parlons nous-mêmes, mais avec la délicatesse d'une femme. Je suppose qu'elles parlent entre elles de ce que nous aimons. Nous, nous ne pensons qu'à ce que nous aimons, mais les femmes sont plus généreuses et veulent nous plaire.

Son frère lui lança un regard maussade.

— De quel côté es-tu ?

Robert était un homme qui affichait une grande virilité, mais il reconnaissait aisément que les pouvoirs entre hommes et femmes étaient mal partagés, au lit comme ailleurs.

— Du nôtre. Sans la moindre hésitation. Soyons honnêtes, c'est nous qui contrôlons tout. Les femmes intelligentes le savent. Elles se simplifient la vie en nous faisant plaisir. Surtout lorsqu'elles sont à notre merci, comme le sont nos épouses.

— Brianna n'est pas à ma merci ! s'exclama Colton d'un air hautain. C'est mon épouse. Elle n'est ni ma prisonnière ni mon esclave.

Robert eut du mal à cacher son amusement.

— Je ne doute pas que tu lui accordes une pension généreuse, mais je suis sûr que tu contrôles ses dépenses. De même, tu l'autorises à accepter des invitations, mais je parie que tu te réserves le droit de revenir sur ses décisions. Elle peut sortir seule, mais uniquement si elle est accompagnée de sa femme de chambre ou d'un chaperon. Ce n'est pas vrai ?

— Je ne suis pas un despote…

— Non, tu es juste un mari ordinaire. Les femmes sont très dépendantes de nous. Et ce que nous considérons comme une simple protection pourrait être vu comme une domination étouffante.

Colton laissa échapper un soupir exaspéré.

— Je le concède. Néanmoins Brianna ne s'est jamais plainte une seule fois de ces petites règles…

Robert ricana. Si quelqu'un avait tenté de lui dire comment dépenser son argent, ou l'avait empêché de participer à une soirée, il aurait été hors de lui. Mais il était un homme, et depuis sa majorité il avait toute liberté de vivre à sa guise. Les épouses, elles, avaient aussi peu d'autonomie que les femmes célibataires qui devaient se soumettre aux décisions de leur père.

Ignorant son ricanement de mépris, son frère poursuivit avec détermination :

— Il n'en demeure pas moins qu'elle agit de manière étrange.

— Elle est peut-être simplement plus audacieuse que tu ne l'as cru au début. Pourquoi t'inquiéter d'une chose aussi délicieuse qu'une femme qui fait l'amour avec enthousiasme ?

Colton se frotta le menton de sa main gantée.

— Vu sous cet angle, mon inquiétude est peut-être ridicule, mais je dois avouer qu'elle m'a pris de court. Quand je l'ai interrogée pour savoir ce qui lui avait donné cette idée, elle est devenue évasive.

— Il n'y a que toi, pour faire passer un interrogatoire à une femme après avoir fait l'amour ! Tu as toujours eu tendance à trop analyser les événements.

— Je suis habitué aux femmes qui ont de l'expérience, murmura son frère. Tout cela est nouveau pour moi. Tu as raison, ce pourrait être parfaitement naturel. Cependant, ses plus proches amies sont la nouvelle comtesse de Bonham et Rebecca Marston. Je ne vois pas Bonham enseigner ce genre de choses à sa femme, surtout qu'ils se sont mariés un mois après Brianna et moi. Mlle Marston est célibataire. Elle est bien chaperonnée, très protégée par son père, et c'est une jeune fille raffinée. Aucune d'elles ne peut avoir soufflé d'idée scandaleuse à mon épouse, et je ne vois personne d'autre avec qui elle aurait pu aborder un sujet aussi intime. Ma belle-sœur aurait pu lui parler, mais c'est une femme respectable, mère de trois enfants.

L'allusion à la ravissante Rebecca, avec ses yeux verts et ses cheveux sombres, replongea Robert dans un délicieux souvenir. Il songea à sa bouche frôlant la sienne, à son corps frémissant plaqué contre lui. L'incident était anodin, mais Robert ne cessait d'y penser. Il était intrigué de ne pouvoir l'oublier.

C'était à cause de ce parfum de jasmin. Cela évoquait pour lui des jardins exotiques, une peau souple et soyeuse, et un soupir…

Comment se faisait-il qu'il accorde ne serait-ce qu'une pensée à Mlle Marston ? Elle était *à marier*. De plus après un certain *incident*, son père, sir Benedict, ne parvenait même pas à être poli quand ils se croisaient.

— Si tu veux mon avis, oublie tout cela, Colt. Par la même occasion, tu devrais lui dire que tant qu'elle ne fait pas de folles dépenses, elle peut utiliser son argent de poche comme bon lui semble. Je te conseille de faire d'autres concessions sans grande importance. De toute évidence, elle cherche à te faire plaisir. Rends-lui la pareille. Et maintenant, si nous poussions un petit galop ? suggéra-t-il en éperonnant légèrement son cheval. J'ai envie de mesurer Sahir à Thèbes. Il est en pleine forme, ce matin.

⁂

La salle de musique était silencieuse. De longues tentures de velours ivoire avaient été tendues devant les fenêtres, afin d'améliorer l'acoustique. Un encrier et des feuilles de papier à musique étaient posés sur le piano, mais Rebecca avait à peine griffonné quelques notes. La chaise craqua sous son poids quand elle se tourna.

Sa muse l'avait désertée ce matin, finit-elle par admettre en soupirant. Cela durait même depuis plusieurs jours. Chaque matin, elle entrait dans la salle et accomplissait le même rituel. Elle préparait son crayon et le papier à musique, s'installait sur le tabouret, les doigts sur le clavier.

Et il ne se passait rien. Elle n'éprouvait pas la joie habituellement ressentie. Une passion nouvelle brouillait son esprit et la détournait de la musique.

Le menton dans la main, elle appuya pensivement sur une touche, prolongeant la note un moment avant de lever les doigts. Voilà. Elle avait fait quelque chose. Pendant un instant, elle était redescendue sur terre.

Car Rebecca vivait en plein rêve depuis ce fameux soir. Un rêve irréalisable.

Elle s'était tenue tout contre Robert, avait respiré le parfum frais de son eau de toilette, avait senti ses lèvres effleurer sa peau, et perçu la force de son corps mince quand il l'avait serrée contre lui...

Et maintenant qu'elle avait touché du doigt celui qu'elle aimait, elle était au plus mal. Elle savait depuis le début que ses sentiments pour lui étaient ridicules et vains. C'était un libertin qui partait chaque jour à la conquête d'une nouvelle femme. Sans penser au mépris que son père éprouvait pour cet homme.

Un coup bref à la porte interrompit ses rêveries. Elle espéra que ce n'était pas le majordome annonçant la visite de lord Watts.

— Oui ?

La porte s'ouvrit et Brianna passa la tête dans l'embrasure.

— Je suis passée à l'improviste, Beck. J'ai demandé à Hains de ne pas m'annoncer. Si tu travailles, je reviendrai plus tard.

Les parents de Rebecca considéraient que la musique était un passe-temps de bas-bleu. Mais Arabella et Brianna comprenaient sa passion. En fait, elles constituaient son meilleur auditoire, et étaient toujours impressionnées par ses compositions.

— J'essaye de travailler, mais sans succès. Une petite visite de ma chère amie me redonnera sûrement l'inspiration. Entre.

Elle aurait dû recevoir la duchesse de Rolthven dans le grand salon, mais Brianna était son amie la plus proche. Entre elles, la simplicité était de mise. La duchesse prit place dans un des fauteuils, et étala ses jupes de soie bleu clair autour d'elle. Ses cheveux blond pâle étaient coiffés sobrement, en chignon. Une femme de la beauté de Brianna n'avait pas besoin d'une coiffure sophistiquée. Son allure sage la rendait encore plus séduisante et c'était d'ailleurs ainsi qu'elle avait attiré l'attention d'un des meilleurs partis d'Angleterre. Son maintien altier lui donnait beaucoup d'élégance.

Elles avaient toutes les trois fait sensation, lors de la saison précédente. Brianna avait rencontré son beau duc, Arabella son gentil comte, et Rebecca… était toujours seule. Elle avait refusé toutes les demandes, à cause de sa malheureuse attirance pour un débauché qui ne s'était même pas rappelé son nom, l'autre soir.

Peut-être ne faisait-elle pas tellement sensation, en fin de compte.

— Je vais organiser une partie de campagne.

Rebecca battit des paupières.

— Vraiment ? Je croyais que tu détestais ce genre d'événements.

— En temps normal, oui, admit Brianna en faisant la grimace. Je n'aime ni le tir à l'arc, ni les ballets, ni les pièces de théâtre. Mais ce n'est pas parce que je n'aime pas cela, que je dois en priver les autres. Ces fêtes à la campagne sont très appréciées, surtout en automne. J'espère que Colton sera content quand je lui expliquerai que c'est son cadeau d'anniversaire. C'est tellement difficile de trouver un présent pour quelqu'un qui possède la moitié de l'Angleterre ! Il a tout ce qu'un homme peut désirer. Aussi, je pense que cette fête lui fera plaisir. Elle aura lieu à Rolthven Manor, et sa grand-mère m'aidera à tout organiser. Je suis sûre qu'elle sera enchantée. Nous devrions utiliser plus souvent cette immense demeure ! La grand-mère de Colton y est toujours seule avec les domestiques.

— Je croyais que tu venais de t'y rendre ?

— Oui, pour son repas d'anniversaire. Nous n'avons passé qu'une nuit au domaine. Robert est resté encore moins longtemps. Un vrai courant d'air. Damien n'a pas pu venir car il se trouvait en Espagne. Mais il sera de retour en Angleterre la semaine prochaine. Je ne vais inviter que des amis proches et de la famille, pour que cela ne soit pas trop ennuyeux. Ce sera une charmante distraction.

Rebecca essaya d'imaginer le duc de Rolthven participant à ce genre de fête dans sa demeure familiale. Impossible. Elle ne l'imaginait pas gambader sur la pelouse avec un arc et des flèches, ni prendre part à une pièce de théâtre. Il était bien trop digne et réservé. Elle l'avait vu sourire une ou deux fois à sa femme seulement. Ses traits s'étaient alors animés, et une expression chaleureuse était passée dans son regard. Rebecca ne le connaissait pas assez pour savoir s'il serait content à l'idée d'un tel événement, mais Brianna était enthousiaste.

— Ce sera merveilleux, dit Rebecca pour l'encourager.

— Je l'espère. Je voudrais que Colton ne travaille pas autant, ajouta-t-elle en fronçant les sourcils. À vrai dire, je ne suis pas sûre qu'il me remercie de cette initiative, mais je suis déterminée à aller jusqu'au bout. Nous sommes mariés depuis plus de trois mois, et je ne le connais toujours pas. J'avoue que les choses ne se passent pas comme je m'y attendais.

Comme elle savait qu'un jour elle devrait elle aussi choisir un mari, Rebecca s'informa :

— À quoi t'attendais-tu ?

Pensive, Brianna lissa du bout des doigts le tissu léger de sa robe.

— Son attitude guindée me semblait normale, tant qu'il me faisait la cour. Il est un peu intimidant, au premier abord. Malheureusement, cela n'a pas changé depuis que nous sommes mariés. Il est généreux, et d'une exquise politesse. Mais parfois cette politesse me hérisse. Nous vivons dans la même maison, je porte son nom et il vient me rejoindre dans mon lit, mais en dehors de cela nous menons des vies séparées. Il passe plus de temps à son club qu'avec moi et il trouve normal de vivre comme avant notre mariage. Colton a des idées très vieux jeu sur les relations entre hommes et femmes.

— Il n'est pas vieux jeu, répliqua Rebecca. Il croit que les femmes doivent agir d'une certaine façon, se marier à un certain âge et obéir aux règles établies par leur famille et la société. Il n'est pas le seul à penser ainsi. C'est une vision conventionnelle de la vie, tout à fait déprimante, je te l'accorde.

Brianna se redressa et observa son amie avec curiosité.

— Quelle véhémence ! Que t'arrive-t-il ? Tes parents t'ont de nouveau sermonnée ?

— Tu es en dessous de la vérité. On me rappelle chaque jour avec insistance que j'en suis à ma deuxième saison. Tout irait mieux si l'un des prétendants qui leur siéent me plaisait un peu.

— Personne n'a réussi à piquer ton intérêt ? Je reconnais que les exigences de ton père ont de quoi faire peur aux jeunes hommes de notre connaissance, mais tu as eu plus d'une douzaine de demandes, Beck. Aucun de ces hommes ne t'a plu ? Tu n'as pas éprouvé le moindre sentiment pour l'un d'entre eux ?

Le visage de Robert lui vint aussitôt à l'esprit. Ses cheveux châtains, la ligne élégante de sa mâchoire, le pli de ses lèvres quand il souriait, sa grâce quand il valsait...

Toujours avec une autre femme, bien entendu.

— Non, répondit Rebecca en feignant la nonchalance.

— Ce n'est pas vrai. Tu rougis.

— Pas du tout.

— Tes joues sont roses. Je t'en prie, ne me laisse pas dans l'ignorance. Je ne t'ai jamais vue troublée à ce point.

Rebecca brûlait d'envie d'avouer à quelqu'un son penchant pour Robert Northfield. Mais Brianna n'était pas la personne idéale pour recevoir ses confidences ; elle était la belle-sœur de Robert. Elle serait peut-être aussi horrifiée que son père en apprenant la passion insensée de Rebecca pour ce libertin notoire.

Toutefois, elle fut tentée de tout lui révéler, hormis le nom de son bien-aimé. Elle avait confiance en son amie et cela faisait plus d'un an qu'elle gardait le secret. Et ce qui s'était passé l'autre soir dans le jardin ne l'avait pas aidée à apaiser les émois de son cœur. Robert s'était montré très galant et elle pouvait encore sentir son corps contre le sien. Leurs lèvres ne s'étaient que frôlées, mais…

Rebecca s'éclaircit la gorge et posa les yeux sur une des tentures qui masquaient les fenêtres.

— Je suis amoureuse. Du moins, je crois. Je pense à lui sans cesse, dit-elle dans un souffle.

— Mais c'est merveilleux, Beck ! Qui est-ce ?

Rebecca reporta les yeux sur son amie.

— Il n'y a rien de merveilleux. Au contraire, c'est terrible. Et je ne peux pas te dire son nom, aussi n'insiste pas, je t'en prie.

Le regard de Brianna s'assombrit.

— C'est terrible ? Pourquoi ?

Rebecca se leva, fit quelques pas vers la fenêtre et se retourna en soupirant.

— Pour une bonne centaine de raisons. La vérité, c'est que ce n'est pas possible. Et dans le cas contraire, cela ne changerait rien, car il ne partage pas du tout mes sentiments. Il serait stupéfait s'il apprenait ce que je ressens pour lui ; cela le ferait même rire.

Un silence suivit ces paroles, puis Brianna demanda d'une voix hésitante :

— Pourquoi est-ce impossible ? Je ne comprends pas.

Rebecca savait qu'elle ne pouvait en dire davantage sans s'aventurer sur un terrain glissant. Certes, il y avait pléthore de débauchés dans la bonne société, mais avouer qu'il appartenait à cette catégorie réduirait trop le champ des possibilités. La réputation de Robert, si elle n'était pas unique, dépassait toutes les autres.

— Mon père n'approuverait pas mon choix, dit-elle d'un ton qui se voulait neutre. Tu peux me croire, il refuserait que cet homme me fasse la cour, même si nos sentiments étaient réciproques.

— Mais pourquoi ? Est-ce un domestique ?

— Non, il appartient à une excellente famille.

— Il est marié ?

— Bien sûr que non ! Je ne pourrais pas m'intéresser au mari d'une autre.

Brianna sembla soulagée par les protestations de son amie.

— Je sais, mais je pensais que c'était peut-être un homme rencontré la saison dernière, qui avait épousé quelqu'un d'autre.

— Ce n'est pas le cas.

Rebecca se retourna et alla tirer les rideaux. Le soleil de fin de matinée pénétra à flots dans la salle de musique.

— Cela m'aurait peinée, j'imagine, mais je l'aurais oublié. Non, il n'est pas marié et ne doit pas avoir ce genre de projet en tête. Et même s'il prenait soudain conscience que je vis sur la même planète que lui, mon père serait catégoriquement opposé à cette union. Donc, n'y pensons plus.

Brianna se leva avec grâce pour aller serrer son amie dans ses bras.

— Ne dis pas cela. Tu as l'air tellement malheureuse ! Et cela explique tellement de choses. Nous nous demandions, avec Bella, pourquoi tu étais aussi mélancolique. Franchement, nous avons été très étonnées quand tu as refusé la demande du marquis de Highton, l'année dernière. Il était fou de toi ! En plus, il est riche, beau, et gentil, ce qui est plus important que tout. Je croyais qu'il te plaisait. Tes parents étaient très favorables à cette union.

Richard était quelqu'un de bien, et il ne déplaisait pas à Rebecca. En fait, elle avait trop d'estime envers lui pour accepter de l'épouser alors qu'elle rêvait d'un autre.

— Cela peut paraître idiot. Mais ce n'est pas lord Highton que j'aime. J'ai donc refusé sa demande en mariage tout en sachant que je n'ai pas une seule chance d'obtenir ce que je veux vraiment. Je ne suis qu'une imbécile.

— Voyons, pas du tout, répliqua Brianna en relâchant son amie.

— Je dois l'être pourtant. La première fois que je l'ai vu…

Rebecca s'arrêta à temps. Elle se trouvait avec Brianna quand Robert et son frère aîné étaient entrés dans la salle de bal. Brianna avait posé les yeux sur le duc de Rolthven, et à partir de ce moment aucun autre homme n'aurait pu trouver grâce à ses yeux.

Par bonheur, cette attirance avait été réciproque. Et si Rebecca avait connu ce même coup de cœur pour Robert, en revanche ce dernier n'avait même pas jeté un regard à Rebecca. Pas un seul mot d'échangé. Ils n'avaient été présentés que des semaines plus tard, et uniquement parce que Rebecca accompagnait Brianna.

Elle était meurtrie. Elle était là, à soupirer après un homme qui se trouvait sans doute en ce moment même dans le lit d'une autre femme. Une femme certainement belle et sophistiquée, qui...

S'efforcer de ne plus y penser.

Brianna pencha la tête, l'air pensif.

— Le coup de foudre existe. Cela m'est arrivé avec Colton, aussi il ne faut pas me dire que c'est impossible. Mon mari n'est pas parfait, mais j'essaye de lui faire changer ses habitudes. Peut-être le livre pourrait-il t'aider, toi aussi ?

Rebecca eut un rire étranglé.

— Quoi ? Ne me dis pas que tu fais allusion à l'ouvrage scandaleux de lady Rothburg ? Tu plaisantes !

— Pas du tout.

Brianna retourna s'asseoir dans un tourbillon de soie bleue, et croisa sagement les mains sur ses genoux.

— Contrairement à ce que l'on croit, le livre n'est pas entièrement consacré aux questions sexuelles. Les écrits de lady Rothburg sont très riches sur la mentalité masculine, et un chapitre entier explique comment capter l'attention de l'homme qui t'intéresse. Elle semble avoir eu une vaste expérience avec le sexe fort.

— Tu n'as pas dû écouter ce que je t'ai dit.

Brianna balaya cet argument d'un geste de la main.

— J'ai très bien entendu. Ton père n'approuverait pas cette union, et l'homme en question ne s'intéresse pas au mariage, c'est bien cela ? Ces obstacles sont loin d'être insurmontables.

Appuyée au chambranle de la fenêtre, Rebecca observa son amie.

— Et les Alpes ne sont qu'un négligeable amas de rochers !

— Oh, je t'en prie, Beck ! Tu es belle, merveilleuse, et n'importe quel homme s'intéresserait à toi. Quant à ton père, il t'aime, il veut ton bonheur, et si ce jeune homme est de bonne famille il finira par se laisser amadouer quelles que soient ses préventions contre lui.

Rebecca ne prit même pas la peine d'exprimer ses doutes sur ce point.

— L'homme dont je parle ne veut épouser personne, Bri.

— Tu pourrais le faire changer d'avis. S'il te demandait de l'épouser, que répondrais-tu ?

Rebecca se représenta Robert Northfield à genoux devant elle lui déclarant sa flamme. Elle avait imaginé cent fois la scène, tout en sachant que ce n'était qu'une douce illusion.

— Il ne me le demandera jamais.

— Mais s'il le faisait ?

— Bri ! s'exclama Rebecca, exaspérée.

— Je peux te prêter le livre quand tu voudras. J'ai presque fini ma lecture.

— Oh, non, jamais je ne pourrais !

Brianna était une femme mariée et elle pouvait se permettre certaines choses.

Néanmoins, Rebecca devait reconnaître que cet ouvrage scandaleux l'intriguait. Les miracles n'existaient pas et le cœur d'un libertin comme Robert ne pourrait changer. Mais elle était curieuse de découvrir les révélations de lady Rothburg.

— C'est un ouvrage intéressant, reprit Brianna d'un air malicieux. Je ne vois pas pourquoi l'intimité entre un homme et une femme fait l'objet d'un tel secret. Les hommes savent tout, et nous ne savons rien. Ce n'est pas juste de laisser les jeunes femmes dans l'ignorance.

— Qui a dit que la vie était juste ? murmura Rebecca.

— Livre ou pas, j'espère que tu viendras.

Venir où ? Ah, oui. La partie de campagne. À laquelle Robert assisterait probablement.

Rebecca sentit son pouls s'emballer à l'idée de pouvoir approcher Robert. Mais pourquoi s'imposer une telle torture ? C'était irrationnel.

— Il faut que je demande la permission à mes parents. Je ne suis pas sûre qu'ils acceptent. Tu as beau être duchesse et mariée, tu es plus jeune que moi. Comme Arabella. Ils risquent de considérer que tu ne peux pas me servir de chaperon.

— La grand-mère de Colton sera là. Peux-tu imaginer quelqu'un de plus respectable que la duchesse douairière de Rolthven ? En outre, je voudrais que tu joues certaines de tes compositions.

Jouer en public ? À cette idée, Rebecca sentit sa gorge se nouer.

— Je ne peux pas. Ma mère se trouverait mal si cela se savait.

— Tu n'as pas besoin de dire que tu es l'auteur de ces morceaux. Tu es une excellente pianiste et tu joueras pour nous. Si quelqu'un te demande le nom du compositeur, tu inventeras quelque chose. Ce sera une chance pour toi de faire vivre ta musique et montrer ton talent.

Rebecca était tentée. Ses deux passions rassemblées le temps d'une journée. Comment aurait-elle pu résister ?

— J'aimerais venir. Et je lirai peut-être aussi ton livre, ajouta-t-elle dans un moment de douce euphorie.

5

Les hommes et les femmes ne peu-
vent être compagnons que sur le
plan physique. Nous n'avons pas les
mêmes distractions, nous ne nous
intéressons pas aux mêmes choses,
et nos vies sont si différentes que
nous avons parfois du mal à nous
comprendre. Peu d'hommes accor-
dent un tant soit peu d'attention à
leur garde-robe, et rares sont les
femmes qui aiment parler de chasse
et de chevaux. Néanmoins, ces diffé-
rences peuvent nous être utiles.
Remerciez-le chaque fois qu'il vous
accorde un peu de son temps et de
son argent, et vous verrez sa généro-
sité grandir.

Extrait du chapitre intitulé :
« Transformer la répugnance
en passion »

L'enveloppe était cachée sous une pile de courrier
et ne portait pas de cachet. Le secrétaire de Colton,
un jeune homme mince et discret, la tendit à son
maître d'un air intrigué.

— Je… je crois que c'est une lettre de Mme la duchesse.

— De ma femme ?

— Oui, monsieur.

— Pourquoi diable m'enverrait-elle un courrier ?

Question ridicule. Comment Mills aurait-il pu savoir ce que Brianna avait en tête ? La plupart du temps, Colton lui-même n'y comprenait rien.

— Il semble que ce soit une invitation, Votre Grâce.

— Je vois, marmonna Colton en s'attardant sur le feuillet de vélin. C'est curieux d'être invité dans sa propre maison. Ce qui est encore plus étrange, c'est que la duchesse a oublié de m'exposer ses projets. Pourquoi diable envisage-t-elle d'organiser une réception ?

— Pour vous faire une surprise, monsieur ?

Mills arrangea une pile de documents sur le bureau, avec son efficacité habituelle.

— D'accord, répliqua sèchement le duc. C'est en effet une surprise. Mais cela ne me dit pas pourquoi elle a négligé de m'en parler.

— Votre anniversaire, Votre Grâce.

— Mon anniversaire ?

— Vous aurez vingt-neuf ans le 5 de ce mois.

— Je sais quel âge j'ai, bougonna-t-il.

Maintenant qu'il y pensait, cela tombait en effet la semaine prochaine. L'idée que sa femme voudrait organiser une fête à cette occasion ne l'avait pas effleuré. Il n'aurait su dire si cette initiative le touchait ou l'agaçait. Les deux, sans doute. Certes il appréciait l'attention, mais il était trop occupé pour aller passer cinq jours à la campagne avec des invités.

Brianna avait l'art de tout compliquer.

Il reposa en soupirant le papier imprégné du délicieux parfum de son épouse.

— Je suppose qu'elle a déjà envoyé les autres invitations. Je n'ai donc pas le choix. Consultez mon agenda et déplacez mes rendez-vous, si c'est possible. Il me semble que je dois voir lord Liverpool et on ne remet pas une entrevue avec le Premier ministre, à moins qu'il ne soit d'accord. Si c'est le cas, vous m'accompagnerez à Rolthven et nous travaillerons un peu là-bas. En attendant, je vais voir si ma femme a encore beaucoup d'autres projets de ce genre.

— Oui, Votre Grâce.

Mills poursuivit discrètement son travail. Colton se leva et sortit. Dans le hall, le majordome l'informa que Mme la duchesse venait de rentrer.

Tout en gravissant les marches du vaste escalier en spirale qui desservait les étages, Colton réfléchit à la manière dont il devait réagir. La réprimander, pensa-t-il d'abord. Certes il ne voulait pas paraître ingrat, mais Brianna devait comprendre qu'il ne pouvait modifier son emploi du temps à si court terme. Il marqua une pause et s'apprêta à frapper à la porte, puis se rappela qu'il était chez lui et que Brianna était sa femme. Il poussa donc le battant sans plus de cérémonie.

La femme de chambre leva brusquement la tête, surprise par cette visite inopinée au milieu de l'après-midi. Elle tenait dans les mains une de ces chemises de dentelle dont Brianna s'était récemment entichée.

— Votre Grâce, dit-elle en faisant une révérence.

Un bruit d'eau derrière le paravent lui signala la présence de Brianna. Celle-ci fredonnait dans son bain. Il ignorait que son épouse avait une aussi jolie voix.

Si elle était dans son bain, elle était nue.

Cette conclusion le déstabilisa un instant. Il était venu lui parler et ne s'attendait pas à la trouver dans son plus simple appareil. Il valait mieux repartir sur-le-champ, lui souffla la voix de la raison. Ils parleraient de cette réception au dîner. Il pourrait même l'inviter à boire un verre de sherry avant de passer à table, et aborder le sujet qui l'inquiétait.

Encore un léger clapotis derrière le paravent...

Ce bruit avait quelque chose d'érotique. Il se sentit troublé. Jusqu'ici il n'avait pas considéré le bain comme un moment de plaisir.

— Vous pouvez vous retirer, dit-il à la femme de chambre. Madame sonnera si elle a besoin de vous.

— Oui, Votre Grâce.

Elle posa la chemise sur le pouf, devant la coiffeuse, et sortit en fermant la porte derrière elle.

— Colton ? appela Brianna.

Il était quatre heures de l'après-midi, et il était censé être furieux contre sa femme.

Son corps semblait avoir décidé lui-même de la tournure des événements. Il n'avait pas encore vu Brianna, et pourtant ses reins s'embrasaient déjà. Il imagina ses épaules nues contre le bord de la baignoire et son désir grandit.

C'était l'heure idéale pour faire l'amour à sa femme. Il passa derrière le paravent.

Deux yeux d'un bleu sombre se posèrent sur lui. Les cheveux de Brianna étaient remontés au sommet de son crâne en un simple chignon, et de fines mèches blondes s'en échappaient pour venir lui caresser la nuque. Le haut de ses seins était complètement exposé, sa peau était humide, ses joues enflammées par la chaleur de l'eau.

— J'ai reçu votre invitation.

Il comprit aussitôt quel sens sa remarque pouvait avoir dans une situation pareille. Son regard se fixa sur les seins bombés qui émergeaient de l'eau.

— Vraiment ?

Seigneur, même ses genoux ronds, qui affleuraient à la surface, étaient superbes.

— Oui, grommela-t-il d'une voix sourde.

— Vous êtes en colère ?

Il était monté dans la chambre pour lui dire qu'elle n'avait pas le droit de lancer des invitations sans le prévenir. Mais sa colère semblait s'être brusquement évanouie.

Il n'éprouvait plus que du désir.

— Je ne sais pas. « En colère » n'est pas le terme exact. Pour quelle raison avez-vous négligé de m'en parler ?

— Si j'en avais parlé, ce n'aurait plus été une surprise.

— En effet, reconnut-il.

Elle eut un sourire qui fit surgir en lui une vague de chaleur.

— Je suis contente que vous le preniez ainsi. Je n'étais pas sûre que cette idée vous plairait.

Elle ne lui plaisait pas spécialement, mais son esprit était pour l'heure entièrement tourné vers ce corps mouillé. Il n'avait jamais savonné personne et eut tout à coup envie d'aider sa femme dans sa toilette. Les yeux écarquillés, Brianna le regarda ôter sa veste et sa cravate. Puis il enleva posément ses boutons de manchettes et retroussa les manches de sa chemise. Il saisit le petit savon rond posé sur le bord de la baignoire.

— Permettez-moi, madame.

Brianna poussa un petit cri, quand ses doigts souples glissèrent sur ses seins. Ils étaient pleins, fermes et doux comme du satin. Parfaits, pensa Colton. Il prit tout son temps, les caressa, les pressa légèrement au creux de sa main. Il sourit en sentant les mamelons durs contre sa paume.

— Je suis… parfaitement capable de me laver seule, balbutia Brianna, les yeux mi-clos.

— Vous êtes parfaite, c'est certain, répondit-il, les reins en feu.

À quatre heures de l'après-midi.

Il lui savonna les bras, la nuque, le ventre. Quand ses doigts s'aventurèrent dans la chaleur de ses cuisses, elle s'offrit sans réserve, en poussant un gémissement. Il se pencha pour l'embrasser, tout en continuant de la caresser.

Ce n'était pas pour cela qu'il était venu la voir.

Mais les événements prenaient une tournure délicieuse.

Il sourit en sentant les muscles de son intimité se contracter sur lui, et approfondit son baiser.

*

C'était un peu déstabilisant de se faire caresser ainsi en pleine journée. Mais Brianna n'émit aucune objection.

Pas une seule.

Les lèvres de Colton étaient chaudes et pressantes. Elle posa les mains sur son visage, laissa glisser ses doigts le long de ses joues. Frémissante, elle s'abandonna au plaisir qu'il fit surgir par ses caresses.

— Je peux faire encore mieux, murmura-t-il contre sa bouche. Allons sur le lit.

Avant qu'elle ait pu prononcer un mot, il plongea les bras dans l'eau et la souleva. Le geste était si soudain, si inattendu, qu'elle poussa un cri.

— Colton ! Vous allez mouiller vos vêtements.

— J'ai une garde-robe pleine de vêtements secs dans ma chambre.

C'était vrai, mais elle était stupéfaite de le voir agir avec une telle impétuosité. Elle agrippa ses larges épaules lorsqu'il traversa la chambre à grandes enjambées, pour la déposer sur le lit. Sans la quitter des yeux, il se déshabilla. D'abord ses bottes, qu'il jeta sur le côté avec une nonchalance tout à fait inhabituelle, puis sa chemise de lin trempée, et enfin son pantalon.

Ils n'avaient encore jamais fait l'amour en plein jour. Les rideaux étaient tirés et les rayons du soleil donnaient à la peau de Colton des reflets dorés, accentuant les lignes de ses muscles et faisant briller ses cheveux. Brianna savait que son mari la trouvait belle ; en revanche, elle ne lui avait jamais dit qu'elle le trouvait beau, son corps svelte et viril, et ses traits fermement sculptés. Les gens avaient tendance à ne voir que Robert, charmeur et effronté. Mais d'après elle, Colton était le plus beau des deux. Il ne souriait pas souvent, et elle aurait aimé pouvoir changer cela, mais dès leur première rencontre, elle avait su que c'était *lui* qu'elle aimait.

Il lui appartenait. Et elle ne le partagerait jamais avec une autre femme.

Elle avait dû faire quelques progrès, car l'homme réservé qu'elle avait épousé trois mois plus tôt ne l'aurait jamais sortie de son bain au beau milieu de l'après-midi.

— J'ai envie de vous, murmura-t-il.

— Nous sommes donc en parfait accord, Votre Grâce, dit-elle en tirant sur le ruban qui retenait ses cheveux.

Il monta sur le lit et se hissa au-dessus d'elle, l'embrassant dans le cou et sur l'épaule.

— Je n'ai pas beaucoup de temps.

C'était la remarque la moins romantique qu'on pouvait imaginer dans un tel moment, mais Brianna glissa les bras autour de son cou en riant.

— Je ferai en sorte que vous n'ayez pas à regretter une seule minute passée dans mes bras, Votre Grâce.

— Mmm…

Lorsqu'il prit ses seins au creux de ses mains, elle se cambra en gémissant. Son cœur battait la chamade, et elle était prête à le recevoir.

— Tu es si douce, chuchota-t-il sans cesser de la caresser.

N'attendez pas davantage. Que penserait-il, si elle lui demandait de la prendre vite et passionnément, comme l'autre soir dans le carrosse ?

Il serait choqué bien évidemment. Brianna se mordit les lèvres et changea presque instinctivement de position, soulevant les hanches pour mieux aller à sa rencontre.

Colton comprit ce qu'elle désirait, car il s'insinua entre ses jambes et la pénétra tout en l'embrassant. Brianna laissa échapper un cri rauque de plaisir.

Il se mit à aller et venir, et une sensation délicieuse se répandit en elle. Elle voyait dans la lumière de l'après-midi son visage assombri par la passion et ses yeux bleus brillants de désir. Ils connaissaient une véritable symbiose.

Elle ferma les yeux, huma le parfum de sa peau et s'abandonna sous ses caresses. Elle se laissa emporter dans un tourbillon de plaisir. L'orgasme la submergea et elle s'abandonna dans un cri, à peine consciente que Colton l'avait rejointe dans la vague qui l'emportait.

Un moment de délicieuse langueur suivit leur étreinte passionnée, et Brianna ne protesta pas quand il la fit rouler sur le côté avec lui. Lovée contre son corps, elle sentit sa poitrine se soulever au rythme de sa respiration.

— Finalement, je trouve que prendre son bain seule manque d'attrait, murmura-t-elle au bout de quelques secondes. À partir de maintenant, je vous demanderai votre aide pour me savonner.

— À votre service, madame, murmura-t-il en lui effleurant la hanche.

L'expression de son regard était indéchiffrable. Il poussa un léger soupir.

— Je dois avouer que je ne prévoyais pas ce qui vient de se passer quand je suis monté vous voir.

Nue dans ses bras, elle avait l'avantage de la situation, et se pressa contre lui.

— Oh, oui, l'invitation. Vous disiez que vous étiez d'accord.

— Non, corrigea-t-il d'un ton austère, revêtant son masque de duc. J'ai dit que je n'étais pas en colère, c'est différent. Mills pense que vous avez organisé cette fête pour mon anniversaire.

Elle ne s'attendait pas à ce qu'il saute de joie. Mais elle avait envie de le soustraire à ses occupations et ses responsabilités quotidiennes. Elle ne le voyait presque jamais dans la journée. Quand prenait-il le temps de se distraire ? Il allait chasser de temps à autre, lui avait-il répondu distraitement, un jour qu'elle lui posait la question. Et il avait une loge à Newmarket, où il lui arrivait d'assister aux courses. Il s'entraînait à l'épée presque chaque jour et faisait tous les matins une promenade à cheval pour se maintenir en forme.

Comme il était peu probable qu'elle soit invitée à participer à ces activités, il ne restait plus que cette partie de campagne pour l'obliger à passer du temps avec elle, en dehors de leurs rencontres sensuelles. La plupart du temps il dînait à son club, ou bien ils avaient des invités. Et lorsqu'ils sortaient ensemble, ils étaient toujours entourés.

— J'ai organisé cette fête pour vous faire plaisir, expliqua-t-elle, en déguisant un peu la vérité.

Colton ne répondit pas tout de suite. Puis il soupira.

— Cela partait d'une bonne intention. Mais j'insiste. À l'avenir, consultez-moi avant de prendre ce genre de décision.

Blessée, Brianna décida de sortir sa carte secrète.

— Votre grand-mère est enchantée.

Ce n'était pas un mensonge. La duchesse douairière était ravie à l'idée de recevoir une foule d'invités, en plus de ses trois petits-fils. Cela arrivait si rarement. Damien passait le plus clair de son temps à l'étranger, au service de la Couronne. La réputation de Robert n'était plus à faire, et il ne pouvait guère ajouter de nouvelles conquêtes à son arc à la campagne. Quant à Colton, il était tellement absorbé par ses responsabilités politiques que sa vie personnelle passait au second plan.

— Vraiment ? fit-il avec un brin d'irritation. J'ai la vague impression de me faire manipuler.

— Colton. On se donne beaucoup de mal pour vous faire plaisir, et vous appelez cela de la manipulation. Si je n'ai pas demandé votre permission, c'était juste pour vous faire une surprise. Une surprise agréable.

Et vous n'avez encore rien vu, ajouta-t-elle. Lady Rothburg faisait une suggestion très choquante dans le chapitre qu'elle venait de lire. Brianna rougissait chaque fois qu'elle y pensait, mais elle voulait bien essayer, pour plaire à Colton.

— Il n'y a pas de place pour les surprises dans mon emploi du temps, Brianna.

— Il me semble que j'ai mon mot à dire, puisqu'il s'agit de *notre* vie, mon cher, répliqua-t-elle en lui caressant tendrement la joue.

Ses yeux d'un bleu d'azur se posèrent sur elle et la contemplèrent avec perplexité.

— Vous ne pensez pas ? ajouta-t-elle avec audace.

N'importe quel autre homme aurait répondu *non*. Mais celui qu'elle avait épousé était exceptionnel.

— J'ignorais que j'avais épousé une fervente féministe, dit-il en roulant sur lui-même pour l'allonger sur le dos. Je crois que vous êtes en train d'essayer d'argumenter avec moi. Et que cela devient une habitude chez vous, chuchota-t-il contre ses lèvres.

— Je n'appellerais pas cela une habitude, bredouilla-t-elle, sentant le désir renaître entre eux.

Il resserra son étreinte et ses lèvres lui effleurèrent la tempe.

— Je dois partir, annonça-t-il avec un soupir résigné. Mills doit se demander ce que je fais, et j'ai une douzaine…

Brianna se souleva sur un coude et posa ses lèvres sur les siennes. Puis elle l'enlaça et elle se pressa contre lui, comme si elle avait pu l'empêcher de quitter son lit.

De fait, elle atteignit son but. En dépit de son emploi du temps surchargé, Colton resta avec elle une heure de plus.

Une petite victoire, songea-t-elle un peu plus tard. Il ne lui avait pas dit qu'elle n'avait pas droit à la parole. Et il avait eu une façon de la toucher, de la caresser…

Oui, tout se passait très bien.

6

Le seul mot « épouse » suffit à refroidir les ardeurs d'un homme. La plupart d'entre eux ont une nature de chasseur. Or, le mariage met fin à la chasse. Certaines femmes se contentent du rôle terne de l'épouse dévouée, mais je n'ai jamais compris pourquoi. Qui voudrait d'un mari, quand on peut avoir un amant passionné ? Une fois la porte de la chambre refermée, il faut oublier l'étiquette. Rappelez-vous qu'une femme n'a pas besoin d'être une courtisane pour agir comme telle de temps à autre.

Extrait du chapitre intitulé :
« Un peu de sensualité
vous mènera loin »

Le niveau du vin dans la carafe avait considérablement diminué, tandis que le ton de leurs voix s'élevait. Robert s'enfonça dans son fauteuil avec un sourire bienheureux.

— Je suis content que tu sois de retour, et que ta première visite soit pour moi.

Son frère Damien et lui s'étaient installés dans le bureau de Robert. Ils avaient ôté leur cravate et jeté leur veste dans le fatras de meubles éclectiques qui encombrait la pièce. Objets orientaux et tables laquées cohabitaient avec une vieille bibliothèque en chêne. Ce mélange plaisait à Robert, qui détestait tout ce qui était conventionnel.

Damien, âgé d'un an de plus, sourit aussi. Il était le plus calme des trois frères. De même stature que Robert et Colton, il avait des yeux sombres et le teint brun. Avec ses dons de diplomate, il était parfait dans le rôle qu'il accomplissait pour le gouvernement britannique. Son comportement discret n'avait rien de commun avec l'assurance et l'autorité de Colton, ni avec la nonchalance de Robert.

— Quel plaisir de revenir chez soi ! Je suis passé à Grosvenor Square, mais Colton et son épouse étaient sortis.

— Ils sont fréquemment invités.

— Cela ne m'étonne pas. Je suis d'ailleurs surpris de te trouver chez toi.

— Contrairement à une opinion répandue, j'aime passer une soirée avec moi-même de temps en temps. Et je suis rudement content d'avoir été là pour te recevoir ! Il y a au moins un an que tu n'avais plus mis les pieds en Angleterre.

— Ce cher lord Wellington peut se montrer très exigeant.

— J'en suis sûr.

— Il remporte des victoires, ajouta Damien avec un bref haussement d'épaules qui résumait ses sentiments.

— Et avec l'aide d'hommes comme toi, espérons qu'il gagnera la guerre, ajouta Robert.

— Ne sous-estime pas les services que tu rends toi-même à la Couronne, Robbie. Dieu sait que ton esprit aiguisé nous a plus d'une fois tirés d'affaire !

Robert intervenait parfois comme consultant au ministère de la Guerre. Personne n'en parlait jamais, mais il avait tout de même obtenu une licence de mathématiques à Cambridge. Sa vie dissolue et les nombreuses femmes qu'il recevait dans son lit faisaient jaser la bonne société. Mais il prenait tout cela avec indifférence. Les ragots comme les femmes qu'il fréquentait. Néanmoins, il était un peu irrité que personne ne s'intéresse à ses capacités intellectuelles. Damien lui, n'avait pas oublié son talent à résoudre en un temps record d'impossibles casse-tête, et quelques années auparavant il l'avait poussé à accepter un poste au ministère qui consistait à décrypter les messages codés des Français. Robert, pour qui la vie militaire n'avait jamais présenté d'attrait, était content de pouvoir tout de même servir son pays de cette manière. Une fois les codes déchiffrés, les informations étaient envoyées en Espagne.

— Merci, murmura-t-il. Parle-moi de Badajoz. J'ai entendu des horreurs sur cette bataille.

Ils passèrent une heure à parler de la guerre, et Robert ouvrit une deuxième bouteille de bordeaux. Il vivait avec le plus grand bonheur sa relation avec ses frères. Il était heureux que Damien soit revenu à Londres, même si c'était pour un court laps de temps.

— Pour parler d'un sujet plus agréable, j'ai appris qu'il devait y avoir une fête pour l'anniversaire de Colt ? dit Damien en faisant tourner le liquide rouge dans son verre. J'ai reçu une invitation de sa femme. J'avoue que je suis étonné qu'il ait accepté de donner une réception à cette occasion. Le mariage a dû adoucir le caractère de notre frère aîné.

Robert ne put retenir un sourire en songeant aux confidences de Colton.

— Je pense que rien ne se passe exactement comme il s'y attendait. Sa femme a autant d'esprit que de beauté. Comme tu le sais, Colton a toujours eu une vie rangée et bien organisée. Or Brianna est vive et imprévisible. Imagine notre frère, toujours aussi austère, face à une créature qui attend de lui spontanéité et indulgence. Cette réception est un bon exemple. À en juger par sa réaction, je pense qu'elle a tout arrangé sans lui en souffler mot. Il a reçu une invitation, lui aussi !

Damien rit doucement.

— Brianna est sans doute la femme qui est faite pour lui. Lui qui est si rigide, il a besoin d'être un peu secoué !

Robert songea à la robe décolletée qui continuait, après plusieurs semaines, de susciter des commentaires. Il ne l'avait pas vue, et comme Brianna était sa belle-sœur, ses amis avaient le bon goût de ne pas en parler devant lui. Néanmoins, il avait entendu quelques remarques déplacées de gentlemen espérant que la duchesse de Rolthven ferait une nouvelle apparition ainsi vêtue.

— Elle fait de son mieux.

— Je n'ai pas assisté au mariage, fit observer Damien avec regret. La guerre a la priorité sur les affaires de famille. Mais j'avoue que je suis curieux. Parle-moi d'elle.

— Des cheveux d'or, un teint de pêche et un corps à faire pâlir d'envie Vénus elle-même. Mais il y a quelque chose d'autre sous ces courbes sensuelles et ces yeux bleus. Brianna est quelqu'un qui vaut la peine d'être connu, au-delà de son apparence. C'est une femme bien. Elle a le sens de l'humour et un esprit audacieux que notre frère s'efforce de cerner, tant bien que mal.

— Elle doit être délicieuse ! s'exclama Damien en riant. Il me tarde de faire sa connaissance.

— Cette partie de campagne sera l'occasion idéale. Nous serons enfin tous rassemblés. Grand-mère est impatiente de nous voir. Et tu sais qu'elle adore les fêtes et tous les préparatifs que cela engendre. Elle n'est plus en assez bonne forme pour voyager, et la vie trépidante de Londres lui manque.

— Je me fais une joie de la revoir, et aussi de voir comment la nouvelle duchesse de Rolthven se comporte avec Colton. J'avoue avoir été surpris d'apprendre qu'il avait fait un mariage d'amour. Je ne savais pas qu'il était aussi sentimental.

Robert lui-même avait été étonné. Cette idée l'avait mis un peu mal à l'aise. Si Colton se laissait prendre au piège de l'amour... cela pouvait arriver à n'importe qui.

Même à lui ?

— Je ne crois pas qu'il voit les choses sous cet angle. Il pense avoir fait un mariage de raison. Brianna est jeune, belle et de bonne famille. Trois critères essentiels pour lui. Il pense donc avoir accompli son devoir en choisissant une duchesse digne de son illustre titre. Cependant, moi qui ai suivi leur relation depuis le début, je peux te dire qu'il est tombé immédiatement sous son charme. Sa réaction n'a pas été la même qu'avec les autres ingénues que certaines mères lui agitaient sous le nez. Il s'est tout de suite intéressé à elle, et le sentiment était réciproque. Il me semble que pour Brianna, le titre prestigieux de notre frère n'a que peu d'importance. C'est ce qui me plaît chez elle.

— Si c'est exact, elle a toute mon estime.

Damien avala une bonne gorgée de vin, et ajouta :

— Les jeunes filles qui se lancent à la chasse au titre et à la fortune me paraissent encore plus terrifiantes que l'armée française !

— Par chance, dès que Brianna aura donné un héritier à Colton, nous serons tranquilles, puisque nous serons alors loin sur la liste des successeurs au titre.

— Espérons que cela ne tardera pas.

— Je crois qu'elle y travaille, répondit Robert avec un petit rire.

— Elle doit être charmante. Dis-moi, qui d'autre que nous figure sur la liste des invités, pour cette partie de campagne ?

— Je n'ai pas posé la question. Mais d'après ce que m'a dit Colton, il ne devrait y avoir que la famille et quelques amis proches.

Les amis proches. En prononçant ces mots, Robert se demanda si la délicieuse Mlle Marston aux yeux aigue-marine serait de la partie. Colton lui avait confié qu'elle était la meilleure amie de Brianna, avec la comtesse de Bonham. Le comte de Bonham avait annoncé l'autre soir qu'ils assisteraient aux festivités, aussi se pouvait-il que Rebecca Marston fasse partie de la liste des convives.

Non que sa présence ait réellement d'importance, songea Robert en se carrant dans son fauteuil. Il avait été attiré par son allure innocente de biche effarouchée. Il avait connu tellement de maîtresses expérimentées que la différence l'avait frappé.

Et il n'avait pas cessé de penser à elle. Pire encore, chaque fois qu'il se rendait à une réception, il la cherchait des yeux. Avec sa chevelure sombre et ses formes gracieuses, elle était facile à repérer. Pourquoi n'avait-il pas fait attention à elle, jusqu'ici ? La veille, après quelques verres de brandy, il avait même envisagé de l'inviter à danser.

Par chance, cet instant d'égarement n'avait pas duré. Mais il était déjà au milieu de la salle de bal lorsqu'il s'était soudain ressaisi. Les commères auraient eu du grain à moudre, si on l'avait vu valser avec une jeune fille innocente, dont la vertu était incontestable.

— Ce sera donc une fête en petit comité ? reprit Damien. Cela me convient parfaitement. Je me tiens à l'écart de la haute société et compte bien le rester ! Dis-moi qu'il n'y aura pas de jeunes filles à marier. Quoique, ce serait triste… Une partie de campagne perd tout son charme, sans un bataillon de jeunes personnes qui minaudent.

Rebecca n'était pas du genre à minauder. Robert ne la connaissait pas, mais il en était certain.

— Je ne sais pas, déclara-t-il en toute franchise.

À dire vrai, il regrettait de ne pas lui avoir volé un baiser alors que l'occasion s'en était présentée. Sa curiosité aurait été satisfaite, et il aurait pu l'oublier.

Il se resservit de vin pour chasser le souvenir de Mlle Marston.

⁂

Elle se tourmentait, comme une gourde, parce qu'elle ne savait pas quoi se mettre. Pas seulement pour voyager, mais pendant tout son séjour à Rolthven Manor. Tout d'abord elle avait commencé par s'inquiéter, en se demandant si son père la laisserait s'y rendre. Permission qu'il avait fini par lui accorder. Et finalement, Rebecca n'était pas sûre de vouloir y aller.

Elle se sentait tiraillée.

— Celle-ci, mademoiselle ?

Sa femme de chambre lui montra une robe au tissu gris argenté qu'elle aimait particulièrement, car c'était celle à la coupe la plus audacieuse. Ce qui n'avait rien de scandaleux, vu que toutes ses robes étaient choisies par sa mère, avec grand soin. Mais c'était la moins formelle.

Pourquoi pas ? Après tout, Brianna avait porté une robe extravagante à l'opéra et, à ce qu'elle disait, cela avait poussé le duc à avoir un comportement tout à fait inhabituel.

— Oui, dit-elle avec une feinte nonchalance. Et aussi la soie bleu-vert, s'il vous plaît. Avec les mules assorties. Et mon plus joli châle, car les soirées risquent d'être fraîches à la campagne.

— Oui, mademoiselle.

Molly plia soigneusement la robe et la rangea dans la malle.

Cinq jours près de Robert Northfield. Dans sa maison, dînant à la même table, bavardant ensemble…

Le problème, c'était qu'elle perdait tous ses moyens en sa présence. Et s'il agissait comme à son habitude, il risquait fort de l'éviter comme la peste.

Elle en était peinée.

Elle était pourtant une jeune personne très appréciée. Et ce, pour la deuxième saison. Les jeunes hommes se pressaient autour d'elle. C'est-à-dire ceux qui souhaitaient faire un beau mariage. Dieu la protège des ambitieux dans le genre de lord Watts, qui ne s'intéressait pas à elle mais à l'influence politique de son père.

Le très beau et débauché Robert Northfield ne voulait pas d'une épouse.

Mais elle se rendrait tout de même en Essex.

— Je prendrai la dentelle orange, le tulle ivoire et la mousseline rose. Mes deux plus beaux costumes d'amazone, et une tenue de voyage pour le retour.

Une fois ses bagages terminés, Rebecca se regarda dans le miroir, rectifia sa coiffure, et descendit pour le dîner.

Son père aimait qu'ils se retrouvent au salon pour boire un verre de sherry avant de passer à table, et il détestait qu'elle soit en retard. Cela lui valait invariablement un sermon, ce qu'elle trouvait mortellement ennuyeux.

Elle pénétra dans le salon en lançant joyeusement :

— J'ai fini mes bagages ! Suis-je à l'heure ?

Vêtu d'un élégant costume de soirée, même pour ce simple dîner en famille, son père avait de l'allure. Il lui tendit un petit verre de cristal et hocha la tête.

— Tu es juste à l'heure, ma chérie.

— Merci, dit-elle en prenant le verre.

— Je t'ai donné l'autorisation de partir, mais j'ai toutefois émis quelques réserves.

Rebecca étouffa un soupir. Ce n'était pas une surprise. Son père émettait souvent des réserves.

— La duchesse douairière…

— Est âgée, compléta son père. Malgré tout le respect que je lui dois. Ta mère et moi avons donc décidé de t'accompagner. J'ai envoyé un mot à la duchesse de Rolthven cet après-midi. Elle m'a répondu aussitôt que nous serions les bienvenus. La question est donc réglée.

Rebecca sentit son cœur se serrer. Elle avait plusieurs mois de plus que Brianna, mais elle était encore couvée comme une enfant, alors que son amie pouvait organiser des réceptions, porter ce qu'elle voulait et… Oh, c'était tellement rageant !

Rebecca rejeta les épaules en arrière et prit place dans un fauteuil. Elle avait l'impression d'être prisonnière.

À cet instant, elle eut une révélation. L'idée lui traversa l'esprit et s'imposa à elle comme une évidence. Ce fut un choc bien entendu, car elle refusait de l'admettre depuis des mois.

L'indépendance était précieuse et commode. Mais la seule façon d'échapper à l'emprise de ses parents, c'était de se marier. Et le temps passait très vite.

Elle fixa pensivement son verre.

— Donc, vous ne me faites pas confiance ? Bri peut donner des fêtes chez elle et inviter qui elle veut, mais moi je n'ai pas le droit de m'éloigner un instant, hors de la vue de mes parents ?

— Ton amie n'est plus une jeune fille à marier, fit observer son père après un bref silence. Elle a un mari pour la guider. Tu ne peux en dire autant. Sois certaine que quand ce sera le cas, nous nous effacerons.

— Vous voulez me punir parce que je ne suis pas encore mariée ? s'exclama-t-elle en arquant les sourcils.

— Tu considères notre compagnie comme une punition ?

Son père était un homme politique et il ne manquait pas de repartie. Il avait l'art de retourner la situation. Mais Rebecca redoutait de devoir dissimuler l'intérêt qu'elle éprouvait pour Robert. La présence de ses parents compliquait tout.

— Bien sûr que non.

— Dans ce cas, nous sommes d'accord.

Ce n'était pas son avis, mais elle s'abstint de faire un commentaire.

— Que penses-tu de Damien Northfield ? demanda sa mère.

Sur le point de porter le verre à ses lèvres, Rebecca se figea.

— Damien Northfield ? Pourquoi ?

— Il est de retour d'Espagne.

Rebecca demeura sans voix, le regard dans le vide. Sa mère avait l'air songeuse.

— Je n'y avais jamais pensé, mais c'est un bon parti. Pour le moment, il est toujours l'héritier de Rolthven…

— Vous plaisantez ?

Ciel. Elle venait d'interrompre sa mère, chose qu'elle ne se serait jamais permise si ses sentiments ne lui obscurcissaient pas l'esprit. Voyant son père froncer les sourcils, elle s'empressa d'ajouter :

— C'est-à-dire que je ne le connais pas du tout.

Et qui plus est, c'était le frère de Robert. Mais comme elle ne pouvait guère avancer cet argument, elle se tut et avala une gorgée de sherry pour se donner du courage.

— C'est justement l'occasion de faire sa connaissance, reprit sa mère. Et qui sait ? Vous vous plairez peut-être. Il y a longtemps qu'on ne l'a pas vu à Londres, mais si je me souviens bien, il a la beauté des Northfield et une fortune considérable. Brianna serait sûrement enchantée que tu aies un penchant pour son beau-frère…

Rebecca avait déjà un penchant affirmé pour un des frères Northfield, et si ses parents l'avaient su, ils lui auraient interdit de se rendre à Rolthven, avec ou sans eux.

— Je suis sûre qu'il est très agréable, dit-elle d'un ton neutre. Mais il est l'aide de camp du général Wellington, n'est-ce pas ? Cette position occupe tout son temps. Je ne crois pas qu'il soit à la recherche d'une épouse.

— Il est en passe de recevoir le titre de chevalier en récompense des services rendus à la Couronne, précisa son père.

Rebecca lui décocha un regard noir.

— Que Northfield te plaise ou non, je suis sûr qu'il y aura d'autres jeunes hommes qui te feront la cour et viendront me demander la permission de t'escorter.

Son expression se fit plus grave, et il ajouta :

— Cela te donnera l'occasion de faire mieux connaissance avec eux, loin de la foule des réceptions et des bals londoniens.

L'allusion était claire. Il faudrait qu'elle prenne une décision. Jusqu'à présent, son père avait toléré ses refus répétés. Mais son vingt et unième anniversaire approchait et elle savait qu'elle devrait bientôt affronter un ultimatum.

Que ferait-elle ? Ses parents voulaient la savoir mariée, et en sécurité.

— Je suis sûre que vous avez raison, dit-elle d'un ton absolument neutre.

Elle ne voulait pas engager de discussion pour le moment. Quand elle devrait vraiment se défendre, par exemple pour ne pas être obligée d'épouser lord Watts, elle le ferait. Mais elle ne voulait pas partir à Rolthven en mauvais termes avec ses parents.

Malheureusement, son père n'était pas dupe.

— Je ne suis pas à l'aise, quand tu tombes d'accord avec moi aussi facilement.

— Mais je suis vraiment d'accord, répondit-elle de son air le plus innocent. Je suis fatiguée de la vie trépidante de Londres, et cette partie de campagne sera une distraction bienvenue. Et je serai tellement contente de voir Brianna et Arabella !

— Sans oublier le frère du duc, ajouta sa mère.

Comme si elle pouvait l'oublier ! songea tristement Rebecca en avalant une gorgée de sherry. Elle n'y songeait que trop, mais elles ne parlaient pas du même frère.

Ces cinq jours allaient être épuisants.

7

Le désir est un jeu. On peut y jouer avec subtilité, ou bien flirter ouvertement.

*Extrait du chapitre intitulé :
« Comment s'enfuir en étant sûre d'être rattrapée »*

La voiture avançait en cahotant sur le chemin pierreux, et Brianna agrippa la poignée de cuir pour garder l'équilibre. Face à elle, Colton demeurait absorbé par la lecture de son courrier, qu'il avait emporté pour continuer de travailler. Ses longues jambes étaient étendues devant lui, et le bout de ses bottes effleurait les jupes de Brianna. Une mèche brune retombait sur son front, lui donnant un air de petit garçon espiègle. Mais il n'y avait rien d'enfantin dans sa stature, ni dans ses traits virils.

Cédant à une impulsion, elle se pencha pour repousser la mèche en arrière d'un geste familier.

Il leva les yeux, et posa la lettre à côté de lui.

— Désolé. Je vous ai ignorée pendant tout le voyage.

— Vous m'aviez prévenue que vos affaires continueraient d'être votre priorité, même pendant le séjour à Rolthven. Mais j'avoue que le silence commençait à me peser.

En réalité, Brianna était angoissée à l'idée de donner sa première réception. Colton était tellement habitué au grand monde, qu'il n'y prêtait plus attention. Il faisait même partie des rares privilégiés qui appelaient le prince régent par son prénom...

— Parlez-moi de votre enfance.

Ils approchaient du domaine familial, et Brianna était curieuse. Colton haussa les sourcils.

— Mon enfance ?

— Ce ne doit pas être facile, d'être le fils aîné d'un duc.

Elle pensa à ses nièces qui gambadaient l'autre jour dans le jardin, riant aux éclats. Elle-même avait eu une enfance merveilleuse.

— Étiez-vous autorisé à jouer, monter des poneys, apprendre à nager ? Toutes ces choses qui plaisent tant aux enfants ?

— Oui. Jusqu'à un certain point, j'imagine. Puis-je savoir pourquoi vous me posez ces questions ? demanda-t-il, un peu sur ses gardes.

— Parce que vous passez si peu de temps à vous distraire, maintenant que vous êtes adulte. Je me disais qu'on avait dû vous apprendre que la vie était une chose sérieuse et qu'il ne fallait pas la prendre à la légère.

— Il me semble que vous connaissez mon frère, répondit Colton d'un ton sec. Il est la preuve vivante que la frivolité ne nous était pas interdite. Je ne veux pas dire par là que Robert est une personne frivole, mais il ne se prive pas de certains plaisirs.

Mais Robert n'était pas l'aîné, songea Brianna en observant son mari sous ses paupières mi-closes.

— Je vais à l'opéra, à mon club, j'assiste aux réceptions et j'écoute de la musique. Je fais chaque matin une promenade à cheval, du moins lorsque le temps le permet. Et j'apprécie particulièrement mes soirées depuis que je suis marié, ajouta-t-il un ton plus bas.

Brianna n'eut pas le loisir de répondre, car la voiture pencha de côté en tournant dans la grande allée qui menait au manoir. En dépit de ses lignes élégantes et de ses pierres grises, Rolthven Manor donnait l'impression d'être une bâtisse médiévale. C'était peut-être à cause des tours hautes et imposantes de part et d'autre du bâtiment principal et qui rappelaient la lointaine époque où les Northfield étaient des seigneurs féodaux. Colton lui avait expliqué lors de sa première visite que seules certaines parties du château étaient d'origine, que le corps principal de la demeure avait été détruit et reconstruit quelques centaines d'années auparavant. Un somptueux escalier de pierre conduisait à une vaste terrasse et à de larges portes sculptées à double battant. Les armes de la famille ornaient chaque panneau, afin que nul ne puisse ignorer que ce domaine campagnard appartenait aux ducs.

Lorsque le temps était maussade, la demeure avait un aspect intimidant malgré le jardin fleuri et bien entretenu. Elle paraissait beaucoup plus chaleureuse sous le soleil, et Brianna espéra que celui-ci serait au rendez-vous pour accueillir ses invités.

Au fur et à mesure que l'équipage avançait dans l'allée, elle sentit l'angoisse monter.

Le manque d'enthousiasme de Colton était évident, constata-t-elle avec résignation. Pour se donner un peu de courage, elle énuméra mentalement toutes ses tentatives qui avaient été couronnées de succès. Il y en avait trois. Elle les avait notées sur une feuille, qu'elle avait cachée dans le livre interdit de lady Rothburg.

Un, la promenade follement érotique en carrosse.

Deux, la fois où Colton l'avait embrassée là où elle n'aurait jamais imaginé que cela fût possible. Elle rougissait encore en y pensant.

Trois, le bain dans sa chambre et le temps passé à s'aimer plutôt qu'à travailler.

Sur le papier, elle avait simplement écrit : *L'opéra. Sa chambre. Mon bain.*

Elle ne voulait pas que quelqu'un trouve cette note et puisse comprendre ce qu'elle signifiait. Ce serait terriblement embarrassant et Colton serait furieux. Cependant, elle avait besoin de faire la liste de ses succès pour garder ses objectifs en tête et ne pas se décourager lorsque son mari l'ignorait, comme aujourd'hui, par exemple.

Il appréciait leurs soirées à deux. Mais Brianna ne voulait pas se contenter d'une passion physique. L'amitié était importante aussi. L'amour bien plus encore.

La voiture s'arrêta dans un dernier cahot.

Brianna espéra qu'elle aurait d'autres triomphes à ajouter à sa liste, après cette partie de campagne.

— Nous sommes arrivés ! annonça-t-elle joyeusement.

— Je l'espère, fit remarquer Colton avec un sourire en coin. Sinon, nous nous serions arrêtés sans raison, ce qui serait inquiétant.

Elle lui lança un regard noir, qu'il ignora. Il descendit, et lui tendit la main pour l'aider à mettre pied à terre.

Les domestiques formaient une haie d'honneur tout le long de l'escalier. Colton les salua d'un bref mouvement de tête et se contenta d'un vague signe de la main pour les remercier. Le pavillon qui flottait sur le toit indiquait que le duc était à résidence au manoir, ce qui était un événement.

Pourquoi serait-il venu se détendre dans cette magnifique demeure de campagne, alors qu'il pouvait s'enterrer dans son sinistre bureau londonien ? songea Brianna, non sans ironie. Certes il venait parfois à Rolthven Manor, mais toujours en coup de vent. Sa grand-mère ne manquait pas de s'en plaindre, chaque fois qu'elle en avait l'occasion.

— J'espère qu'il fera beau quand nos invités seront là, dit-elle alors que le majordome ouvrait la porte.

Colton répondit par un grognement et s'adressa au vieux domestique.

— Comment allez-vous, Lynley ?

— Très bien, Votre Grâce, répondit le vieil homme aux cheveux d'un gris argenté. Nous sommes heureux de vous revoir aussi vite.

— Oui, vous pouvez remercier ma femme. Quelqu'un d'autre est déjà arrivé ?

— Lord Robert et lord Damien sont là depuis une heure, monsieur.

Le majordome portait son costume avec l'élégance d'un aristocrate. Il recula d'un pas pour les laisser entrer dans le vaste hall.

Brianna trouva la pièce plus impressionnante encore qu'à sa dernière visite. Six cheminées se faisaient face et les murs étaient ornés d'inestimables tapisseries anciennes. La lumière s'infiltrait par les fenêtres aux petits carreaux en losange sertis de plomb, et se reflétait sur les murs en pierre. La salle donnait une impression de chaleur et de confort. C'était peut-être dû aux fauteuils regroupés çà et là, pour permettre aux invités de bavarder. Ou bien aux tapis épais qui garnissaient le sol. Brianna n'aurait su le dire. Mais elle aimait Rolthven Manor et elle aurait voulu que Colton daigne y passer plus de temps.

— Montons nous changer, suggéra son mari en lui prenant le bras pour l'entraîner vers le monumental escalier. J'aimerais bien me rafraîchir et boire un brandy.

L'idée de faire sa toilette et de changer de vêtements ne déplaisait pas à Brianna. Elle hocha la tête et gravit les marches. Leur suite était aussi somptueuse que le reste de la demeure, mais Brianna n'aimait pas particulièrement le mobilier lourd et sombre, ni la dentelle qui ornait les fauteuils. La mère de Colton, qui s'était remariée à un comte italien et installée près de Florence, semblait affectionner le bleu lavande. Ce n'était pas le cas de Brianna. Colton lui avait proposé de faire décorer la chambre à sa guise, mais ils ne restaient jamais assez longtemps pour lui permettre de mener le projet à bien. Si ce bref séjour plaisait à Colton, elle pourrait sans doute le persuader de quitter Londres plus souvent.

Elle ferait tout pour que ces cinq jours lui plaisent et lui donnent envie de revenir, songea-t-elle avec détermination.

Sa femme de chambre et le valet de Colton étaient partis avant eux avec les bagages, aussi trouva-t-elle sa garde-robe impeccablement rangée et ses affaires de toilette disposées sur la coiffeuse. Les hautes fenêtres étaient ouvertes, et la brise provenant du parc soulevait les tentures et embaumait la pièce.

— Quelle robe désirez-vous porter ce soir, Votre Grâce ? demanda doucement sa femme de chambre, avec son léger accent de Cornouailles.

— Pas de lavande. Peut-être la robe de soie bleu glacier. Elle est parfaite pour un simple dîner en famille. Les invités n'arriveront que demain.

— Très bien, Votre Grâce.

Quand elle se fut lavée et habillée, Brianna se coiffa, aidée par Molly. Assise face au miroir orné de dorures, elle se demanda à quel moment elle devrait offrir à son mari ce présent dont parlait lady Rothburg.

Elle n'avait pas le droit à l'erreur.

Elle voulait qu'il se rappelle ce cadeau toute sa vie.

La vieille dame frêle, qui se tenait assise avec une couverture sur les genoux et des lorgnons devant les yeux, était comme à son habitude superbement apprêtée.

— Tu as enfin trouvé du temps pour ta famille, maugréa-t-elle. C'est bien gentil !

Malgré son âge, sa grand-mère n'avait rien perdu de son esprit, songea Colton avec un élan d'affection.

— Je suis là, n'est-ce pas ?

La duchesse douairière eut un reniflement de dédain.

— Uniquement parce que ta jeune et jolie épouse t'a obligé à venir.

Brianna sourit.

— Colton est très occupé. Je suis si contente qu'il ait accepté de venir !

Damien se renversa dans son fauteuil et haussa les sourcils d'un air énigmatique. Robert sembla amusé.

Ils étaient là tous les trois, virils et dans la force de l'âge, et Colton trouvait le moyen de se faire réprimander par deux femmes ! Ce dernier toussota, et déclara :

— J'étais impatient d'assister à cette partie de campagne.

Sa grand-mère abaissa ses lorgnons et posa sur lui un regard aiguisé.

— Je ne suis pas sûre de vouloir te croire, mais je ne discuterai pas davantage. Tu es là, Damien est enfin revenu, et Robert a abandonné les plaisirs londoniens pour ceux de la campagne. Cela n'était plus arrivé depuis...

Les mots s'éteignirent sur ses lèvres, ses yeux s'embuèrent de larmes, et Colton la vit arranger sa canne près du fauteuil comme si c'était soudain la chose la plus importante du monde. Depuis que son fils, leur père à eux trois, était mort brusquement d'une mauvaise fièvre, acheva-t-il en lui-même. Colton avait alors vingt ans, Damien venait de quitter Cambridge, et Robbie était encore à Eton. Ils s'étaient tous rassemblés pour les obsèques. Puis chacun était reparti de son côté, au plus près de ses responsabilités ou de ses aspirations. Colton avait un duché à gérer, Damien avait toujours eu envie de voyager et Robbie avait des femmes à combler.

Seigneur, il lui semblait qu'une éternité s'était écoulée depuis le jour où ils s'étaient retrouvés autour de la tombe de leur père. Le monde avait alors basculé, pour lui et ses frères. La réalité les avait assommés, et ils avaient dû surmonter leur chagrin, chacun à sa façon.

Parlez-moi de votre enfance, avait demandé Brianna. Était-elle consciente des souvenirs que cette simple phrase faisait resurgir ?

Après la mort de son père, il s'était tout d'abord senti terriblement triste, puis, dans le même instant, investi d'un lourd fardeau. Mais il était bien décidé à gérer le domaine et les intérêts financiers de la famille avec autant de précision et de talent que tous les ducs de Rolthven avant lui. Il fut alors si accaparé par ses responsabilités, qu'il ne se rendit pas compte que sa mère, une fois sa période de deuil terminée, s'était lancée de nouveau dans le tourbillon de la vie londonienne. Aussi avait-il été abasourdi, quand elle lui avait annoncé son intention de se remarier. Quant à Damien, il passait le plus clair de son temps à l'étranger. Sa grand-mère résidait de façon permanente à la campagne. Avec ses obligations, il était plus commode pour lui d'habiter à Londres. Sa famille lui manquait. Il n'en prenait conscience que maintenant. Robert était le seul qu'il voyait régulièrement, car ils fréquentaient le même club et se croisaient dans les réceptions de la haute société.

Colton ne manifestait jamais son affection en public, mais il faisait une exception pour sa grand-mère. Il se pencha donc et posa les doigts sur sa main aux veines saillantes et bleutées.

— Il est temps que nous soyons réunis, grand-mère. Vous avez raison sur ce point.

— J'ai toujours raison, jeune homme, répliqua-t-elle sèchement.

Soulagé de constater que les larmes ne brillaient plus dans ses yeux bleus, il inclina la tête.

— Oui, madame, vous avez raison.

— Toujours.

— Toujours, confirma-t-il.

Il vit ses lèvres esquisser un sourire, et entendit Robert rire dans son dos.

— Maintenant que cette question est réglée, je t'autorise à m'escorter dans la salle à manger.

Il offrit son bras à la vieille dame qui se leva et avança lentement en s'appuyant sur lui. Derrière lui, il entendit Robert dire quelque chose à Brianna, qui répondit avec un rire mélodieux. Maintenant qu'il y réfléchissait, il était un peu honteux de sa réaction à l'initiative de sa femme. Pour la première fois, le doute s'empara de lui. S'arrangeait-il pour être tout le temps occupé, afin de ne pas penser à sa famille qui lui manquait tant ? Pourquoi ne s'était-il pas posé la question jusqu'à aujourd'hui ?

Le décor de la salle à manger n'avait rien de chaleureux et d'accueillant. Les hauts plafonds avaient été décorés de fresques par un artiste italien payé une fortune pour son travail, quelques siècles plus tôt. Les murs étaient couverts de lambris sombre jusqu'à mi-hauteur, et la longue table pouvait recevoir une trentaine de convives. Deux larges portes de chaque côté de la salle facilitaient le passage du flot continu des domestiques qui apportaient les plats. Plusieurs grands lustres de cristal illuminaient la pièce et des cheminées ornaient chacun des quatre murs. Cinq couverts avaient été dressés à un bout de la table, assez rapprochés pour que les convives puissent bavarder sans avoir à élever la voix. Colton fit asseoir sa grand-mère, puis se retourna pour offrir une chaise à sa femme avant que Robert ne puisse le faire.

Brianna était particulièrement en beauté ce soir. Vêtue d'une robe simple en soie d'un gris bleuté, les cheveux blonds illuminés par les flammes des bougies, le teint pâle et soyeux, elle incarnait la beauté féminine. Elle lui sourit tendrement et s'assit, l'enveloppant de son parfum enivrant.

Un peu plus tard, il prendrait grand plaisir à lui enlever cette robe et à défaire ses cheveux, se promit-il. Puis il l'entraînerait dans le lit, et elle pousserait ces soupirs de plaisir qu'il adorait.

— Vous ne vous asseyez pas ?

Il réalisa qu'il était toujours debout à côté d'elle, à la contempler comme un idiot, en s'imaginant lui faire l'amour.

Devant toute sa famille.

Brianna avait le don de lui faire perdre la tête.

— Désolé. Je viens juste de penser à quelque chose que j'ai oublié de faire avant de partir. Tant pis, mon homme de loi s'en chargera.

Il s'assit à la place du maître de maison, espérant qu'ils se contenteraient tous de ce mensonge. C'était compter sans Robert. Un valet s'avança pour servir le vin, et Colton leva son verre en s'efforçant d'ignorer le regard moqueur de son frère. Celui-ci, non sans mesquinerie, s'empressa de demander avec détachement :

— Dites-moi, ma chère, avez-vous invité des jeunes filles à cette partie de campagne ?

Un sourire espiègle creusa une fossette sur la joue de Brianna.

— Comment aurais-je pu ne pas en inviter, alors que nous avons deux des plus beaux partis d'Angleterre sous notre toit ?

Damien parut soudain pris de panique. Robert poussa un grognement de satisfaction. Leur grand-mère rit aux éclats.

— Je vous félicite, mon enfant, dit-elle d'un ton âpre. J'aimerais les voir tous mariés, avant de quitter ce monde.

Robert leva son verre.

— J'ai toujours espéré que vous vivriez éternellement, grand-mère. Cette remarque renforce mon sentiment.

— Amen, marmonna Damien.

— Je voulais seulement plaisanter, annonça Brianna, les yeux brillants. La liste des invités est en fait très limitée. En dehors du comte et de la comtesse de Bonham, il y aura les Marston, lord Bishop et sa fille, Mme Newman, lord Knightly et lord Emerson, ainsi que les sœurs Campbell accompagnées de leurs parents. C'est tout. Ma sœur et son mari n'étaient pas libres, et je le regrette.

— C'est tout ? répéta Robert, soudain blême. Cela ne fait pas moins de cinq jeunes filles à marier.

— Et cinq célibataires en contrepartie.

Brianna avala une gorgée de vin et fronça les sourcils.

— Il est impossible d'organiser ce genre de fêtes sans équilibrer le nombre de dames et de gentlemen. Votre grand-mère me l'a fait observer, et j'ai donc établi ma liste en fonction de ses conseils. Vous avez l'habitude d'assister à des réceptions où se trouvent des jeunes filles à marier.

— Pas cinq à la fois, pendant cinq jours !

— Seigneur, balbutia Damien avec l'air effaré d'un homme pourchassé.

— Cela n'aura rien de si horrible. Elles sont toutes absolument charmantes, sans quoi je ne les aurais pas invitées.

Colton eut la nette impression que malgré son air sérieux, sa femme riait sous cape.

Il fut fasciné par son habileté. Comment s'était-elle arrangée pour lui faire accepter cette invitation ? Et surtout, comment avait-elle manœuvré pour faire tomber ses deux frères, pourtant sur leurs gardes, dans le même piège ?

— Vous allez vous amuser, j'en suis sûr, murmura-t-il. Nous allons tous nous amuser.

Robert, qui avait bien compris que cette partie de campagne n'enchantait pas Colton, lui lança un sourire sarcastique. Avec une grimace, Damien fit signe au valet de remplir son verre qu'il venait de vider d'un trait. Brianna effleura la main de Colton.

Une simple caresse du bout des doigts.

— Je suis contente que vous m'épauliez, mon chéri. Je suis tellement inquiète.

Mon chéri. En principe il n'appréciait pas ce genre de mots tendres en public. Même s'ils étaient en famille. Mais l'expression de sa jeune femme le désarma. L'avait-elle déjà appelé *mon chéri* ? Il n'en avait pas le souvenir.

Je suis tellement inquiète...

Vraiment ? L'idée de cette fête l'avait agacé, et Brianna s'en était rendu compte. Mais avait-il pris en compte ses émotions à elle ? Il ne s'était pas inquiété une seconde de la charge qu'une telle organisation pouvait représenter. Colton eut la sensation d'être un imbécile. Le regard que sa grand-mère darda sur lui le conforta dans cette idée.

Comment diable pouvait-il savoir ce qu'un mari était censé faire ? Après tout, il n'avait aucune expérience dans ce domaine !

— Vous n'avez aucune raison de vous inquiéter.

Ses frères échangèrent un regard entendu, ce qui le hérissa.

— Brianna devait penser que tu n'avais pas envie de quitter Londres et de te détendre, suggéra Robert. Je me demande bien pourquoi elle a eu cette impression.

Colton lança un regard glacial au benjamin de la famille.

— Le sarcasme n'est pas de bon ton pendant le dîner, Robbie.

— Ai-je été sarcastique sans le vouloir ? répondit Robert d'un air angélique.

Or il était loin d'être un ange, fût-ce un ange déchu.

Les domestiques apportèrent le premier plat, ce qui dispensa Colton de répondre. Il comprenait dans une certaine mesure les objections de ses frères. Mais les jeunes filles invitées étaient toutes des amies de Brianna. Si Robert et Damien voulaient éviter de s'engager avec de jeunes personnes à marier, il leur suffisait d'être polis et distants pendant cinq jours. Ce n'était pas beaucoup leur demander.

Après tout, il était le chef de la famille et il aurait pu se montrer bien plus exigeant.

Bon sang, l'un d'eux allait peut-être enfin se trouver une épouse, songea-t-il en regardant Brianna tremper sa cuillère dans le potage crémeux et la porter délicatement à ses lèvres.

Ah ses frères ! Que Dieu leur vienne en aide…

8

Ce ne sont pas les jeux auxquels nous jouons ensemble mais les règles différentes que nous leur appliquons, qui créent le conflit entre les hommes et les femmes. Nous avons une manière de faire, ils en ont une autre.

Extrait du chapitre intitulé :
« Pourquoi et comment »

Ce n'est que lorsque Brianna vint le trouver que Robert comprit à quel point elle était anxieuse. À peine eut-il fait trois pas dans le grand hall, qu'il se trouva emporté dans une valse de valets, d'énormes vases de fleurs dans les bras. Elles provenaient toutes de la serre. Une main fine lui agrippa le bras avec une force surprenante.

— J'ai besoin d'aide.

Sa belle-sœur l'entraîna vers une des cheminées en marbre devant laquelle étaient regroupés plusieurs fauteuils de velours.

— Les invités commencent à arriver et le thé sera servi dans moins d'une heure. Comment trouvez-vous les roses ?

Un bouquet de roses rouges attendait son jugement contre la pierre blanche du mur.

— Elles sont très belles, répondit-il avec sincérité.

Deux immenses yeux bleus le considérèrent d'un air implorant. Il remarqua une petite tache jaune sur sa joue de porcelaine.

— Vous en êtes sûr ?

Il prit un mouchoir dans sa poche pour essuyer le grain de pollen et répondit gentiment :

— Tout à fait sûr.

Les joues de la jeune femme étaient enflammées, ses doigts crispés. Elle avait tout juste vingt ans, et malgré un sang-froid apparent, elle était loin d'être accoutumée à sa position de duchesse de Rolthven.

— Mme Finnegan, l'intendante, est au service de la famille depuis plus de trente ans, expliqua-t-il avec tout le tact nécessaire. Elle saura où disposer les roses pour qu'elles fassent le meilleur effet. C'était elle qui se chargeait de tout, lorsque nous donnions des réceptions autrefois. Ma mère aurait bien voulu l'emmener en Italie avec elle, mais elle n'a pas pu la persuader de partir. Je suis sûr que Finnie serait enchantée que vous la laissiez prendre quelques initiatives.

— Je voudrais tellement que tout soit parfait ! J'ai un peu forcé la main à Colton, et si cette fête était un désastre non seulement je lui aurais fait perdre son temps, mais je l'aurais mis aussi dans l'embarras.

L'espace d'une seconde, devant l'expression torturée de Brianna, Robert envia son frère. Il lui enviait non pas la jeune femme elle-même pleine d'esprit et à la beauté sculpturale, mais cette sincérité apparente, cet acharnement à satisfaire son mari. Elle s'était donné tellement de mal pour organiser cette réception. Son frère aîné ne remarquerait sûrement pas les roses, et encore moins celles qui ornaient le hall. Mais Brianna voulait absolument qu'il soit content.

C'était curieux. Robert avait l'habitude que les femmes souhaitent qu'il les rende heureuses, *elles*. Elles aimaient le plaisir qu'il leur donnait dans un lit, le prestige d'avoir comme amant le frère d'un duc, et aussi naturellement les bijoux et les cadeaux précieux qu'il leur offrait.

Pensaient-elles *à lui* de temps en temps ? À sa vie, à ses réflexions, à ses aspirations ?

Non. Il avait le sentiment que les femmes avec lesquelles il passait la plupart de ses nuits ne se préoccupaient jamais de son bonheur à lui. Il en était le premier responsable, songea-t-il en respirant avec délices le parfum enivrant des fleurs coupées. Il choisissait délibérément des partenaires qui ne recherchaient que des liaisons passagères, sans place pour les sentiments. Elles appréciaient ses attentions, voilà tout.

Était-ce suffisant ? Aucune femme ne l'avait jamais regardé comme Brianna regardait son frère.

Colton aussi, quand il n'était pas absorbé par des contrats ou des lettres aux régisseurs de ses domaines, considérait sa femme avec une douceur dont il n'était sans doute pas conscient lui-même.

À vingt-six ans, malgré une expérience des femmes très étendue, Robert n'avait jamais envisagé la possibilité de tomber amoureux. Il n'aimait que la dérision.

— Vous lui faites honneur de toutes les manières possibles, dit Robert d'une voix enrouée par l'émotion, en tapotant la main fine de Brianna toujours accrochée à sa manche. Voulez-vous que j'aille chercher Mme Finnegan ? Ensuite, j'irai me changer. J'ai chevauché toute la journée.

— Merci, dit Brianna en souriant. J'apprécierai d'avoir de l'aide.

— Tout le plaisir est pour moi, *madame la duchesse*.

Il s'inclina avec une courtoisie exagérée, et partit à la recherche de Finnie, à laquelle il avait donné ce surnom lorsqu'il balbutiait encore ses premiers mots. Après lui avoir exposé la situation, il monta se changer.

Conscient pendant tout ce temps qu'il venait d'éprouver un sentiment extrêmement profond.

Alors qu'il ajustait sa cravate devant le miroir, celui-ci lui renvoya l'image d'un visage renfrogné, bien loin de son habituelle expression de joyeuse insouciance.

On frappa brièvement à la porte, et il se retourna.

— Oui ?

Damien entra d'un pas vif.

— Je me suis dit qu'il valait mieux que nous descendions ensemble pour nous soutenir mutuellement.

Robert s'obligea à sourire, chassant son humeur songeuse.

— As-tu envisagé une stratégie de survie ?

— Je ne suis qu'un militaire, avoua son frère en haussant les épaules. J'admets que je suis plus habitué à évaluer les mouvements des troupes françaises que ceux des jeunes filles à marier.

— Nous nous inquiétons peut-être pour rien. Il est possible qu'aucune des amies de Brianna ne s'intéresse à nous.

Damien eut une expression résignée.

— Cela fait quelque temps que je n'apparais plus dans la haute société, mais je pense que tu es optimiste.

Nous sommes des Northfield, Robbie. Nous pourrions être les hommes les plus rustres et les plus ennuyeux d'Angleterre, nous resterions d'excellents partis.

C'était également l'avis de Robert.

— Tu as raison. Mlle Marston est charmante, ajouta-t-il imprudemment. Et très belle.

Comment diable avait-il pu laisser échapper ces paroles ?

Son frère haussa les sourcils.

— Mlle Marston ? La fille de sir Benedict Marston ?

— Oui, répondit sèchement Robert.

Il n'avait pas touché un mot à son frère de son différend avec cet homme.

— Nous avons eu une communication, dit Damien du ton neutre dont il usait lorsqu'il parlait de sa profession. Sir Benedict a la confiance du ministre de la Guerre et de Liverpool. C'est curieux, quand Brianna en a parlé hier soir, je n'ai pas fait le lien.

— Elle est très proche de Rebecca.

— Rebecca ? Tu l'appelles par son prénom ?

Robert repensa au jardin baigné par les rayons de la lune, à ses lèvres roses et pulpeuses.

— Non. C'est une liberté que je ne prendrais pas en sa présence. Nous nous connaissons à peine.

Il se rappela la rondeur de ses seins pressés contre son torse et son parfum délicat...

— Eh bien, je souffrirai sa présence si cela me donne l'occasion de parler à son père. Wellington a besoin de toute l'aide possible, et Marston a de l'influence. Je suis content d'apprendre qu'elle est passablement jolie, ainsi mon intérêt paraîtra sincère.

Passablement ? Une inexplicable pointe d'irritation transperça le cœur de Robert. Pourtant, Damien était si raisonnable et de tempérament si calme qu'il n'irritait jamais personne.

— Elle est très belle, et son père a déjà refusé plusieurs demandes en mariage. Quand tu la verras, tu comprendras pourquoi. Ce n'est pas le genre de niaise qui minaude sans cesse pour attirer l'attention, comme si elle était fière de ne rien avoir dans la tête.

— Excellente nouvelle. Cette fête ne sera peut-être pas aussi ennuyeuse que je le redoutais.

— Tu entends faire semblant de t'intéresser à elle, afin d'atteindre son père ?

— Non, je ne suis pas aussi infâme, répondit Damien, perplexe. Mais je suppose qu'elle sera presque tout le temps avec ses parents. Et en réclamant l'attention de Marston, je suis sûr d'obtenir aussi la sienne.

C'était logique. Pourquoi Robert se souciait-il de ce genre de choses ? Cela restait un mystère, même pour lui.

— Eh bien, vas-y, fais-lui la cour.

Il haussa les épaules avec une nonchalance délibérée.

— Je n'ai pas dit que j'allais…

— Damien, tu peux bien faire ce que tu veux.

Sa véhémence le surprit lui-même. Bon sang, cette petite conversation avec Brianna dans le hall l'avait déstabilisé.

— Désolé, dit-il en gagnant la porte. Je déteste ces réceptions, elles me rendent nerveux. Nous devrions aller prendre un brandy avant le début des festivités, qu'en penses-tu ?

*
*

À en juger par l'heure qui venait de s'écouler, Rebecca aurait de la chance si elle ne perdait pas la tête avant la fin du séjour.

Installée au bord d'un canapé, elle tenait sa tasse d'une main tremblante. Si elle portait la délicate porcelaine à ses lèvres, elle était certaine de renverser du thé sur ses genoux. Elle préférait prétendre qu'elle n'avait pas soif.

En somme, elle faisait semblant de boire son thé. Une vraie dame ne se serait jamais permis une chose pareille, mais Rebecca était lasse de toutes ces règles de bienséance. Ces fameuses convenances l'avaient obligée à écouter Damien Northfield, qui était presque aussi beau que son frère sans en posséder le charme et le sourire taquin, faire à son père un long exposé sur la guerre d'Espagne. De l'autre côté de la pièce, Robert était en grande conversation avec Loretta Newman, une jeune et jolie veuve.

Naturellement, cette femme était blonde, petite, et avait toutes les caractéristiques qui plaisaient aux messieurs. Au moment où elle posa les yeux sur eux, Robert se pencha pour chuchoter quelque chose à l'oreille de son interlocutrice. Mme Newman se mit à rire en battant des cils, et Rebecca serra les dents de fureur. Elle ignorait de quoi ils parlaient, mais cela faisait quinze minutes qu'ils se tenaient dans ce coin, et…

— Mademoiselle Marston ?

Elle se retourna et croisa le regard parfaitement serein de Damien Northfield.

— Je… je suis désolée. Vous disiez ?

Mon Dieu, faites qu'il ne m'ait pas vue regarder son frère. Il y avait dans les yeux du jeune homme une lueur qui trahissait une grande intelligence.

— Je me demandais si la saison à Londres vous plaisait, cette année ? demanda-t-il avec gravité.

— Autant que l'année dernière.

Il avait de beaux yeux sombres et les traits virils des Northfield, mais il n'y avait en lui ni le charme léger de Robert ni la réserve hautaine de Colton. Il était différent, calme et circonspect.

— Je vois, dit-il avec un sourire en coin.

Cette réponse ambiguë attira à Rebecca un froncement de sourcils désapprobateur de son père. Nullement troublée, elle se concentra sur le frère de Robert.

— Je voulais dire que Londres est un vrai tourbillon.

Ses mots n'avaient rien de très original, mais cela n'eut pas l'air de déplaire à Damien.

— Je suis de votre avis, dit-il doucement. J'ai un tempérament de solitaire et je ne m'attarde jamais à Londres. Robert est l'inverse de moi.

Il jeta un coup d'œil à son frère qui flirtait toujours avec Mme Newman.

— Il m'a dit que vous vous connaissiez ?

Pour le coup, Damien capta toute l'attention de la jeune femme. Que lui avait-il dit ? Avait-il parlé de leur fuite dans le jardin ? De ce baiser qu'ils avaient presque échangé et qu'elle ne pouvait plus oublier ? Elle espérait que Robert n'avait pas raconté toute l'histoire à son frère. Et si c'était le cas, que Damien ne la répéterait pas devant son père. En tant qu'attaché de Wellington, il devait avoir plus de discernement que cela !

Elle rougit malgré elle et pria pour que son trouble ne se remarque pas.

— Nous avons été présentés, marmonna-t-elle rapidement, sans regarder son père.

— Oui, j'imagine. Vous êtes une amie de ma belle-sœur, je crois ? reprit Damien d'un ton absolument neutre.

Il avait du tact, en effet. Par cette simple remarque, il faisait passer pour naturel le fait qu'elle connaisse un vaurien de la pire espèce, que son père méprisait. Elle hocha la tête avec gratitude.

— Je connais Brianna depuis toujours. Nos parents possédaient des domaines voisins et nous avons grandi ensemble.

— Je la connais encore peu, mais elle me paraît charmante.

— Elle l'est, déclara Rebecca avec conviction.

À son grand soulagement, Damien se retourna vers son père pour lui poser une question concernant la prochaine session parlementaire. Elle se retrouva face à sa tasse de thé froid, en proie à une vraie torture, n'osant plus regarder vers l'endroit où Robert se tenait avec la jolie veuve.

Quand elle risqua enfin un coup d'œil, ils avaient disparu. Tous les deux.

Son estomac se noua.

Certes elle avait déjà vu Robert danser, bavarder et sourire, dans des salles de bal bondées. Mais il y avait toujours beaucoup de monde autour d'eux, et elle ne l'avait jamais vu s'éclipser avec une de ses admiratrices. Quand un homme et une femme quittaient une réception ensemble… Elle lisait les potins mondains, et était assez grande pour savoir ce que cela signifiait.

Étaient-ils montés au premier étage, où se trouvaient les chambres à coucher ?

C'était possible.

Elle n'avait pas le droit de se sentir blessée, ou trahie, et pourtant son cœur ne cessait de se serrer dans sa poitrine.

Elle parvint à reposer sa tasse de thé sans la renverser. Elle avait envie de hurler. Lorsqu'elle se leva, son père et Damien firent de même avec politesse.

— Excusez-moi, murmura-t-elle. Il fait beau, et les jardins du domaine invitent à la promenade. Brianna m'en a parlé si souvent, que j'ai envie de les découvrir.

Damien arqua les sourcils et lui offrit son bras.

— Permettez-moi de vous accompagner.

Oh, non ! Il ressemblait tellement à son frère... avec ses cheveux châtains et son profil régulier...

Elle avait besoin d'être seule pour se ressaisir. Mais si elle refusait l'offre de Damien, son père serait furieux, et elle aurait l'air d'une petite fille boudeuse. Elle lui prit donc le bras et esquissa un sourire contraint.

— J'en serai enchantée...

Ils sortirent par les portes-fenêtres, dans la lumière de la fin de journée. Damien l'entraîna vers l'arrière de la maison, où les jardins s'étendaient sur plusieurs hectares, lui dit-il. Si Rebecca s'était intéressée aux fleurs et aux buissons sculptés, elle aurait sans doute été heureuse d'être en sa compagnie. Mais ce n'était pas le cas. D'autant que sa mère considérait lord Damien comme un prétendant potentiel.

La situation était donc très inconfortable.

Elle s'engagea dans une allée avec lui, en espérant paraître calme et posée.

— Êtes-vous content d'avoir quitté l'Espagne, monsieur ?

Damien esquissa un sourire.

— Je serais idiot de répondre non, n'est-ce pas ? Qui préférerait être à la guerre plutôt qu'ici, dans ce château merveilleux, entouré de ses amis et de sa famille ?

Rebecca ne sut que répondre. Il lui sembla déceler de la nervosité dans sa voix, mais elle ne le connaissait pas assez pour en être sûre.

— Je suis parfois idiot, ajouta-t-il.

— Dois-je comprendre que vous aimeriez retourner en Espagne ?

— Je suis heureux de faire mon devoir. C'est un plaisir pour moi de m'opposer à Bonaparte et à ses ambitions. Aussi, malgré le plaisir que me procure cette visite à ma famille, je suis impatient de repartir à la guerre.

Rebecca dévorait en secret les articles de journaux consacrés à la lutte contre l'Empereur.

— C'est admirable, dit-elle. Tout le monde, depuis Wellington lui-même jusqu'au plus petit soldat, prend énormément de risques pour sauver l'Angleterre et le monde.

— C'est un défi qu'il me plaît de relever.

Rebecca lui sourit. Son premier vrai sourire depuis qu'elle était arrivée à Rolthven.

— Ne vous méprenez pas, j'aime aussi ma famille, poursuivit-il. Mais je ne suis pas Colton, avec ses domaines et ses responsabilités. Ni Robbie, avec sa *joie de vivre*, ajouta-t-il en français. Non que mon jeune frère soit aussi frivole qu'on le croit. J'ignore si les gens le savent, mais il a un don pour les chiffres, qu'il s'agisse d'investissements financiers ou de jeux de cartes. Ne vous mesurez jamais à lui au whist, mademoiselle Marston. Vous seriez sûre de perdre.

Pourquoi la conversation les ramenait-elle à Robert ?

Peut-être était-elle trop sensible au sujet. Après tout, il était naturel que Damien parle de son frère.

— Robert est aussi un excellent violoncelliste, le saviez-vous ?

— Bien sûr que non, répondit-elle avec un peu de brusquerie. Nous nous connaissons à peine.

— Je pensais que Brianna vous l'avait dit. Robert ne s'en vante pas, car la musique n'est pas un passe-temps très viril. Mais il a du talent. Je pense que c'est son côté mathématicien. Il lui suffit de regarder une partition pour la comprendre.

Rebecca eut l'impression que son cœur s'arrêtait de battre. Robert était musicien ? Elle ferma brièvement les yeux, imaginant ses longs doigts fins sur l'archet... puis elle les imagina sur sa peau.

Elle pourrait désormais composer un nouveau rêve pendant ses nuits déjà tourmentées. Un rêve qui entraî-nerait sa perte.

— Et vous, monsieur ? Quels sont vos talents ? s'enquit-elle, désireuse de changer de sujet.

Damien prit un air mystérieux.

— Je ne sais pas si c'est un talent, mais je lis dans l'esprit de l'ennemi. Les jeunes dames de la noblesse n'ont pas besoin de se préoccuper de toutes ces choses. Mais je vous assure que cela nous aide à combattre les Français.

Les ombres s'allongeaient sur le chemin, et les crisse-ments du gravier sous leurs pas se mêlaient aux cris des oiseaux dans les arbres immenses du parc.

— Je suppose que c'est un talent très utile à l'Angleterre. Certaines dames de la noblesse s'inté-ressent aussi à la guerre, monsieur.

— Vraiment ? Je suppose que vous en faites par-tie. Pardonnez-moi d'avoir sous-estimé votre intérêt pour la lutte que nous menons contre Bonaparte.

— Il n'y a rien à pardonner, dit-elle en faisant la moue. Ma mère estime qu'une dame ne doit pas se mêler de politique.

Parler de la guerre était aussi mal vu que de composer de la musique.

Damien désigna un petit pavillon qui s'élevait à côté d'un étang. Dans la lumière déclinante, le lieu était charmant et paisible.

— Allons par là, suggéra-t-il. Nous pourrons nous asseoir et parler agréablement, sans être obligés de suivre une douzaine de conversations, comme au salon.

— Si vous le désirez.

Rebecca inclina la tête, n'osant pas refuser sous peine de paraître mal élevée. Le pavillon était en fait une superbe maison d'été. Les fauteuils étaient garnis de coussins colorés, de petites tables se trouvaient disposées un peu partout et une armoire contenait des verres de cristal et des carafes de différentes formes. Rebecca s'assit dans un fauteuil face à l'étang, et lissa consciencieusement les plis de sa jupe. Damien s'appuya à l'une des colonnes de marbre et posa sur elle un regard intense qui la déconcerta.

— Vous sentez-vous mieux, à présent ? Vous aviez l'air malheureux, tout à l'heure.

Elle qui espérait qu'il ne s'était aperçu de rien !

Elle ouvrit la bouche pour protester, mais il ne lui en laissa pas le temps.

— Je ne veux pas être indiscret. Si vous préférez ne rien dire, n'en parlons plus.

Elle fut tentée de le prendre au mot, ou de mentir. Mais elle savait qu'elle ne pouvait plus cacher sa tristesse. Entre ses parents, l'aversion bien connue de Robert pour les jeunes filles à marier, et le flirt qu'elle avait surpris entre lui et Mme Newman, elle se sentait désespérée. Elle n'avait pas prévu la présence de la jolie veuve. Peut-être avait-elle besoin des conseils de lady Rothburg, en fin de compte. Seule, elle ne savait comment procéder. Devait-elle elle-même essayer ? L'aversion de son père pour Robert était un obstacle bien réel.

— J'espérais que personne ne remarquerait que je ne suivais pas la conversation, dit-elle en secouant la tête. Je vous prie de m'excuser.

— J'ai un don d'observation, je vous l'ai dit. Comme une seconde nature. Mon frère m'a parlé de vous, aujourd'hui, ajouta-t-il en penchant la tête de côté.

C'était ce qui s'appelait aller droit au but.

Il s'était donc aperçu qu'elle observait son frère. Elle pouvait encore essayer de détourner la conversation, en espérant qu'il ne saurait pas lire en elle comme dans l'esprit de l'ennemi. Une vague de chaleur envahit son visage pour la deuxième fois, mais un reste de fierté la poussa à feindre la confusion.

— Vous faites allusion à lord Robert ?

— Exactement. Celui qui m'a dit qu'il vous trouvait belle et charmante. Celui que vous n'avez pas cessé de regarder pendant le thé.

Robert Northfield la trouvait belle ? Et charmante ? Deux des caractéristiques qui comptaient le plus pour un homme. Elle ne trouva rien à dire, et Damien poursuivit sur le ton de la conversation :

— Je suppose que cela ne me regarde pas, mais j'ai l'impression que vous vous connaissez, tout en voulant donner l'illusion que ce n'est pas le cas. J'avoue que votre attitude a piqué ma curiosité.

De fait, quand Rebecca était entrée dans le salon, escortée par ses deux parents, Brianna avait vivement

130

présenté son beau-frère et Rebecca avait bredouillé quelques paroles confuses, laissant entendre qu'ils s'étaient sans doute déjà croisés. Elle avait saisi une lueur d'amusement dans les yeux bleu azur de Robert lorsqu'il s'était incliné pour lui baiser la main.

— Nous avons brièvement été présentés la saison dernière, et nous nous sommes rencontrés par hasard récemment. Voilà tout.

— Je vous croirais volontiers, sans cette fâcheuse tendance à rougir que vous avez, chaque fois que son nom surgit dans la conversation.

Rebecca redressa les épaules, l'air offensé.

— Vous êtes très direct, monsieur.

— Parfois, concéda-t-il. J'ai aussi l'esprit tortueux, lorsque la situation le requiert. Ne l'oubliez pas.

— Que voulez-vous dire ? questionna Rebecca, déconcertée.

— Je veux dire que mon jeune frère, dont la réputation ferait rougir un vieux libertin, finit par manifester de l'intérêt pour une jeune fille qui ressent une forte inclination pour lui. Je ne serais pas un bon frère, si je ne me réjouissais pas à l'idée qu'il va peut-être enfin succomber.

Les hommes étaient vraiment des créatures étranges.

— Je crains d'être plus obtuse que je ne le pensais, lord Damien, mais je ne vous suis pas très bien.

— J'essaye de vous faire comprendre, mademoiselle Marston, que si jamais vous décidiez d'engager le combat contre cet adversaire, vous trouveriez en moi un allié.

— Quel adversaire ?

— Ne savez-vous pas que les jeunes célibataires débauchés sont très rétifs à l'idée de se marier ? Robert sera le plus résistant de tous. Il a de l'argent, aussi il n'a que faire de votre dot. Il est entièrement libre, et en profite autant qu'il le peut. Faire sa conquête sera un réel défi.

Démasquée, Rebecca croisa les mains sur ses genoux, sans chercher à nier.

— Il n'y aura pas de conquête. Que vous vous trompiez ou non sur l'intérêt que me porte votre frère, il existe un problème insurmontable. Mon père déteste Robert. Je ne sais pas ce qui a provoqué cette aversion, car il n'a visiblement rien contre le duc ou contre vous. C'est personnel.

Damien se rembrunit.

— Votre père n'aime pas Robert ? Et vous ignorez pourquoi ?

Rebecca secoua la tête, perplexe.

— En outre, ce qui se passe entre Robert et Mme Newman...

— Est sans aucune importance. En revanche, je trouve l'autre problème très intéressant. Je vais essayer de glaner des renseignements. Et ainsi, que nous puissions gagner les batailles.

9

Quelle est la définition du plaisir ?
Une joie physique, un moment de
bonheur, l'appréciation de quelque
chose de beau ? Un échange sexuel
peut être les trois à la fois, si tout est
bien orchestré.

Extrait du chapitre intitulé :
« Après est aussi important
qu'avant »

La soirée s'était bien déroulée, songea Brianna en ôtant les épingles de ses cheveux. Elle était exténuée, mais optimiste pour les jours à venir. Bien sûr il y avait eu cette maladresse d'un valet qui avait renversé un plat de poissons sur le somptueux tapis persan. Curieusement, elle sourit en y repensant.

Le pauvre garçon avait été horrifié, mais Colton avait simplement fait signe à l'autre valet d'aider son camarade à nettoyer. Puis il avait repris sa conversation avec lord Emerson comme si de rien n'était. Le tapis était désormais bon à jeter, mais Colton estimait que cela faisait partie des choses qui arrivaient. Il le remplacerait.

C'était une des choses que Brianna aimait tant chez lui. Il prenait ses responsabilités au sérieux, et avait de la considération pour son personnel. Aussi les domestiques éprouvaient-ils pour lui un mélange d'admiration et d'affection. Il ne faisait pas partie de ces aristocrates méprisants. D'une certaine façon, il était difficile à approcher, mais cela était surtout dû à son caractère réservé. Il remerciait couramment ses domestiques et s'adressait à eux avec politesse.

Elle jeta un coup d'œil à la pendule. Il était tard. Après l'arrivée des invités, il y avait eu le thé, puis un long dîner, avant lequel lord Knightly les avait divertis en récitant plusieurs passages de *Hamlet*. Tout le monde avait paru s'amuser, même Colton.

Allait-il venir la retrouver ?

Il était peut-être trop fatigué. Après tout, il s'était levé tôt et avait passé des heures à travailler dans son bureau avant le déjeuner, et…

La porte s'ouvrit avec un discret cliquetis.

Son mari entra, vêtu d'une robe de chambre de soie bleu foncé. Son regard se posa d'abord sur le lit vide, puis la trouva, dans la semi-obscurité. Elle sourit, en espérant qu'il ne remarquerait pas le tremblement de ses doigts sur la brosse à cheveux.

Sa seule présence suffisait à la troubler à ce point.

— Je me demandais justement si j'aurais le bonheur de vous voir ce soir, Votre Grâce.

— De me voir ? répéta-t-il en arquant les sourcils.

Il traversa la pièce et alla poser les mains sur les épaules de sa femme.

— C'est une façon de dire les choses. J'espérais que vous auriez envie de me *voir* dans votre chambre, madame.

— J'en ai toujours envie.

Un sourire éclaira le visage de Colton.

— Je suis flatté d'être aussi bien reçu.

— Je ne vous repousserai jamais.

134

Il y eut un silence. L'expression de Colton était difficile à déchiffrer dans la pénombre.

— Parce que vous me désirez, ou bien parce que c'est votre devoir ? demanda-t-il doucement.

Le fait même qu'il pose la question était un immense pas en avant. Brianna se leva et posa la main sur son torse, sentant les battements de son cœur à travers la soie épaisse.

— Doutez-vous de mon désir pour vous ? s'enquit-elle l'air étonné. C'est pourtant moi qui m'habille de façon provocante afin d'attirer votre attention.

— Je ne l'ai pas oublié, grommela-t-il. Malheureusement, vous n'avez pas seulement capté la mienne, mais aussi celle de tous les hommes qui se trouvaient ce soir-là à l'opéra.

— Êtes-vous jaloux ?

— Je ne sais pas. J'ai du mal à analyser mes sentiments quand vous êtes près de moi. Cela serait une perte de temps. Ma raison et ma ravissante femme ne se comprendront jamais.

Il la souleva dans ses bras.

— Nous discuterons une autre fois. Pour l'instant, j'aimerais avoir un entretien avec vous plus... physique.

Il alla la déposer sur le lit, et défit rapidement la ceinture de sa robe de chambre, lui révélant toute la force de son désir.

Sans le quitter du regard, elle dénoua le ruban de sa chemise de nuit et écarta lentement les pans de dentelle pour dénuder ses seins. Une onde de chaleur se propagea entre ses jambes.

— Je suis impatiente, chuchota-t-elle, les paupières mi-closes.

D'un mouvement souple, Colton s'allongea sur elle. Il embrassa ses lèvres et lui mordilla délicatement le cou. Brianna se cambra et les pointes dressées de ses seins effleurèrent son torse viril. Elle gémit en sentant son souffle dans son cou.

Il lui enleva sa chemise et sa bouche suivit le même chemin que ses mains, s'arrêta sur ses mamelons, sur son ventre, entre ses jambes. Quand il posa les mains sur ses cuisses pour les écarter, elle comprit qu'il allait l'embrasser de nouveau.

Ce baiser magique et délicieux.

Crispant les poings sur les draps, elle s'offrit sans retenue. Les doigts virils de Colton se glissèrent dans la chair de son sexe. Elle se sentit vulnérable, mais c'était aussi la chose la plus excitante qu'elle ait jamais connue.

Et ce plaisir incroyable lorsqu'il la taquina du bout de la langue…

En très peu de temps, elle fut haletante et la jouissance déferla. Elle voulait le repousser et le retenir à la fois, lui ordonner d'arrêter et le supplier de continuer.

Quand Colton se redressa et la pénétra d'un puissant coup de reins, le plaisir resurgit. Elle aurait voulu protester. Jamais elle n'aurait pu imaginer connaître de telles sensations. Il se mit à aller et venir en elle de plus en plus vite et elle se laissa emporter par ces ondes délicieuses.

Soudain, elle lui agrippa les épaules et se laissa submerger par la passion.

Par l'amour.

Quand Colton faisait l'amour à sa femme, il avait l'impression que c'était avec plus de passion que la fois précédente. Et c'était toujours meilleur.

Le plaisir qui déferla fut si puissant qu'il en eut presque le souffle coupé.

Bon sang, songea-t-il, en reprenant peu à peu ses esprits. Brianna devait avoir une sorte de pouvoir magique. Pourtant, il ne manquait pas d'expérience. Les femmes se jetaient à son cou depuis sa prime jeunesse, et bien qu'il ait toujours été discret, la sexualité, croyait-il, n'avait plus de secret pour lui.

Mais avec Brianna tout était différent.

Très différent.

Même pendant leur nuit de noces, alors qu'elle était encore timide et inexpérimentée, il avait réussi à lui faire éprouver du plaisir. Cette sensualité était inattendue, et il était heureux que sa jeune épouse apprécie ses attentions.

La plupart des hommes trouvaient Brianna séduisante. Mais elle lui appartenait. Elle était à lui.

— Mmm, murmura-t-elle en faisant glisser ses doigts le long de son dos.

Colton roula sur le côté et la serra contre lui, respirant avec délices l'odeur de sa peau. Son corps humide de sueur se lova contre le sien, et ses longs cheveux se répandirent sur son torse.

— La journée s'est bien déroulée, chuchota-t-elle. Êtes-vous satisfait ?

Il était extrêmement satisfait de ce qui venait de se passer à l'instant, et bien qu'il ne soit pas enchanté d'avoir une maison pleine d'invités, il se sentit l'âme charitable.

— C'était assez agréable. Les gens que vous avez invités sont acceptables.

— Merveilleux compliment, rétorqua-t-elle d'un ton sec.

— C'est sincère. D'ordinaire je déteste ce genre de rassemblement.

— Je craignais que ce ne soit le cas, quand j'ai organisé la fête.

— Vous aviez bien deviné. Vous me connaissez déjà si bien ? ajouta-t-il en repoussant une mèche blonde sur l'épaule de la jeune femme.

— Comme l'entend la Bible, certainement.

Colton rit malgré lui.

— Vous êtes très impertinente, pour une duchesse, remarqua-t-il en lui embrassant la joue.

— Je ne discuterai pas cette affirmation.

— Vous, Brianna Northfield, vous renoncez à discuter ? J'ai du mal à le croire. Mais vous me plaisez ainsi.

Il lui mordilla les lèvres, stupéfait de sentir son désir renaître si rapidement.

— J'espère que cela ne changera jamais, dit-elle tristement.

— Pourquoi est-ce que cela changerait ?

Il perçut son haussement d'épaules.

— Les hommes se lassent de leur femme. En fait, très peu d'hommes désirent vraiment leur épouse.

Colton se rembrunit. Elle avait tout à fait raison.

— Moi, je vous désire. Avez-vous déjà oublié ce qui vient de se passer ?

— J'aurais du mal à l'oublier, murmura-t-elle en lui effleurant la joue.

La femme qu'il tenait dans ses bras avait l'allure d'une courtisane et l'air innocent d'une écolière, songea-t-il en faisant glisser sa main sur sa hanche. Des cheveux d'or, des yeux d'un bleu sombre frangés de cils noirs, sans parler de cette bouche ronde et pulpeuse. Les hommes l'avaient complimenté sur la beauté de son épouse au cours de la journée. Sur le moment il n'y avait pas prêté grande attention, mais puisqu'ils abordaient le sujet de la fidélité, il décida d'exprimer son opinion.

— Vous m'appartenez, déclara-t-il d'un ton bref.

Brianna renversa la tête en arrière pour le dévisager.

— Quoi ?

Il hésita. Elle lui appartenait, puisqu'elle était sa femme. Il lui avait donné son nom et sa protection. Mais dans la haute société cela n'avait parfois guère d'importance. La femme se devait de donner un héritier à son mari. Il était courant qu'elle aille se distraire ailleurs une fois son devoir accompli.

Brianna ne ferait pas cela. Il ne le permettrait pas. L'idée qu'un autre homme pose la main sur elle provoquait en lui une réaction de révolte qu'il préférait ne pas analyser.

Il décida de l'embrasser plutôt que de chercher à s'expliquer. Il dévora ses lèvres avec avidité, en pressant contre elle son sexe dressé. Il la fit rouler sur le dos et la pénétra lentement, en contrôlant ses mouvements, attentif au rythme de sa respiration. Tous ses sens étaient tournés vers elle et ce qu'elle pouvait ressentir. Le parfum qui émanait de sa peau le grisait.

La jouissance les submergea et ils restèrent serrés l'un contre l'autre, rassasiés. Leurs membres cessèrent peu à peu de trembler et ils demeurèrent ainsi, enlacés et alanguis, Brianna lui caressa les cheveux.

— Puis-je vous demander quelque chose ?

Après les merveilleux moments qu'ils venaient de vivre, sa générosité ne connaissait plus de bornes. Il sourit paresseusement.

— Bien sûr. Laissez-moi deviner. Vous aimeriez une rivière de diamants ?

— Je n'aime pas les bijoux, vous le savez bien. J'en porte rarement.

Le savait-il ? Il réfléchit un instant avant de se remémorer quelques réceptions. C'était exact ; il la voyait rarement parée de pierres précieuses, comme les autres dames de la haute société qui arboraient leurs joyaux comme autant de trophées. Était-il si peu observateur ?

Oui, répondit une petite voix sévère. *Tu as tendance à ne te préoccuper que de ce qui t'intéresse. Les affaires politiques, la gestion de ta fortune, de ton domaine. À présent tu partages ta vie avec quelqu'un d'autre. Ne l'oublie pas.*

— Je plaisantais, dit-il en s'adossant à l'oreiller. Si vous désiriez des bijoux, je les achèterais naturellement. Mais les coffres de la famille sont pleins à ras bord de toutes sortes de joyaux, et vous savez qu'ils sont à votre disposition.

Brianna remonta le drap jusqu'à sa taille et lui sourit d'un air ensommeillé.

— Cela ne vous coûtera rien et me fera bien plus plaisir.

Il la regarda avec indulgence et demanda :

— Que désirez-vous ?

— Que vous restiez.

— Pardon ?

Elle ne répondit pas. Elle dormait déjà.

Rien de surprenant à cela, il était lui-même exténué. Elle s'était levée aux aurores et avait fait briquer la maisonnée pour l'arrivée des invités. Malgré l'aide des domestiques, les conseils de sa grand-mère et l'efficacité discrète de Mme Finnegan, il savait que Brianna avait travaillé dur pour s'assurer que tout était fin prêt avant que le premier carrosse n'apparaisse dans l'allée.

Elle voulait qu'il reste ?

Qu'est-ce que cela pouvait bien vouloir dire ?

10

*Si son comportement change,
notez la date et analysez la cause de
ce changement. Il se pourrait que
vous lui ayez fait une impression
toute particulière.*
Extrait du chapitre intitulé :
« Cause et effet »

Ses parents n'étaient pas les personnes les plus subtiles du monde, songea Rebecca, en regrettant de ne pouvoir disparaître sous la table.

Il était évident pour tout le monde qu'on la poussait sous le nez de Damien Northfield, comme on aurait exhibé une belle tête de bétail devant un riche fermier.

Et pour ne rien arranger, Mme Newman avait visiblement des vues sur Robert. Était-ce une sérieuse tentative pour prendre dans ses filets le célibataire le plus endurci d'Angleterre, ou bien une simple envie de se distraire ? Quoi qu'il en soit, si la jeune veuve se croyait fine mouche, elle se trompait. Ses intentions étaient claires.

Mais après tout, il n'y avait pas de partie de campagne sans ce fameux manège de séduction, songea

Rebecca en prenant son verre de vin. La ravissante Loretta discutait mièvrement à l'oreille de sa proie, de façon à mettre son décolleté en valeur. La dentelle qui dépassait de son corsage n'aidait en rien à cacher ses seins, bien au contraire.

— Vous devriez contrôler votre regard.

Rebecca tressaillit, manquant renverser son vin. Damien, qui grâce aux manigances de sa mère était assis à côté d'elle, se rapprocha pour lui chuchoter à l'oreille :

— Il lui parle, mais c'est vous qu'il regarde. Il y avait des années que je ne m'étais pas autant amusé.

Robert la regardait ? Elle n'aurait su le dire, puisqu'elle s'appliquait à ne pas se tourner dans sa direction, justement.

— Contrôler mon regard ? répéta-t-elle d'une voix étranglée.

— Vous avez l'air de vouloir lui transpercer le cœur de votre couteau. Cela provoquerait un grand désordre pendant le dîner !

— Vous vous amusez beaucoup, en effet, monsieur.

Damien rit doucement, et reporta son attention sur son assiette.

Rebecca maudit intérieurement le sens de l'observation de Damien Northfield. Face à elle, sa mère, qui avait surpris leur petit échange de paroles, était radieuse.

Seigneur, quel cauchemar !

Rebecca reprit à contrecœur une bouchée de poisson. Elle n'avait aucun appétit.

Que suggérerait lady Rothburg dans une telle situation ? De battre des cils avec coquetterie, comme Mme Newman ? Il devait y avoir mieux à faire. Mais quoi ? Finalement, elle emprunterait peut-être le livre à Brianna ce soir. C'était cela, ou laisser ses parents lui choisir eux-mêmes un mari.

Sa décision prise, Rebecca s'attaqua tant bien que mal au plat de bœuf et de pommes de terre. Elle fut soulagée de voir arriver le dessert. Dès que le repas serait fini, les messieurs boiraient leur porto tandis que les dames iraient bavarder au salon. Elle pourrait alors prétexter une migraine et s'éclipser dans sa chambre.

C'était un plan parfait, et d'ailleurs le sang lui battait douloureusement aux tempes.

Mais quand elle fit mine de vouloir s'excuser, sa mère la foudroya du regard.

— Tu as tout simplement besoin de prendre l'air. Va sur la terrasse, ma chérie. Lord Damien voudra sans doute t'accompagner.

Rebecca ne pourrait pas supporter cette situation pendant quatre jours. Elle s'éclaircit la gorge et répliqua :

— Lord Damien a sûrement envie de déguster son porto tranquillement. Je peux rester seule.

— Je suis sûre qu'il va insister pour t'escorter.

Lord Damien n'avait plus le choix. Il inclina la tête.

— J'en serais enchanté. Mais j'ai promis à Mme Newman de lui montrer une carte de Mandchourie très rare et très ancienne qui se trouve dans la bibliothèque. Robert pourrait escorter Mlle Marston à ma place ?

La mère de Rebecca fut horrifiée. La jeune fille étouffa un rire.

— Je... eh bien...

— Ce sera avec plaisir, dit Robert en s'approchant.

Voulait-il aider Damien à échapper aux manigances de lady Marston, ou bien prenait-il plaisir à la taquiner ? À moins que... Rebecca hésita. Damien avait-il vu juste ? Robert s'intéressait-il vraiment à elle ?

— J'ai besoin moi aussi de prendre l'air, murmura-t-il. Allons-y, voulez-vous ?

Rebecca se retrouva à son bras, le cœur battant. La situation était beaucoup plus favorable que lors de leur dernière rencontre, puisqu'elle n'avait pas de lord Watts à ses trousses. Devait-elle remercier Damien de cette subtile manœuvre ? Soit il s'amusait aux dépens de son jeune frère soit il voulait lui-même échapper aux plans de lady Marston.

Rebecca lança un regard en coin à l'homme qui lui donnait le bras. L'avait-il vraiment regardée au cours du dîner ? Elle aurait voulu savoir si l'attirance qu'elle éprouvait pour lui était réciproque.

Elle avait besoin de ce maudit ouvrage…

— Il fait frais dehors. Voulez-vous prendre un châle ?

— Euh… non, merci, bredouilla-t-elle, surprise. J'avais un peu chaud. La fraîcheur sera la bienvenue.

— Vos joues ont rosi, en effet.

Naturellement. Comme l'avait fait observer Damien, elle rougissait toujours en présence de Robert. C'était irritant, elle ne pouvait absolument pas contrôler cette réaction, et même *lui* l'avait remarqué ! Elle était mortifiée.

— Je me sens très bien, je vous assure.

Robert la mena à l'extérieur avec un sourire aux lèvres.

— Dites-moi, mademoiselle Marston, la fête vous plaît-elle ? J'ai vu que ma belle-sœur vous avait fait la faveur de ne pas inviter lord Watts.

— Si elle l'avait invité, j'aurais été au plus mal. Mes parents le considèrent comme un très bon parti, mais je ne suis pas de leur avis.

La brise du soir annonçait la fraîcheur de l'automne, mais elle eut plaisir à sentir l'air frais sur ses épaules. Des nuages s'étaient accumulés pendant la journée, et la lune était cachée. Un oiseau esseulé chanta dans un arbre. Leurs pas résonnèrent sur les dalles de la terrasse.

Ils étaient seuls.

Du moins pour le moment. Sa mère ne laisserait pas cette situation se prolonger longtemps.

— Et maintenant ils semblent avoir une préférence pour Damien, déclara Robert d'un air amusé.

Il avait remarqué cela aussi. Inutile de se réjouir, cela ne voulait sans doute rien dire. Tous les invités avaient dû comprendre que ses parents voulaient la pousser dans les bras de son frère.

— Oui, murmura-t-elle. Le pauvre homme.

Robert éclata de rire.

Il possédait une énergie, une force vitale, qui la poussait vers lui, irrésistiblement. Et qui séduisait sans doute toutes les femmes.

— Il survivra. Il ne faut pas oublier que mon frère conseille les hommes les plus importants de notre époque.

Robert s'appuya à la balustrade de pierre et se tourna vers elle.

— Cela ne se voit pas au premier coup d'œil, mais Damien est malin. Vous avez vu comme il a vite réagi ?

— Vous voulez dire qu'il a habilement esquivé les manigances de ma mère ?

— En fait, je faisais allusion à Mme Newman et moi. Vous croyez vraiment qu'elle a envie d'aller voir cette vieille carte de Mandchourie ? J'en doute. Je ne crois pas qu'elle s'intéresse à la géographie. Ce qui la passionne, c'est la dernière mode londonienne.

— Je croyais qu'elle vous plaisait.

À peine les mots eurent-ils franchi ses lèvres, qu'elle regretta de les avoir prononcés.

— Du moins c'est l'impression que vous donnez, ajouta-t-elle à la hâte.

— Vraiment ? fit-il en laissant son regard errer sur les jardins. Les apparences sont parfois trompeuses.

Il haussa les épaules, et ajouta :

— Je ne veux pas manquer de galanterie. Mme Newman est une charmante jeune femme.

Rebecca éprouva un intense soulagement. Ces mots n'étaient pas ceux d'un homme amoureux. S'ils avaient eu un rendez-vous galant un peu plus tôt, il ne prendrait pas cet air détaché. Robert n'avait pas la réputation de briser les cœurs et, si cela avait été le cas, il n'aurait pas été autant apprécié. Apparemment, son flirt avec la jeune veuve n'était pas allé très loin.

— Je vois.

— Vous voyez ? répéta-t-il avec un regard si appuyé qu'elle se troubla.

Il savait la charmer par un regard, un sourire, une caresse. Mais cela ne voulait pas dire que Damien avait raison.

Cependant, elle voulait espérer qu'il ne s'était pas trompé.

⁎⁎

— Je vous crois. Nous sommes enchaînés par toutes les règles de la bienséance, murmura la jeune femme. Cette politesse excessive peut faire croire à une personne que nous nous intéressons à elle, alors que nous sommes simplement bien élevés.

Robert entendit à peine ce que disait sa compagne.

Elle avait une chevelure épaisse et soyeuse. Toute la soirée, il avait essayé de définir cette couleur sombre et brillante, qui contrastait avec la pâleur de son teint. Ses yeux aigue-marine bordés de cils noirs complétaient admirablement ce magnifique tableau. Robert jura intérieurement. Damien croyait sûrement lui rendre service, en distrayant Mme Newman.

Eh bien non, il ne l'aidait pas du tout. Car il le laissait en tête à tête avec la tentation.

Robert n'était que trop conscient de la présence de Rebecca depuis qu'elle était arrivée, la veille, avec ses parents dans son sillage. Cette jeune candidate au mariage l'attirait irrésistiblement. Du jamais vu. Si Rebecca n'avait pas été là, il aurait probablement cédé aux avances de Mme Newman et passé une nuit très agréable dans son lit.

Rebecca le regardait. La lumière oblique éclairait son visage. Ses lèvres étaient entrouvertes, et il dut résister à la tentation de se pencher pour respirer son parfum. Par chance pour lui, il ne se passerait pas beaucoup de temps avant que quelqu'un soit dépêché par la mère de la jeune fille, pour soustraire cette innocente à ses griffes de libertin.

— Brianna semble nous épargner les activités de campagne auxquelles nous n'aurions pas refusé de participer par politesse, dit-elle avec un sourire timide.

Il prit conscience, en voyant la courbe de ses lèvres, qu'il ne connaissait rien aux jeunes filles innocentes. Il avait toujours mis un point d'honneur à les éviter. Il n'avait pas de sœur, il n'était encore qu'un jeune garçon quand il avait connu Élise, et à partir de là son chemin avait été tout tracé. Pas forcément dans la mauvaise direction. Mais à présent, il se rendait compte que ses choix lui avaient fermé quelques portes. La respectabilité était une notion qu'il avait toujours trouvée amusante. Colton était bien assez respectable pour trois.

En attendant il était fasciné par les lèvres de Rebecca et par son sourire. Il aurait mieux valu qu'il ne l'ait jamais approchée.

Il ne pouvait s'empêcher de désirer davantage. Il serait sans doute délicieux de l'initier aux plaisirs de la chair. Mais ce n'était qu'un fantasme passager, les vierges ne l'avaient jamais intéressé. Les jeunes femmes expérimentées et intéressées par une liaison passagère ne manquaient pas.

Toutefois il y avait quelque chose d'attirant chez cette jeune fille, en dehors de son corps souple et de sa superbe poitrine. Une aura de sensualité qui laissait deviner une merveilleuse maîtresse en devenir.

Pour quelqu'un d'autre, ajouta-t-il aussitôt. Pour *son mari*.

— C'est un des avantages de faire partie de la famille, dit-il avec nonchalance. Si Brianna essayait de m'enrôler dans un jeu de charades, ou quelque chose d'aussi insipide, je déclinerais. Pour autant que je sache, à part une performance musicale demain soir, nous n'aurons pas à endurer quelque distraction enfantine. Et encore. Je suppose qu'une des filles Campbell va massacrer du Haydn ou un autre compositeur qui, par chance, ne pourra que se retourner dans sa tombe.

— En fait, c'est moi qui vais jouer, annonça Rebecca d'une voix égale.

Robert se traita intérieurement de crétin. Brianna n'avait pas dû lui dire le nom de la demoiselle qui allait jouer, car il s'en serait souvenu.

— Je vous présente mes excuses, dit-il en passant une main dans ses cheveux. Pardonnez-moi, je vous en prie. J'ai assisté à trop de ces soirées musicales, qui vous massacrent tellement les tympans que vous ressortez en maudissant l'inventeur du piano. Je n'avais pas l'intention de vous insulter. Et je n'aurais pas dû parler ainsi des demoiselles Campbell, sans jamais les avoir entendues jouer.

Mais au lieu de tourner les talons et de s'éloigner avec hauteur, Rebecca Marston se mit à rire. Une lueur malicieuse passa dans ses prunelles.

— Vous venez de me lancer un défi sans le vouloir, monsieur. Il va falloir que je vous fasse changer d'avis sur les compétences musicales des demoiselles ! Puis-je vous en lancer un autre ?

Cette réaction inattendue le désarma.

— C'est moi qui vous ai blessée, aussi je ne puis refuser.

— Jouez avec moi.

Il la regarda, éberlué. Jouer avec elle ? *Mon Dieu, oui*, murmura une petite voix coquine. *J'adorerais jouer avec ces jolis seins ronds qui se cachent sous votre robe sage, passer les doigts dans vos cheveux soyeux, vous embrasser à en perdre la tête, m'inviter entre vos jambes, et m'enfoncer au paradis…*

Une autre voix, froide et raisonnable, lui rappela que ce n'était pas une bonne idée. Jouer avec une jeune vierge, dont le papa puissant et protecteur vous détestait, était une des pires idées qu'un homme pouvait se mettre en tête. Pour l'heure, ce qu'elle suggérait était totalement différent de ce qu'il imaginait.

— Pourriez-vous être plus précise, mademoiselle Marston ?

— Votre frère m'a dit que vous étiez un violoncelliste de talent. Il se trouve que j'ai dans mes bagages une partition pour piano et violoncelle. Nous pourrions jouer en duo ?

Jouer en duo. Son esprit créait déjà de nouvelles images érotiques pour deux et il dut se faire violence pour garder les idées claires. Le genre de duo auquel il pensait n'avait rien à voir avec la musique.

S'ils avaient été à Londres, il aurait pu refuser poliment, en prétextant qu'il n'avait pas d'instrument. Cependant son violoncelle se trouvait justement à Rolthven, et si ses deux frères l'ignoraient, sa grand-mère elle, ne l'avait pas oublié. Il ne pouvait donc pas mentir à Rebecca. Et il se devait de rattraper sa bévue. Il n'aimait pas jouer en public, mais les invités n'étaient pas nombreux. Et Rebecca le regardait d'un air si ingénu, qu'il eut envie de lui faire plaisir.

Il aurait tout le temps d'analyser ses pensées plus tard.

— Je n'ai pas joué depuis longtemps, mais j'accepte.

— Parfait. Je vous ferai passer la partition demain matin pour vous permettre de vous exercer. Vous ne voudriez pas insulter le compositeur en massacrant son œuvre, n'est-ce pas ? ajouta-t-elle avec un sourire taquin.

Robert rit de bon cœur.

— Je crois que cette remarque n'est pas près de m'être pardonnée !

Il aimait les femmes qui avaient le sens de l'humour. Elles étaient plus amusantes au lit et elles avaient tendance à être moins hautaines.

Bon sang. Il avait intérêt à se maîtriser. En présence de Mlle Marston, ses pensées devaient rester chastes.

— Je prends la musique très au sérieux, dit-elle.

C'était fascinant. Pour lui aussi, la musique était un baume qui apaisait son âme. Il eut l'impression qu'elle aurait aimé ajouter quelque chose, mais elle garda le silence.

L'air sentait déjà l'automne, songea-t-il en essayant de se concentrer sur autre chose que la jeune femme à ses côtés. Une vague odeur de fumée se mêlait au parfum des feuilles en décomposition et de la terre humide. Cela fit surgir des souvenirs de vie à la campagne. Les odeurs londoniennes étaient moins agréables. Lorsqu'il était plus jeune, il était toujours impatient de quitter Rolthven pour aller en ville. Mais cet environnement de verdure lui semblait à présent plus apaisant qu'autrefois. Son tempérament de jeune mâle fougueux s'estompait peut-être, avec l'âge.

Se pouvait-il que la maturité le pousse à s'intéresser à une jeune fille à marier ?

Non. Il chassa instantanément cette idée qu'il associait à de terrifiantes images : une allée menant à une cathédrale pleine d'invités, de jolis bébés potelés… Mlle Marston portait avec elle toutes ces espérances et il n'était pas encore prêt à échanger sa liberté contre cette vie rangée.

Sans compter qu'il n'avait pas oublié l'air effaré de lady Marston quand Damien avait échangé son rôle d'escorte avec son frère. Soit elle était au courant du désaccord entre Robert et son mari soit c'était sa réputation qui jouait contre lui. Quoi qu'il en soit, si Robert perdait la tête et envisageait de faire la cour à Rebecca, il ne serait pas le bienvenu.

— Combien de temps faudra-t-il à votre mère pour inventer un prétexte pour nous rejoindre ? demanda-t-il avec une pointe de cynisme.

— Je suis étonnée qu'elle ne soit pas déjà là. Néanmoins, comme nous sommes visibles, je suppose qu'elle nous surveille.

La franchise de la jeune fille lui plut. C'était cela qui l'attirait, chez elle. Sa beauté, alliée à une totale sincérité. Elle n'était ni vaniteuse ni superficielle. Pas la moindre minauderie chez elle.

— Nous devrions dissiper son anxiété. Je vais vous ramener à l'intérieur avant qu'elle n'ait une crise d'apoplexie. Cette terrasse n'est pas l'endroit idéal pour séduire une jeune dame, mais elle craint sans doute que je ne m'y emploie.

Rebecca eut un petit rire étouffé.

— Un libertin de votre rang ne doit pas se laisser décourager par des dalles de marbre, je suppose ?

Naturellement, il lui était arrivé de séduire des femmes dans des lieux plus inconfortables que celui-ci, mais il ne dit rien.

— J'ai donc une place privilégiée parmi les libertins ? s'enquit-il en lui offrant le bras.

— Je n'écoute pas les commérages.

Mais tout le monde écoutait, se dit-il.

Une voix grave et glaciale interrompit leur bavardage.

— Rebecca, j'ai cru comprendre que tu ne te sentais pas bien. Tu devrais monter te reposer dans ta chambre.

Rebecca tressaillit et Robert sentit ses doigts se crisper sur sa manche. Il se tourna vers lord Marston et sourit froidement.

— J'allais justement la raccompagner.

— Inutile, je m'en charge, rétorqua sir Benedict, impassible.

Rebecca eut un instant d'hésitation. La tension entre les deux hommes était palpable.

— Bonne nuit, lord Robert, murmura-t-elle.

— Bonne nuit.

Il la regarda s'éloigner dans un gracieux tourbillon de soie. Son père lui lança un dernier regard noir, avant de faire rentrer la jeune fille dans le salon.

C'était un avertissement.

**

— Si jamais tu avais un penchant absurde pour Robert Northfield, tu ferais mieux de l'oublier tout de suite.

Chaque mot fit à Rebecca l'effet d'un coup de fouet. La jeune fille réprima son indignation. Elle était mortifiée d'avoir été ramenée au bras de son père comme une enfant.

— Nous avons juste fait quelques pas sur la terrasse. Maman pourra vous dire qu'il ne m'a même pas demandé mon avis. C'est son frère qui lui a suggéré de m'accompagner.

— Ne crois pas que je n'ai pas remarqué ta réaction, tonna son père.

Ne sachant que répondre à cela, Rebecca empoigna ses jupes pour ne pas trébucher dans l'escalier.

— Il n'est absolument pas convenable.

Le visage sévère de son père n'incitait pas à poser des questions. Néanmoins, Rebecca ne put s'empêcher de remarquer :

— Vous le détestez. Pourquoi ?

— Je le déteste, en effet. Et je ne te dirai pas pourquoi.

— Pourtant vous aimez le duc, puisque vous acceptez ses invitations. Et de toute évidence, Damien vous plaît aussi. Vous me poussez dans ses bras, ce qui est fort embarrassant.

— Ils n'ont rien à voir avec tout cela. Et toi non plus. Robert Northfield est le seul concerné.

— Comment pouvez-vous dire cela ? Je n'ai fait que bavarder avec lui à la vue de tous, et vous me lancez aussitôt des ultimatums !

Leurs chambres se trouvaient dans l'aile gauche. Des lampes avaient été allumées sur tous les guéridons alignés le long du corridor. Le visage fermé, son père alla jusqu'à la porte de sa chambre et l'ouvrit.

— Nous nous verrons demain matin, ma chérie.

11

Lorsque la chasse commence, n'oubliez pas que vous êtes le prix à remporter. Si vous renoncez au pouvoir, il le reprendra aussitôt. Si vous décidez de le conserver, ce que je vous recommande, faites-le de la manière la plus subtile et la plus plaisante possible.

Extrait du chapitre intitulé :
« Ce que toute femme doit savoir »

Selon Colton, cette chasse au trésor n'était pas une manière très agréable, ni très digne, de passer la matinée. Mais Brianna lui avait demandé si gentiment d'y participer qu'il aurait paru grossier s'il avait refusé. Les autres invités semblaient enthousiastes, et c'était assurément plus distrayant que de rester enfermé dans son bureau avec son secrétaire.

Surtout dans des moments comme celui-ci, songea-t-il en admirant les chevilles de son épouse qui se pencha pour prendre quelque chose dans un buisson et brandit triomphalement son trésor.

— Regardez, comme il est joli !

— C'est un caillou, remarqua-t-il avec douceur.

— Un joli caillou, vous ne trouvez pas ?

— J'avoue qu'il m'arrive rarement de penser à leur valeur esthétique.

— Votre Grâce, rétorqua Brianna, moqueuse, vous ne voulez pas gagner cette épreuve ? Je pensais que les personnes de votre rang avaient l'esprit de compétition. Nous devons trouver le caillou le plus original. Si celui-ci ne vous paraît pas assez impressionnant, continuons nos recherches.

Colton trouvait ce jeu absurde. Cependant, il ne put s'empêcher d'admirer les reflets du soleil dans la chevelure blonde de sa femme. Elle était belle et fraîche, vêtue d'une robe simple de mousseline garnie d'un ruban de satin vert pâle. Un ruban de même couleur retenait ses lourdes tresses. Elle était la beauté personnifiée, et s'intégrait parfaitement à ce décor bucolique. Elle était jeune, en bonne santé, et… fertile ?

La question l'effleura. Il était un peu trop tôt pour l'interroger à ce sujet, mais il était certain qu'elle avait quelques semaines de retard. Non qu'il tînt un calendrier, mais elle préférait qu'il ne partageât pas son lit certains jours. Ils n'étaient pas mariés depuis assez longtemps pour qu'il sache si ce retard était inhabituel. Mais comme il accomplissait régulièrement son devoir conjugal, il n'aurait pas été étonnant qu'elle soit déjà enceinte.

Un enfant.

L'idée lui plaisait. Et pas seulement parce qu'il était de son devoir d'avoir un héritier. Il imaginait Brianna portant un enfant, leur enfant, et il était ému.

— Quelque chose ne va pas, Colton ? demanda-t-elle, le visage tourné vers lui. Vous avez une expression étrange. Je sais que ce genre de jeu n'est pas dans vos habitudes, mais…

— Je n'aime pas les jeux d'une façon générale, mais cela m'est égal, expliqua-t-il en souriant. Et je trouve ce caillou très joli. C'est du quartz, je pense.

— Vraiment ? Il est ravissant, en effet.

— Éblouissant, ajouta-t-il en regardant la jeune femme.

Brianna rougit, comprenant que c'était elle qu'il complimentait.

— Vous n'avez pas envie de participer à cette chasse au trésor, n'est-ce pas ?

— Si vous voulez, je peux porter ce caillou.

— Et pour la chenille ?

— Pardon ?

— La liste est dans votre poche. Il me semble que nous sommes censés en trouver une. Je préfère que ce soit vous qui la preniez.

— La liste ou la chenille ?

— Cessez de me taquiner, Colton. Que devons-nous trouver d'autre, après cet animal ?

Colton sortit la liste de sa poche et l'examina.

— Une fleur rouge. Un bâton admirable. Comment diable un bâton peut-il être admirable ?

— Comment voulez-vous que je le sache ? C'est votre grand-mère qui a établi cette liste et ce sont ses mots que j'ai transcrits sur le papier. Tout ce que je sais, c'est qu'il fait un temps splendide, que le soleil brille, et que nos invités font leur possible pour remporter le premier prix. Maintenant que nous avons trouvé un caillou, nous devrions continuer. Si nous arrivions derniers, cela ferait très mauvais effet.

Colton glissa le morceau de quartz dans sa poche et suivit son épouse sur la pelouse. Ils parvinrent à ramasser tous les objets de la liste, y compris une pauvre chenille verte qu'il tint au creux de sa main. Quand ils regagnèrent enfin la terrasse, sa grand-mère les attendait. Son regard était plus animé que jamais, et pour une fois elle avait laissé de côté sa canne.

Robert, le partenaire d'une des sœurs Campbell, que Colton ne parvenait pas à distinguer l'une de l'autre, tenait aussi une chenille dans sa main. Son regard résigné en disait long sur ce qu'il pensait de cette chasse au trésor.

Néanmoins, pour voir les yeux de sa grand-mère briller de plaisir comme aujourd'hui, Colton aurait volontiers ramassé des douzaines de chenilles !

Damien les rejoignit en marmonnant.

— Nous ne pourrions pas nous retirer dans ton cabinet de travail pour boire un brandy, Colt ?

— Il n'est même pas midi.

— Et alors ? Tu tiens bien un insecte dans ta main, non ? Cela t'arrive souvent de ramasser des chenilles avant midi ? Et d'abord, j'ai besoin d'un remontant.

— Je ne pense pas que les chenilles se classent parmi les insectes, rectifia sévèrement Colton. Un insecte est censé avoir six pattes, et elles en ont bien davantage.

— Ce n'est pas le moment de s'attarder sur ce genre de détails.

Le spécimen déniché par Damien était de loin le moins joli, couvert de taches et hérissé de poils.

Ils finirent par s'éclipser dans le repaire de Colton pour boire un verre. Mills fut prestement congédié, visiblement étonné de voir son maître prendre l'après-midi pour se détendre.

Peut-être Colton consacrait-il trop de temps à ses affaires. Il n'était pas nécessaire qu'il s'occupe en personne de chaque dossier. Mais il manquait encore un peu d'assurance, et se croyait obligé de régler lui-même tous les détails. Si son père était tombé malade et s'était éteint petit à petit, il aurait sans doute été mieux préparé à reprendre le flambeau. Mais son père avait disparu du jour au lendemain.

Le monde de Colton s'était alors effondré.

Avalant une bonne gorgée de brandy, il reporta son attention sur la conversation.

— Et alors, il a fallu trouver la plus belle fleur rouge... grommela Robert. Elle a examiné toutes les roses du domaine ! Tout cela pour perdre, derrière lord Emerson et sa partenaire.

— Grand-mère s'est fait un plaisir de choisir les couples gagnants, fit remarquer Damien. Je la soupçonne de vouloir arranger des alliances. Quand je vois les regards qu'échangent Emerson et l'aînée des filles Campbell, j'ai envie de repartir en Espagne !

— Ce n'est pas facile, déclara le comte de Bonham, qui s'était joint à eux. Avec l'océan à traverser, et tout...

— Eh bien, au moins de me noyer en regagnant l'Espagne à la nage, reprit Damien avec un sourire en coin. Et ne me faites pas de sermon sur les joies du mariage, je vous en prie. J'ai assez de défis à relever avec l'armée française.

— Les joies du mariage ? Laissez-moi vous dire qu'elles existent bel et bien. Dans la chambre à coucher, pour commencer.

— On peut éprouver les mêmes joies sans forcément s'enchaîner à une femme pour la vie, fit remarquer Robert.

— Tout le monde sait que c'est ta philosophie, Robbie.

— Qui sait ? Cela pourrait changer, murmura Damien. Et plus tôt qu'on ne le croit.

La remarque aiguisa la curiosité de Colton. Avait-il manqué quelque chose ? Quand Damien énonçait quelque chose de ce ton parfaitement neutre, il était plus prudent d'y prêter attention. Son jeune frère ne parlait jamais pour ne rien dire. D'autre part, une expression proche de la consternation se peignait sur le visage de Robert.

— Sais-tu quelque chose que j'ignore ? demanda Colton avec brusquerie.

Robert posa son verre et se leva.

— Non, il ne sait rien. Damien a tellement l'habitude de jouer les espions, qu'il se croit sans cesse obligé de faire des remarques mystérieuses. Veuillez m'excuser, messieurs. J'ai été enrôlé de force dans le spectacle musical de ce soir, et je dois aller m'assurer que je sais encore tenir un archet.

— Tu as accepté de jouer ?

Décidément, cette réception campagnarde devenait de plus en plus intéressante. Robert était généralement très discret sur ses talents de musicien.

— Ta femme me l'a demandé, mentit Robert. Comment aurais-je pu refuser ? Tu disais justement que j'avais du mal à repousser les jolies femmes, n'est-ce pas ?

Après le départ de Robert, Colton échangea un regard avec Damien. Bonham paraissait également intrigué.

— Que diable se passe-t-il donc ?

Damien rit doucement.

— Disons simplement que j'ai une théorie intéressante. Je n'en dirai pas plus pour le moment.

*

Brianna détestait les parties de campagne qui vous accaparaient à chaque instant de la journée. Aussi laissait-elle ses invités libres de faire ce qu'ils voulaient dans l'après-midi. Ils pouvaient se promener dans le domaine, monter à cheval, se détendre dans la bibliothèque, ou bien aller voir les échoppes des villages voisins. Elle n'aurait même pas proposé cette chasse au trésor ce matin si la grand-mère de Colton n'avait pas insisté. Finalement, Brianna était contente d'avoir suivi son idée. Tout le monde s'était bien amusé et cela lui avait permis de passer du temps avec son mari, ce qui était rare.

À présent, elle s'était réfugiée dans son salon avec Arabella et Rebecca. C'était une pièce élégante, décorée de meubles français de style Louis XIV, aux murs tendus de soie. Les couleurs ivoire et jaune pâle étaient apaisantes et elle avait décidé de faire décorer sa chambre dans les mêmes tons. Colton voudrait sûrement retourner à Londres dès que le dernier invité serait reparti, mais Mme Finnegan se chargerait de superviser les travaux.

— Tu n'aurais pu souhaiter un plus joli temps pour ta fête, Bri. Tout le monde l'a fait remarquer, déclara Arabella, ravissante dans sa robe de mousseline mouchetée.

— C'est une chance, en effet. Il aurait été horriblement triste de devoir rester enfermés.

— Lord Emerson et Belinda Campbell ont visiblement un penchant l'un pour l'autre. C'est un succès, dit Rebecca.

Brianna devina une tension derrière son sourire.

— J'étais loin de me douter que ta mère jetterait son dévolu sur Damien, Beck. De toute évidence, cela te met mal à l'aise. Je veillerai à ce que tu ne sois pas tout le temps assise à côté de lui.

— Je l'aime bien, ce n'est pas le problème. Ce qui me gêne, c'est d'être sans cesse poussée sous son nez.

— Il va retourner en Espagne, ajouta Arabella. Ce serait terrible si tu t'attachais à lui et qu'il doive repartir à la guerre !

— Je crois que mes parents ne voient que sa fortune et son prochain titre de chevalier. Ils tiennent de moins en moins compte de mes sentiments.

Brianna se rappela les confidences que Rebecca lui avait faites dans le salon de musique.

— Tu as l'air tellement malheureuse ! s'exclama-t-elle, sur une impulsion. Arabella et moi pourrions t'aider. Tu devrais lui répéter ce que tu m'as dit.

— Me répéter quoi ? s'exclama Arabella.

— Mes misères, répondit Rebecca avec un sourire résigné. Je suis amoureuse de l'homme qu'il ne faut pas.

— Amoureuse ? Oh, mon Dieu, c'est merveilleux… enfin, je ne sais pas. Pourquoi es-tu malheureuse ?

— Rebecca pense que ses parents n'approuveraient pas son choix, expliqua Brianna.

— Pourquoi ? C'est un valet d'écurie ?

— Vous êtes adorables, mais je ne peux rien vous dire, déclara Rebecca en secouant la tête.

Brianna et Arabella échangèrent un regard perplexe.

— Fais-nous confiance, Beck. Tu sais que nous sommes discrètes. La situation n'est peut-être pas aussi grave que tu le crois.

— Ce n'est pas une question de confiance. C'est compliqué, répondit Rebecca en soupirant. Et simple en même temps. Mes parents veulent absolument que je me marie cette saison. Comment les blâmer ? Ils ne savent pas ce qui m'arrive, ils pensent que je suis simplement têtue. J'aurais dû accepter la demande du marquis, l'année dernière. Il aurait fait un mari… acceptable.

Acceptable. Brianna pensa à Colton. Qui voulait d'un mari acceptable, quand on était follement amoureuse de quelqu'un d'autre ?

— Cet homme mystère s'intéresse-t-il à toi ?

— C'est possible, mais cela ne va pas très loin. Je ne peux être qu'une distraction pour lui.

— Encore une fois, le livre de lady Rothburg pourrait t'aider, suggéra Brianna.

Arabella laissa fuser un rire incrédule.

— Seigneur, Bri, ne me dis pas que tu as toujours ce livre ?

— Naturellement. Je t'assure qu'il est captivant. Je l'ai lu de bout en bout.

— Aucune femme respectable n'est censée poser les yeux sur cet ouvrage.

— Il est parfois drôle de ne pas être *respectable*.

Colton était devenu un amant merveilleux. Et pourtant, la dernière fois qu'il était venu la rejoindre, elle n'avait rien fait pour le provoquer. Non seulement il avait oublié d'éteindre les lumières, mais il l'avait soulevée et transportée sur le lit comme s'il ne pouvait plus attendre.

C'était exactement ce qu'elle voulait. Qu'il ne la considère pas seulement comme une épouse, mais aussi comme une maîtresse qu'il désirait.

De plus, cela lui plaisait beaucoup, à elle aussi. Elle lança un regard en coin à Arabella, qui était aussi une jeune mariée.

— Tu pourrais tirer parti de ce livre, tu sais. Je regrette de ne pas l'avoir lu avant le mariage.

Les joues d'Arabella rosirent.

— Tu crois ? Andrew a été très doux et compréhensif, mais j'étais tellement nerveuse, le premier soir… Cela va mieux, à présent.

— C'est justement le point important, répondit Brianna. Cela peut devenir encore bien plus plaisant. Mais le livre n'aborde pas que les sujets intimes, Beck. Lady Rothburg consacre un chapitre entier à la façon de conquérir un homme qui ne souhaite pas se marier. C'est fascinant. Lady Rothburg a une expérience personnelle très enrichissante. Elle prétend que certaines techniques réussissent toujours.

— En fait, j'espérais que tu me prêterais ce livre, avoua Rebecca d'une voix tremblante. Si j'essayais... J'en suis arrivée à la conclusion que si je ne fais rien, je serai bientôt obligée d'accepter le prétendant que mes parents auront choisi.

— Tu as raison. Comme vous le savez, je suis une adepte inconditionnelle des méthodes de lady Rothburg. Le livre est dans ma chambre, je vais le chercher.

Brianna se rendit dans sa chambre, prit une minuscule clé dorée dans le tiroir de sa coiffeuse et sortit de l'armoire le vieux coffret sculpté qui avait appartenu à sa grand-mère. Son aïeule aurait été scandalisée de savoir ce qu'il contenait. Le livre était rangé comme un bijou sur un tissu de velours un peu fané. Sa couverture de cuir était incrustée de lettres écarlates, et les pages étaient usées. Brianna s'était interrogée plus d'une fois sur l'ancienne propriétaire de l'ouvrage. Elle était persuadée que lady Rothburg avait aidé plusieurs femmes avant elle. Sinon ce petit volume aurait été détruit bien avant d'avoir trouvé sa place sur les étagères d'une vieille librairie poussiéreuse.

Brianna retourna au salon et tendit l'ouvrage à son amie.

— Commence par lire le chapitre intitulé : « N'oubliez jamais que vous savez mieux que lui ce qu'il veut ».

Rebecca contempla la couverture du livre.

— J'aimerais bien savoir ce qu'il veut. Je sais ce que mon père ne veut pas, mais j'ai beaucoup réfléchi, ces derniers temps. Et j'en suis arrivée à la conclusion que ce que je veux, moi, devrait compter aussi. Après tout, c'est ma vie et mon bonheur qui sont en jeu.

Brianna ne comprenait que trop ce sentiment.

— Je te préviens, les conseils de lady Rothburg sont loin d'être conventionnels. Mais ils t'aideront, Beck, j'en suis certaine.

12

*Plus il fait d'efforts pour vous
séduire, plus vous devriez être persuadée de sa sincérité.*
Extrait du chapitre intitulé :
« Si ce n'est pas de l'amour,
qu'est-ce ? »

Il régnait une chaleur étouffante dans le salon
baroque, en ce début de soirée. À moins qu'il ne fût
particulièrement nerveux, songea Robert. Sa cravate
l'étranglait et il l'avait déjà rajustée deux fois. Il
n'acceptait pas souvent de jouer en public, même
devant un auditoire réduit comme ce soir. Il le faisait parfois pour la famille, quand sa grand-mère le
lui demandait. La dernière fois, c'était pour le
mariage de sa mère avec le comte italien. Lazzaro lui
avait demandé du Vivaldi et Robert en avait été
enchanté car le maître faisait partie de ses compositeurs préférés. Sa mère avait été émue aux larmes et
lui aussi. Il l'adorait, et c'était un réconfort de la voir
de nouveau heureuse.

— Le plus grand libertin de Londres, la cause de
tous les scandales, joue du violoncelle lors d'une

partie de campagne, avec une jeune fille innocente. C'est du jamais vu !

La remarque caustique de Damien interrompit les réflexions de Robert.

— Personne ne voudra le croire. Aussi je suis tranquille, ma réputation n'en souffrira pas.

— J'ai moi-même du mal à en croire mes yeux, rétorqua Damien. Tu as menti à Colton en disant que Brianna t'avait persuadé de jouer. Je sais par elle que c'est Mlle Marston qui t'a forcé la main. Aussi, je me pose quelques questions.

Damien était trop proche de la vérité. Mal à l'aise, Robert lui lança un regard noir.

— Tu n'es pas assez occupé avec Bonaparte ? Il faut aussi que tu te mêles de mes affaires ?

— Bonaparte est loin, hélas. Mais toi, tu es là.

Le problème, c'était qu'en effet certains yeux aiguemarine poussaient Robert à avoir un comportement nouveau.

La partition qu'un des valets lui avait apportée le matin était écrite à la main, et le nom du compositeur n'y figurait pas. Robert ne manquerait pas de le demander à Rebecca, après leur petit concert. Bien qu'il ait un répertoire étendu, il ne le connaissait pas et cela l'intriguait. Il avait été surpris par la qualité et la douceur de ce morceau. Le style était excellent, précis et unique.

— Elle est particulièrement belle ce soir, n'est-ce pas ?

— Oui, répondit Robert d'un ton qu'il aurait voulu neutre, mais qui ne l'était pas.

Rebecca venait d'entrer, accompagnée de ses parents. Ses cheveux noirs et brillants étaient coiffés en chignon, mais quelques boucles s'en échappaient et retombaient gracieusement sur sa nuque. Elle était vêtue d'une robe de tulle gris argenté nouée sous les seins et qui rehaussait sa silhouette. Sa mère lui chuchota quelques mots, et elle répondit d'un petit hochement de tête. Puis elle alla s'asseoir au piano et le chercha des yeux, parmi les invités.

Robert inclina la tête, comme pour rendre hommage à sa beauté. Elle lui répondit par un sourire hésitant qui le fit fondre. Il aurait pu écrire des centaines de poèmes à la gloire de ces lèvres douces et sensuelles.

Il traversa le salon et les conversations se turent. Il regarda autour de lui pour s'assurer que toutes les dames étaient assises et s'installa sur la chaise qu'on lui avait préparée.

Rebecca était si proche qu'il sentit les effluves de son parfum frais et léger.

Il plaça la partition devant lui et fit signe à Rebecca qu'il était prêt. Elle souleva les doigts en prenant une inspiration.

Puis elle se mit à jouer.

Elle jouait comme un ange. Son toucher était délicat et les notes qui s'élevaient lui firent oublier en un instant leur auditoire. Il attendit le moment de jouer à son tour, et quand la première note surgit sous l'archet, il fut transporté dans un lieu magique, où plus personne n'existait en dehors de la jeune femme assise à côté de lui et de la musique qu'ils faisaient naître sous leurs doigts.

Il ne se rendit compte que le morceau était fini qu'au moment où la dernière note s'éteignit. Alors, détournant les yeux de la partition, il vit Rebecca penchée sur le clavier, les yeux dans le vague comme si elle s'était perdue dans un rêve. Les applaudissements éclatèrent, et ce fut terminé.

Il pouvait s'échapper.

Il n'en fit rien. Il aurait préféré rester assis et rejouer.

Cependant, ils ne s'étaient mis d'accord que sur un seul morceau. Aussi, il se leva et se pencha pour lui baiser la main. Puis il alla prendre place parmi les spectateurs.

La seule chaise libre se trouvait à côté de Mlle Campbell. Celle-ci eut un sourire radieux.

— C'était merveilleux, lord Robert ! J'ignorais que vous jouiez aussi bien, ajouta-t-elle en gloussant.

Robert sourit poliment et écouta Rebecca jouer. Il ne connaissait pas non plus cette sonate. Ni la suivante. Vers la fin, elle joua du Mozart et du Scarlatti, mais l'essentiel du concert était constitué de morceaux inconnus. Elle jouait avec un réel talent.

Quand ce fut fini, elle se leva, rougissante, sous les applaudissements. Il était temps de passer dans la salle à manger, et Robert fut obligé d'offrir son bras à Mlle Campbell qui le regardait avec adoration.

Pour couronner le tout, il se retrouva assis à côté de la mère de Rebecca. Lady Marston avait tant de mal à dissimuler son aversion pour lui que cela aurait dû le faire rire. Mais il en fut excessivement irrité. Elle le complimenta néanmoins, du bout des lèvres, sur sa performance de musicien.

Quand il fit allusion au talent de Rebecca, elle fit un geste de la main, balayant le sujet avec négligence.

— Un simple passe-temps. Toutes les jeunes filles devraient savoir jouer convenablement.

— Convenablement ? Madame, son talent est aussi remarquable que sa beauté. Le compositeur pleurerait de joie s'il l'entendait jouer ainsi.

Il n'aurait pas dû s'exprimer avec une telle véhémence mais le détachement de Mme Marston l'agaçait. La mère de Rebecca le considéra soudain comme s'il représentait un réel danger et il se demanda ce que son mari avait bien pu lui dire… ou lui cacher.

— Merci monsieur, murmura-t-elle. Je ferai part de vos compliments à ma fille.

Autrement dit, Robert n'avait pas le droit de la complimenter lui-même. Mais à quoi s'attendait-il ? Même s'il avait été en bons termes avec sir Benèdict, la moitié des jeunes gens de bonne famille de Londres qui avaient demandé sa main avaient été repoussés. Ses parents se montraient très sélectifs. Avec raison. Rebecca Marston avait tout ce qu'une jeune femme pouvait offrir. La beauté, le maintien, le talent. Et puis, il y avait ce sourire enjôleur et innocent à la fois…

Si un homme désirait prendre épouse…

Ce n'était pas son cas. Pas maintenant, pas à son âge, alors qu'il jouissait d'une totale liberté.

Il ne voulait pas se marier.

Quoique…

Il était trop beau, trop proche, trop… *tout*. Rebecca croyait encore entendre le son du violoncelle. Pour la première fois, quelqu'un d'autre avait joué sa musique. Elle avait vu ses doigts sur le violoncelle, son air d'intense concentration.

Ce n'était pas seulement quelqu'un d'autre. C'était Robert. Ils avaient été réunis dans un moment intime, comme s'ils avaient été amants.

De toute évidence, Robert avait aimé sa musique. Cela se voyait sur son visage, dans ses yeux bleus.

Il avait rendu hommage à sa musique en jouant si bien. C'était magnifique.

C'était peut-être cette union improbable des âmes qui l'avait attirée vers Robert Northfield, dès le début.

Avant ce concert, elle avait été amoureuse de lui. Elle aimait son physique, son sourire enivrant, son assurance virile et sensuelle. Mais maintenant qu'il avait joué sa musique, qu'ils avaient été unis à travers cette même passion... elle était définitivement perdue.

Elle tenait le livre toujours fermé entre ses mains, assise sur le bord de son lit, en robe de chambre et chemise de nuit, une lampe allumée sur sa table de chevet. Elle posa délicatement le doigt sur la couverture de cuir, la souleva, et lut un passage au hasard.

« ... est excessivement sensible. Prenez-les avec douceur au creux de votre main et faites glisser doucement votre doigt en arrière. Je vous promets que votre caresse sera récompensée par une réaction... »

Rebecca tressaillit en entendant frapper à la porte de sa chambre et referma vivement le livre. Jetant un bref coup d'œil à la pendule, elle se demanda qui pouvait bien errer dans les couloirs à une heure pareille et glissa le livre sous son oreiller. Sa femme de chambre était partie se coucher, aussi alla-t-elle ouvrir elle-même, en resserrant la ceinture de sa robe de chambre.

Grâce au ciel c'était seulement Brianna, encore vêtue de son élégante robe de soirée.

— J'espérais que tu ne dormirais pas encore.

— Oui, je lisais.

Rebecca eut un petit rire, et se détendit. Elle n'avait jamais eu l'idée de toucher le sexe d'un homme ; elle n'avait même jamais vu un homme nu. Bonté divine, est-ce que tout le livre rapportait ce genre de choses ?

— Je comprends pourquoi tu as cet air coupable, répondit Brianna, amusée. Puis-je bavarder un moment ? Je ne resterai pas longtemps.

— Bien sûr.

Rebecca fit entrer son amie. Enfants, elles se rendaient souvent l'une chez l'autre. Parfois elles suivaient leurs leçons ensemble, ce qui avait été une chance pour Rebecca, car la gouvernante de Brianna lui avait enseigné la musique. Ensuite, Rebecca avait demandé à avoir un professeur de musique. Ses parents avaient été heureux d'accéder à son désir, car ils considéraient qu'une jeune femme accomplie devait savoir jouer du piano. Ce n'est que plus tard, quand ils s'étaient aperçus qu'elle composait, qu'ils s'étaient inquiétés.

Seuls les hommes pouvaient être compositeurs. Ce genre de tâche ne convenait pas aux jeunes filles de la haute société.

Brianna alla s'asseoir au bord du lit. Elle avait cette expression de petite fille espiègle que Rebecca connaissait bien et qui signifiait qu'elles avaient fait quelque chose que leurs parents n'auraient sans doute pas approuvé.

— Alors, comment te sens-tu ? C'était un triomphe, tout le monde a adoré le concert. Les invités n'ont parlé que de cela pendant le dîner et plusieurs auraient voulu que tu joues encore.

— Je suppose que tu as envie de rajouter : « je te l'avais bien dit » ? Sans ton insistance je n'aurais joué que pour toi et Bella. Merci, Bri, dit Rebecca en se levant pour aller embrasser son amie.

— Ne me remercie pas. Tout le monde dira que Rebecca Marston a accepté de jouer chez moi et que sa prestation fut un total succès ! Mais comment as-tu réussi à convaincre Robert de jouer aussi ? Cet événement demeurera gravé dans les annales ! Quand cela se saura, vous serez assiégés de demandes, dans les salons londoniens.

Vous… comme s'ils formaient un couple. Ce n'était qu'une illusion, mais cela fit rêver Rebecca quelques instants. Elle s'assit près de Brianna en riant.

— J'ai utilisé une méthode vieille comme le monde ! Je l'ai culpabilisé ! Il a déclaré que les jeunes filles ne devraient pas avoir le droit de massacrer de la musique en public. Quand je lui ai annoncé que j'allais jouer, il a réalisé son manque de tact. Et pour sa pénitence, je lui ai extorqué la promesse qu'il m'accompagnerait au violoncelle.

— C'est une réussite. Colton affirme que Robert veut garder son talent secret. Aussi, je te remercie pour ton petit exercice de chantage.

— Il joue très bien.

— En effet. On ne s'y attend pas, de la part d'un homme à la réputation si… Enfin, disons que l'on croirait que ses talents s'exercent dans d'autres domaines. Il est moins superficiel qu'on pourrait le penser à première vue. Il s'entend bien avec ses frères et il adore sa grand-mère. Il la taquine sans arrêt et elle en raffole, sous ses airs de vieille dame très digne.

Rebecca n'avait pas besoin qu'on lui vante les vertus de Robert. Elle ramena la conversation sur la musique.

— J'aimerais donner un autre concert, mais il faudra que je promette à mes parents de ne jouer que du Bach et du Mozart. Mon père sait que certains morceaux de ce soir étaient de moi. J'ai croisé son regard pendant le dîner et il n'était pas content.

À bientôt vingt et un ans, elle était encore obligée de quêter son approbation à chaque pas. Il en allait ainsi pour toutes les jeunes filles de sa classe. Elles étaient toujours sous l'autorité d'un homme, passant de celle de leur père à celle de leur mari. Brianna elle-même, pourtant mariée à un riche pair du royaume, n'avait pas de réelle indépendance.

— Je ne veux pas être une cause de conflits, aussi tu joueras ce que tu voudras, dit Brianna en se levant. Oh, mon Dieu, je suis très fatiguée ces temps-ci, ajouta-t-elle en bâillant. Ce doit être l'air de la campagne. J'ai même fait une sieste cet après-midi. J'étais très étonnée, car je pensais m'allonger juste une minute pour me reposer. Je ne dors jamais dans la journée. Il vaut mieux que je te souhaite une bonne nuit, à présent.

— J'imagine que ton mari appréciera ta compagnie.

— Je l'espère, rétorqua Brianna, les yeux rieurs. Je fais tout pour que cela dure.

— Si le duc apprenait que tu as acheté ce livre...

— Il ne le saura jamais. D'autre part, n'est-ce pas un merveilleux ouvrage ?

Comme elle n'avait encore eu le temps de lire que ce passage très osé, Rebecca ne répondit pas directement.

— Je ne pense pas que cela lui plairait.

— Il lui arrive d'être un peu autoritaire, mais je ne veux pas m'inquiéter pour ce livre. À demain, ma chérie.

Lorsque Brianna fut sortie, Rebecca ferma sa porte à clé et alla reprendre l'ouvrage. Adossée à ses oreillers, elle passa directement au chapitre que Brianna lui avait conseillé.

« *N'oubliez jamais que vous savez mieux que lui ce qu'il veut.* »

Ma chère lectrice, doutez-vous de l'intérêt que vous porte l'homme que vous avez décidé de combler de vos attentions ? Si c'est le cas, ce passage est pour vous. Il existe différentes façons d'évaluer l'attirance qu'un homme éprouve pour une femme. Un regard de loin, la façon dont il observe votre poitrine, une lueur dans les yeux. Ce sont des nuances subtiles, bien sûr. Mais il existe un test plus précis pour en découdre.

Vous aurez besoin pour cette expérience de trois éléments. Tout d'abord, votre intelligence. Ensuite votre féminité. Et troisièmement, il vous faudra un moment en tête à tête avec l'objet de vos désirs.

En bref, pensez à tout prévoir, soyez aussi séduisante que possible, et trouvez un endroit secret où effectuer le test.

Il est aussi essentiel de décider par avance de votre niveau de détermination. Que voulez-vous de ce gentleman ? Souhaitez-vous simplement devenir sa maîtresse ? Voulez-vous qu'il vous entretienne, vous comble de cadeaux et satisfasse vos désirs ? Ou bien envisagez-vous une situation de nature plus permanente ?

Ce dernier objectif est le plus difficile à obtenir avec certains. Mais c'est rarement impossible.

Seigneur ! Espérons que lady Rothburg ne se trompe pas ! Rebecca tourna la page, et regarda autour d'elle d'un air coupable. Ses parents en mourraient s'ils découvraient que ce livre était en sa possession. Elle n'aurait aucun moyen de s'expliquer. Ils seraient outrés et c'était fort compréhensible. Ce passage, toutefois, était moins scandaleux que le premier.

Il faut que vous vous retrouviez seule avec lui. S'il choisissait ce moment pour tenter de vous séduire, vous auriez atteint votre but avec facilité. Sinon, il faudrait que vous soyez assez imaginative pour le convaincre qu'il a envie de vous séduire. Ne soyez pas timide, usez de vos charmes. Après tout, quand un homme rencontre une femme, la première chose qu'il étudie c'est son apparence. Vous n'avez pas nécessairement besoin d'être belle pour capter son attention, mais vous êtes une femme et lui un homme, ce qui vous pousse en toute logique l'un vers l'autre.

Les hommes désirent les femmes. Les femmes désirent aussi les hommes, mais notre approche est plus réservée et plus subtile.

Les convenances de notre société ajoutent du piment à la situation. Nous faisons les premiers pas en suivant les règles de politesse et l'étiquette, mais personne n'est dupe. À cet instant, nous contrôlons entièrement la situation. Les hommes honorables veulent nous chérir et c'est à nous de décider à quel niveau nous voulons hausser leur considération pour nous. C'est le pouvoir des femmes de notre temps. Lorsque vous êtes sûre qu'un gentleman s'intéresse à vous, n'attendez pas. Prenez les choses en main. Après tout, vous savez ce qu'il veut.

Rebecca reposa le livre, un peu perplexe. Elle avait toujours pensé qu'elle disposait de très peu de liberté, mais l'auteur avait raison. Robert savait qu'il ne pouvait pas badiner avec elle. Il fallait donc le convaincre qu'une union serait à leur avantage, à tous les deux.

Si elle n'agissait pas, elle se retrouverait mariée à un autre.

Elle attendait depuis le début qu'il fasse le premier pas, mais pourquoi fallait-il que ce soit lui qui prenne l'initiative ?

Apparemment, la chose à faire était de provoquer un tête-à-tête, et de voir comment cela se passait. L'autre soir sur la terrasse, elle avait perçu une certaine tension chez lui. *Une lueur dans son regard...*

Ce soir, après leur performance, il l'avait évitée. Elle s'attendait à ce qu'il vienne lui parler musique, comme n'importe qui d'autre l'aurait fait. Mais non. C'était étrange, chez un homme d'une si exquise politesse.

C'était bon signe, sûrement, qu'il n'ose pas lui adresser la parole en public. Que se passerait-il s'ils étaient seuls ?

Cette lady Rothburg était peut-être de très bon conseil après tout.

13

Je suis d'avis que les femmes
aiment profondément et les hommes
passionnément. J'ai du mal à définir
la différence entre les deux.
        Extrait du chapitre intitulé :
        « Le mystère de l'amour »

Ce n'était pas le moment d'être malade, songea Brianna, consternée, en regardant le soleil pénétrer à flots par la fenêtre et effleurer le bord de son lit. Le parfum des fleurs fraîches disposées sur la table de chevet lui souleva le cœur. Les invités devaient partir demain. Mais aujourd'hui c'était l'anniversaire de Colton et elle avait prévu de lui offrir son cadeau. Et c'était le jour qu'elle choisissait pour avoir la nausée ? Pas de chance.

Elle s'assit dans le lit et sourit faiblement à sa femme de chambre.

— Je ne prendrai qu'une tasse de thé avec un toast. Et préparez-moi un bain.

— Oui, Votre Grâce.

La jeune fille fit une révérence et s'éclipsa.

Une heure plus tard, Brianna se sentait beaucoup mieux. Le thé semblait avoir chassé la nausée. Elle avait cru un instant devoir renoncer à la promenade à cheval et au pique-nique prévu au bord de la rivière, mais finalement elle endossa son habit de cavalière. Elle avait préparé tout cela en l'honneur de son mari et elle voulait s'assurer que tout se déroulerait comme prévu.

Surtout ce soir.

Si elle osait aller jusqu'au bout.

Jusqu'ici, lady Rothburg avait été un puits de sagesse. Aussi, même si cela paraissait un peu audacieux, Brianna était prête à tout pour faire plaisir à son époux.

La jeune femme ajusta son chapeau, considéra avec satisfaction l'image que lui renvoyait le miroir, et descendit. À sa grande surprise, elle vit que Colton se trouvait déjà à l'écurie, en conversation avec l'un des valets. Son cheval était sellé et prêt à partir.

Il se tourna à son approche. Le vent soulevait ses cheveux châtains, et il la dévisagea longuement. Avec approbation ? Elle n'en était pas sûre. L'expression de son mari n'était pas toujours facile à déchiffrer.

Elle le trouva particulièrement séduisant ce matin, dans son habit campagnard, sans cravate. Le col de sa chemise était ouvert, sa veste était du même bleu sombre que la robe d'amazone de Brianna et son pantalon brun était rentré dans ses hautes bottes de cuir, usées mais parfaitement cirées.

— Bonjour, dit-elle, un peu hors d'haleine.

— Bonjour ma chère. Vous êtes ravissante, comme toujours.

Il eut encore ce regard insistant, dont il l'enveloppait régulièrement depuis quelque temps.

— Merci, murmura-t-elle, troublée. Je ne pensais pas que vous vous joindriez à nous.

— Par une belle matinée comme celle-ci, je préfère monter à cheval plutôt que de ramasser des cailloux et des chenilles ! En outre c'est mon anniversaire et je pense que si je restais enfermé dans mon cabinet de travail, ma femme me le reprocherait.

Brianna se mordit les lèvres sans répondre. La plupart des invités étaient déjà à cheval, et elle demanda sa jument. Quelle ne fut pas sa surprise, lorsque l'un des palefreniers lui amena un autre cheval, plus calme et plus âgé.

— Vous ne vous sentiez pas bien ce matin, fit remarquer Colton d'un ton uni. Hera est un peu capricieuse, aussi ai-je demandé une monture plus docile pour vous.

Brianna battit des cils, étonnée qu'il soit au courant de son léger malaise. Elle n'avait rien dit à sa femme de chambre, se contentant de demander un petit déjeuner léger. Il ne pouvait le savoir, à moins que la domestique ou la cuisinière ne soient allées l'avertir. Ce qui semblait absurde.

— Brianna ? fit-il en lui tendant la main.

— Oui.

Elle posa sa main gantée dans la sienne, et il l'aida à se hisser sur la selle. Elle rassembla les rênes, encore un peu perplexe. Colton était toujours poli et sa sollicitude n'était pas inhabituelle. Néanmoins, sa présence inattendue et la lueur qui brillait dans son regard la troublaient.

— Vous êtes sûre de vous sentir assez bien ?

— Pour monter à cheval ? dit-elle en souriant. Mon Dieu, Colton, pourquoi êtes-vous aussi inquiet ?

— Je me soucie toujours de votre bien-être, ma chère.

Il enfourcha son cheval d'un mouvement souple et gracieux et donna le signal du départ.

Ils traversèrent le parc, empruntant des chemins de campagne somptueux. Colton avançait en tête, tout en bavardant avec lord Emerson et sans cesser de la surveiller du coin de l'œil.

Brianna sentait son regard sur elle, alors qu'elle chevauchait à côté d'Arabella. Il faisait plus attention à elle que d'ordinaire, aussi prit-elle soin de parler à voix basse.

— Rebecca a renoncé à la promenade pour répéter le concert de ce soir. Du moins, c'est ce qu'elle prétend. Je crois qu'elle est dans la salle de musique, mais elle ne joue pas. Elle lit.

Arabella réprima un rire, plaquant une main devant sa bouche.

— Tu as une mauvaise influence sur elle, Bri !

— Ou une bonne. Nous avons de la chance toi et moi d'avoir pu épouser les hommes qui nous plaisaient.

— C'est vrai. Ils sont très beaux ce matin, tous les deux. T'attendais-tu à ce que le duc nous accompagne ?

— Non, je pensais qu'il était trop occupé. Je ne lui ai même pas parlé du pique-nique.

— Apparemment il s'est invité, répliqua Arabella, malicieuse. Finalement, cette fête l'amuse sans doute !

Brianna l'espérait, mais avec Colton elle n'était jamais sûre de rien.

Ils n'étaient que huit, les autres invités ayant décidé de faire la grasse matinée, ou bien de profiter du beau temps pour se promener dans les jardins. Brianna était étonnée. Colton était généralement pressé de retourner à ses sacro-saintes affaires.

Quand ils atteignirent la clairière qu'elle avait choisie pour le repas, son mari vint s'asseoir à côté d'elle, visiblement content et détendu.

Colton, content d'avoir quitté son bureau pour pique-niquer avec des amis ?

C'était tout à fait inhabituel, mais elle était ravie.

Deux valets avaient été envoyés devant, avec des couvertures et les paniers. À l'ombre d'un grand chêne, ils servirent des tranches de poulet froid, des tourtes à la viande, des fromages, des poires et des pommes. Le vin blanc glacé et le champagne donnèrent au repas champêtre une allure de fête. Lord Emerson et l'aînée des sœurs Campbell s'étaient joints à eux ainsi que Damien, Mme Newman, Arabella et son bel époux, le comte de Bonham. Brianna avait si peu mangé au petit déjeuner qu'elle était à présent affamée. Quand elle réclama une deuxième petite tourte, Colton haussa les sourcils mais lui passa aimablement le plat.

— Ces tourtes sont délicieuses, dit-elle sur la défensive. Vous voyez, j'ai recouvré mon appétit. C'est la preuve que je n'ai rien.

— Apparemment, oui.

Il sirota son vin en la regardant grignoter le petit pâté croustillant. Un sourire se dessina au coin de ses lèvres. Il faisait si chaud que les hommes avaient tous ôté leur veste. Colton avait l'air plus détendu que jamais, avec son ample chemise blanche et ses bottes de cavalier.

Il semblait heureux, songea Brianna en regardant les ombres du feuillage jouer sur ses traits. Elle fut tentée de prendre une autre pomme, puis se ravisa.

— Tout cela était délicieux. Au grand air, tout paraît meilleur.

— Peut-être.

Colton tendit la main et lui effleura les lèvres du bout du doigt.

— Une miette, ma chérie. Il ne faudrait pas que tout le monde sache que vous aimez autant les petits pâtés.

— J'ai trop mangé, moi aussi, annonça Belinda Campbell. Je vais aller me promener.

Lord Emerson, qui ne parvenait pas à détacher les yeux de la belle jeune femme aux yeux sombres et à la silhouette harmonieuse, se leva et lui tendit la main.

— Excellente idée. Je vous accompagne.

Arabella tapota la manche de son mari.

— Allons jusqu'à la rivière. Il fait si beau, malgré l'hiver qui approche. Il ne faut pas laisser passer cette occasion.

Damien et Mme Newman décidèrent de regagner la maison. Si bien qu'en quelques minutes, Brianna et Colton se retrouvèrent seuls. La jeune femme avait de nouveau sommeil. Était-ce l'effet du vin ? Elle n'avait pourtant pas tellement bu.

— J'ai dû me coucher trop tard, balbutia-t-elle. J'ai les yeux qui se ferment.

— Faites un somme, si vous voulez. Tenez.

Colton se leva et alla s'adosser au tronc d'arbre.

— Je vous offre mon épaule comme oreiller.

Brianna le regarda lui tendre les bras. Elle n'en croyait pas ses yeux. Son mari détestait les démonstrations d'affection en public. Et si Rolthven Park était moins fréquenté que les rues de Londres, n'importe quel occupant du domaine pouvait les voir.

Mais comment refuser un geste d'une telle galanterie ? Elle se blottit donc contre lui et il l'entoura de ses bras. Elle inspira avec délices l'odeur boisée de son eau de Cologne. Brianna ferma les yeux, offrant son visage à la brise légère qui chuchotait dans les branches.

C'était cela le paradis.

Elle s'endormit profondément.

⁂

— J'espère que je ne perturbe pas votre emploi du temps.

La grand-mère de Colton répondit par une sorte de ricanement. La situation avait quelque chose d'ironique.

— Pour l'amour du ciel, Colton. C'est toi qui es toujours accaparé par les affaires du domaine et tes réunions politiques. Je suppose que cette entrevue dérange ton emploi du temps, et pas le mien.

C'était un fait. La promenade et le pique-nique l'avaient mis en retard dans son travail, mais ce n'était pas son principal souci pour le moment. Il choisit le seul fauteuil qui lui parut susceptible de supporter son poids, dans ce salon au décor féminin. Un portrait de son grand-père par Gainsborough trônait au-dessus de la cheminée, et on y reconnaissait les traits caractéristiques des Rolthven.

Sa grand-mère darda sur lui un regard clair et pénétrant.

— Allons, qu'est-ce qui t'amène, mon garçon ? Ta visite me surprend.

La situation était un peu embarrassante, mais il ne savait vers qui se tourner.

— Je dois vous parler.

— J'avais compris. Je suis vieille, mais pas faible d'esprit.

184

En effet. Elle était même une des personnes les plus intelligentes qu'il connaissait. En outre c'était une femme, et elle avait eu trois enfants.

— C'est au sujet de Brianna, bredouilla-t-il, ne sachant par où commencer.

— Une adorable jeune femme. À la fois belle et intelligente. Un excellent choix.

C'était aussi son avis, mais il n'était pas venu pour s'entendre confirmer qu'il avait fait un bon mariage.

— Merci, grand-mère. Toutefois…

— Toutefois ? releva-t-elle.

Colton toussota et reprit :

— Je suis inquiet pour sa santé.

— Brianna ? Elle est resplendissante.

— Elle dort beaucoup et ce matin elle avait mal au cœur. J'ai remarqué aussi d'autres symptômes. J'ai besoin de l'opinion d'une personne expérimentée pour savoir si mes soupçons sont fondés.

— Un enfant ? Déjà ? s'exclama sa grand-mère, les yeux brillants. Félicitations, Colton.

Seigneur, pourquoi se sentait-il aussi mal à l'aise ?

— Elle a du retard. J'en suis certain. Cela fait quelque temps que…

— Qu'elle ne t'a pas empêché de venir la rejoindre dans son lit ?

— Oui, avoua-t-il, soulagé de ne pas avoir à entrer dans les détails. Je voudrais savoir si d'après vous, il se peut qu'elle soit enceinte. J'aurais pu faire appeler un médecin, mais Brianna n'a pas l'air de penser qu'il se passe quelque chose d'inhabituel. Je pense qu'elle ne sait pas ce que signifient sa fatigue et ses nausées.

— Ce sont des signes prometteurs. Ses seins sont-ils plus gros ? Plus sensibles ?

— Je n'ai pas remarqué, bredouilla-t-il, refusant d'aborder le sujet.

— Vérifie. Je suis sûre que cela ne te demandera pas un trop grand sacrifice.

Un sourire malicieux se dessina sur les lèvres de sa grand-mère.

— Avec tout le respect que je vous dois, je n'apprécie pas que vous vous amusiez de mon embarras. Je suis venu vous demander conseil.

La vieille dame se mit à rire, tapant le sol de sa canne.

— Pardonne-moi, Colton, mais je n'ai pas eu souvent l'occasion de te voir dans tes petits souliers. Tu es un modèle de dignité. Mais si Brianna porte un enfant, ce qui paraît tout à fait vraisemblable, laisse-moi te dire que c'est un événement parfaitement normal. Nous sommes tous venus au monde de la même manière. Tu l'aimes, il est normal que tu sois inquiet, mais ne te tracasse pas. Elle s'en apercevra elle-même bien assez tôt. Ne la prive pas de la joie de te l'annoncer.

Tu l'aimes.

Il ouvrit la bouche pour protester. Il avait épousé Brianna parce qu'il la désirait, qu'elle était gracieuse et intelligente, et issue d'une excellente famille.

Et non parce qu'il était amoureux d'elle.

À moins que…

L'aimait-il ? Il n'en savait rien. Il aimait sa mère, naturellement. Ses frères, sa grand-mère. Mais il n'avait jamais fait l'expérience de l'amour entre un homme et une femme. Et pourquoi fallait-il qu'il analyse ses sentiments, après tout ?

Il garda le silence.

— Prends l'air enchanté quand elle t'apprendra la nouvelle.

— Mais je suis enchanté !

— Dissimule ton inquiétude. Elle sera assez angoissée comme cela, elle n'a pas besoin que tu la couves.

— Je n'ai pas l'intention de la traiter comme une invalide, répliqua-t-il d'un ton crispé.

Il avait éprouvé du plaisir à tenir Brianna dans ses bras cet après-midi après le pique-nique. Ils étaient restés plus d'une heure ainsi, avant de retourner au manoir. Peut-être la couvait-il un peu ?

— Il ne faut pas, poursuivit sa grand-mère. Elle est jeune, en bonne santé, la fatigue et les nausées du matin passeront. Crois-moi sur parole. Je suis passée par là, et plus d'une fois.

— Peut-elle monter à cheval ? Je l'ai accompagnée ce matin pour la surveiller. Une chute serait désastreuse dans sa condition.

Il ne savait absolument pas ce qu'il fallait faire et il détestait se sentir perdu. Habitué à prendre des décisions graves, aussi bien sur le plan financier que politique, il était complètement ignorant dans ce domaine.

— Il ne faut pas qu'elle galope ou qu'elle saute des obstacles, mais elle peut monter tant qu'elle n'est pas gênée par son poids. Quand elle devra s'arrêter, elle le saura d'elle-même.

— Mais comment ? Je suis sûr qu'elle ignore qu'elle est enceinte.

— Mon cher garçon, malgré notre vernis de civilisation, nous sommes encore des créatures instinctives. Fais-moi confiance, elle saura prendre soin d'elle et de l'enfant qu'elle porte. Il faut simplement que tu sois là pour la soutenir. Tout ira bien.

Colton l'espérait. Il voulait un héritier, naturellement, mais il ne s'attendait pas à éprouver une telle appréhension. La naissance d'un enfant n'était pas sans danger pour la mère. Une peur sourde vint tempérer sa joie.

Et s'il la perdait ?

Sa grand-mère parut lire dans ses pensées.

— Colton, la plupart des femmes s'en sortent très bien. Il y a des choses sur lesquelles même la richesse et les titres n'ont aucun pouvoir, mais il faut se réjouir de la venue d'un enfant. Ne gâche pas le bonheur de ce jour en pensant à ce qui pourrait arriver demain.

Colton se leva et prit la main de sa grand-mère pour l'embrasser.

— Merci. Vos conseils sont inestimables.

Les doigts de la vieille dame étaient fins et légers et son regard était aiguisé.

— Je suis contente que tu aies Brianna. Maintenant, il faut que nous arrangions le mariage de Robert avec cette jeune fille, et ensuite nous nous occuperons de Damien. Je doute qu'il soit très coopératif, cependant. Après cela, je pourrai partir en paix.

— Je vous interdis de partir où que ce soit, et… De quoi parlez-vous ? Robert ? Quelle jeune fille ?

— Mlle Marston. Il est très épris.

Robert, épris de Mlle Rebecca Marston ? Avec sa réputation blanche comme neige et son père extrêmement protecteur ? Impossible.

— Vous devez faire erreur, dit-il prudemment.

— Tu ne les as pas vus, hier soir ?

— Oui. Ils ont joué ensemble, mais franchement…

— Ils étaient très beaux, en effet. Comment elle a réussi à le persuader de jouer, je l'ignore. Mais cela prouve que Mlle Marston a de l'influence sur lui, n'est-ce pas ?

— Mlle Marston l'a persuadé de jouer du violoncelle ? Il m'a dit que c'était Brianna qui le lui avait demandé.

Sa grand-mère laissa fuser un petit rire joyeux.

— Il t'a menti ! Ta femme m'a confirmé que son amie avait persuadé ton frère de jouer devant les invités.

En réfléchissant bien, Colton se rappela que Damien avait fait quelques insinuations intéressantes.

Une histoire d'amour concernant son frère se jouait sous son nez et il n'avait rien remarqué ?

Vraiment, il fallait qu'il sorte plus souvent de son cabinet de travail.

14

Quand votre amant et vous serez devenus intimes, que les besoins et les désirs de chacun seront connus, le moment sera venu pour vous de le surprendre afin qu'il comprenne qu'il ne connaît qu'un aspect de la femme que vous êtes. Chaque fois que vous tentez quelque chose de nouveau vous pouvez découvrir ses désirs secrets ou un fantasme précis. Car les hommes en ont aussi, et bien plus que les femmes.

*Extrait du chapitre intitulé :
« Utiliser les secrets
à votre avantage »*

Le destin se moquait de lui, songea Robert, maussade. Il avait fallu qu'il fasse cette remarque stupide sur les jeunes filles qui massacraient la musique au piano ! Et maintenant il écoutait une interprétation sublime, par une jeune femme belle et talentueuse.

Il ne pouvait détacher ses yeux de Rebecca, penchée sur le clavier. Comme il faisait partie de son public, il avait une excellente excuse pour observer la pose gracieuse de son corps, ses formes harmonieuses, son petit nez droit, ses cheveux sombres et luisants.

Enfer et damnation.

Remarquable n'était pas un terme assez puissant pour décrire son talent. Elle avait un don rare, unique. Même les personnes les plus insensibles dans l'auditoire avaient le souffle coupé. Personne n'osait tousser, bouger, ou même battre un cil.

Elle était exceptionnelle.

Il s'efforça de garder la tête froide. Rebecca serait bientôt mariée à un homme extrêmement chanceux. Et même s'il l'autorisait à jouer de temps à autre pour un petit groupe comme celui-ci, le monde ne connaîtrait jamais son génie.

C'était garder dans l'œuf un merveilleux talent, mais personne ne lui demandait son avis.

Ce soir, il avait reconnu tous les morceaux, à l'exception des deux derniers. Pour ceux-là elle n'avait pas utilisé de partition. Elle avait affiché la même expression que lorsqu'ils avaient joué ensemble tandis que ses doigts couraient sur le clavier comme si elle caressait un amant.

Il repoussa aussitôt l'image que fit surgir cette comparaison. Quand les applaudissements cessèrent, il se leva et offrit son bras à la femme qui se trouvait à côté de lui.

Mme Newman. Celle-ci lui lança un regard provocant en battant des paupières et posa les doigts sur sa manche.

— C'était charmant, n'est-ce pas ?

— Brillant.

— Vous sembliez captivé par le jeu de cette jeune fille.

De loin, Robert regarda lord Knightly escorter Rebecca et lui dire quelque chose qui la fit rire. Il se ressaisit et déclara avec un sourire nonchalant :

— Nous l'étions tous, je pense.

— Pas autant que vous. Vous étiez comme un enfant devant une boutique de bonbons.

Il n'avait encore jamais eu besoin de cacher ses sentiments pour une femme, et il n'y réussissait pas très bien.

— Mlle Marston est d'une beauté exceptionnelle. Je suis sûr que tous les hommes présents s'en sont aperçus.

— Peut-être.

Loretta Newman haussa imperceptiblement les sourcils et l'observa en s'asseyant à la table de la salle à manger.

— Vous allez devoir faire un choix, dit-elle avec plus de perspicacité qu'il ne l'en croyait capable. J'ai hâte de connaître le dénouement de cette histoire.

— Moi aussi, murmura-t-il sans chercher à nier.

Le dîner fut encore plus délicieux et abondant que d'ordinaire, pour l'anniversaire de Colton. Les plats étaient raffinés et si Robert avait été de meilleure humeur, il aurait davantage apprécié son repas. Il mangea peu, but plus que de raison et attendit avec impatience que la soirée se termine. Lorsque les dames se retirèrent et que le porto fut servi, il se détendit un peu.

Écoutant la conversation d'une oreille distraite, il but son verre d'un trait en se disant que le temps passerait plus vite s'il était ivre. Il ne serait peut-être pas en forme le lendemain matin, mais diable... il ne se sentait pas spécialement bien ce soir non plus.

Quand le moment d'aller rejoindre les dames au salon arriva, il refusa.

— Je crois que je vais aller lire un peu.

— Lire ? répéta Damien avec un rire incrédule.

Colton parut sceptique et lord Bonham haussa les sourcils, sans cacher sa surprise.

— Bon sang, à voir votre réaction on croirait que vous n'avez jamais entendu parler de ce genre de passe-temps. Je suis fatigué et j'ai envie d'aller me coucher avec un bon livre. Quel mal y a-t-il à cela ?

— Aucun, répondit Damien en souriant. Tu trouveras peut-être un joli roman sur les étagères. Quelque chose de bien mélodramatique et de gothique, qui sera assorti à ton expression sinistre.

Robert parvint à se maîtriser pour ne pas se jeter sur son frère. Il pivota simplement sur ses talons, et sortit. Grâce au ciel, le père de Rebecca avait déjà quitté la salle à manger et ne vit pas ce bref échange entre les deux frères. Robert avait le sentiment que si Damien et Loretta avaient remarqué son intérêt pour Rebecca, lord Marston ne tarderait pas à s'en apercevoir aussi. Par une sorte d'accord tacite, Robert et sir Benedict s'évitaient. Rien n'avait donc été dit mais, l'autre soir sur la terrasse, Robert avait parfaitement reçu le message. Rebecca n'était pas pour lui.

Damien emboîta le pas à Robert et entra dans la bibliothèque quelques secondes après lui. Robert allait droit vers la carafe de brandy.

— Ce n'est pas en buvant que tu trouveras la solution à ton problème.

— J'ai un problème ? rétorqua Robert en se versant une bonne rasade d'alcool. Et même si j'en avais un, en quoi est-ce que cela te regarde ?

Son frère referma la porte derrière lui et fit mine de chercher un volume sur les étagères, faisant glisser ses doigts sur les tranches poussiéreuses.

— Tu devrais lire une tragédie grecque. Ou une pièce de Shakespeare. Tu te comportes comme un de ses personnages amoureux.

— Je les ai déjà presque toutes lues, merci. Toi aussi, je suppose puisque tu es allé à Eton. Et je ne comprends pas où tu veux en venir.

— Oui, ils nous ont fait entrer tous les classiques dans le crâne, n'est-ce pas ?

Robert poussa un grognement sourd. À vrai dire, il était un peu gris. Deux brandys de plus finiraient de l'enivrer.

— Robbie, pourquoi ne lui fais-tu pas la cour ? demanda Damien en croisant les bras. Tu sais comment il faut s'y prendre ? Des fleurs, des visites, une promenade à Hyde Park avec un chaperon, un poème louant la magnifique couleur de ses yeux...

— Tu veux bien me dire à qui tu fais allusion ?

Damien lui lança un regard empreint de pitié.

— Nous savons tous les deux de qui je veux parler. Et ce n'est pas en t'en prenant à moi que tu trouveras une solution, bon sang.

C'était vrai. Robert soupira, agrippant son verre comme si c'était le seul lien qui le retenait à la vie.

— Je ne veux faire la cour à personne.

Damien choisit un fauteuil confortable près de la cheminée et s'y installa en croisant les jambes.

— Je te crois. Tu ne le veux pas. Bien. Tu admets au moins que l'idée t'a traversé l'esprit. C'est un bon début. Assieds-toi et discutons.

Robert se laissa tomber dans un fauteuil, fixant son frère d'un air morne.

— Au cas où cela t'aurait échappé, les parents de Rebecca succomberaient dans l'instant si j'osais poser les yeux sur leur fille. Son père me tuerait en vérité.

— Ah, tu parviens à prononcer son nom à haute voix, et tu avoues ta fascination pour elle. C'est un progrès.

Robert posa sur lui un regard plein d'animosité. Il finit par lui asséner d'un ton acerbe :

— Comment se fait-il que tu sois toujours aussi rasoir que quand j'avais dix ans ?

— Je n'avais que onze ans à l'époque, et j'ai encore amélioré ma technique. Dis-moi, quel est le problème entre sir Benedict et toi ? Après tout, quelle que soit ta réputation, tu restes un Northfield, le frère d'un duc. Et tu disposes d'une fortune personnelle. Un mariage avec toi serait prestigieux pour n'importe quelle famille.

— Je ne veux pas de mariage, maugréa Robert.

— Mais tu la veux, elle. D'où ton dilemme.

Damien tendit une main devant lui, paume levée, et continua :

— Supposons que tu veuilles réellement faire la cour à la belle Rebecca. Il faudrait pour cela que tu obtiennes la permission de son père.

— Il ne me l'accorderait pas, sois-en certain.

Robert contempla tristement le bout de ses bottes et soupira.

— Il y a plusieurs années de cela, je me trouvais dans un établissement fort peu respectable, fréquenté par de jeunes gens occupés à boire et à jouer. Le neveu de sir Benedict était là. Il était jeune, ivre, et n'avait jamais été du genre prudent même dans ses moments de sobriété. Il perdit une fortune cette nuit-là. Plusieurs d'entre nous lui conseillèrent de se retirer du jeu, car nous voyions bien qu'il n'était pas dans son état normal. Mais ce jeune sot refusa catégoriquement. Plus il perdait, puis il s'obstinait. Il ne parvint pas à refaire surface, et finit la nuit dans les bras d'une prostituée. Ce qui lui valut de contracter en plus une maladie incurable. Naturellement, sir Benedict est l'administrateur de la fortune de son neveu, qui se trouva fort diminuée après cette funeste nuit. Le jeune Bennie, qui porte le prénom de son oncle, avait oublié le nom de ses partenaires de jeu. À l'exception de moi-même et de Herbert Haversham. Nous reçûmes tous deux des lettres nous accusant d'avoir triché et d'avoir poussé le jeune homme à la débauche. Je pris le temps de répondre en exposant ce qui s'était réellement passé, mais la missive me fut retournée sans avoir été décachetée.

— Je vois, murmura Damien.

— Je ne blâme pas entièrement le père de Rebecca. Il avait le choix entre croire ce que racontait Bennie ou bien admettre que son neveu, non content de s'être conduit comme un idiot, avait dilapidé sa fortune et lui mentait. Il était plus facile de reporter la faute sur nous. Herbert et moi n'avons pas gardé l'argent que nous avions gagné ce soir-là. Nous le lui avons rendu avant de partir, en l'engageant à une plus grande prudence. Mais il ne sert à rien de conseiller un ivrogne. Bennie a reperdu cette somme aussitôt, à une autre table de jeu. Je me suis demandé s'il ne se souvenait pas de nous uniquement parce que nous lui avions restitué son argent.

— C'est possible. Je crois avoir une vision claire de la situation, à présent. En plus de ta réputation de débauché, tu aurais une influence désastreuse et ta conduite n'est pas honorable. C'est bien cela ?

— Je suppose. Marston ne peut même pas se résoudre à me saluer poliment quand nous nous croisons. Dire qu'il n'a aucune considération pour moi est en dessous de la vérité. J'admets que je ne suis pas un ange, mais dans cette affaire je n'ai rien à me reprocher.

— Je suis d'accord. Qu'envisages-tu, alors ?

— Que veux-tu dire ? Je n'ai pas de projet, bon sang !

— Mais tu veux obtenir l'objet de ton désir, rétorqua Damien d'un air effronté. Cela ne sera pas facile. Il va falloir que tu modifies considérablement ton comportement. Ce n'est pas une jeune femme que tu peux attirer dans ton lit. Tu n'es pas parfait, mais tu n'es pas plus capable de la déshonorer que de tricher au jeu pour prendre son argent à un ivrogne !

— Tu me flattes, répliqua Robert, sarcastique. Ma tête va enfler.

Ignorant sa remarque, Damien continua, comme s'il réfléchissait à une tactique de guerre.

— Pour une fois, tu vas être obligé de compter sur autre chose que ton charme et ta beauté. Par chance, vous avez quelque chose en commun, en dehors de l'attirance que vous éprouvez l'un pour l'autre.

Damien avait absolument raison. Robert avait assez d'expérience pour savoir quand une femme s'intéressait à lui, et Rebecca était trop innocente pour cacher ses sentiments. Plus d'une fois il avait surpris son regard sur lui, les joues enflammées.

— C'est impossible, tu le sais aussi bien que moi.

— Pas du tout, protesta Damien en souriant. C'est un défi à relever, assurément. Mais rien n'est impossible.

— Nous n'avons rien en commun ! C'est une jeune fille innocente, et je ne sais même plus ce que le terme *innocent* signifie.

— Vous avez tous les deux un profond amour pour la musique. Pense à toutes les soirées que vous pourriez passer à discuter et à jouer ensemble...

— Pas question ! interrompit Robert d'un ton rageur. Écoute, reprit-il plus calmement, cela passera. Comme un mauvais rhume. Je ne vois pas l'intérêt de discuter davantage.

— Moi si, contra son frère en se levant. Attends-moi là. Je reviens.

*

Rebecca leva la tête, éberluée.

— Juste une courte promenade, reprit Damien Northfield d'un ton doux et persuasif. Votre mère peut nous accompagner, si vous voulez.

La mère de Rebecca eut un sourire radieux.

— Vous pouvez vous promener seuls, bien sûr.

Bien sûr. Sa mère attendait vraisemblablement qu'une histoire d'amour naisse entre eux. Mais pourquoi Damien encourageait-il cette idée ? Peut-être se sentait-il hors de danger, car il avait deviné son inclination pour Robert ?

Rebecca finit par acquiescer, poussée par la curiosité. De toute façon elle avait un service à lui demander, et ce serait l'occasion de le lui exposer.

Il avait quelque chose en tête. Comme toujours. Alors qu'ils franchissaient la porte, il se tourna et posa un doigt sur ses lèvres.

— Ne posez pas de question. Pas encore. Suivez-moi.

Stupéfaite, Rebecca le suivit sur la terrasse, et tourna à l'angle de la maison. Il faisait nuit et l'air sentait la pluie pour la première fois depuis leur arrivée.

— Voilà, dit-il en se retournant. Je vais vous aider à passer par-dessus le buisson.

— Quoi ?

Il lui désigna une fenêtre ouverte, dont les rideaux se gonflaient sous le vent.

— Je ne suis pas sûre de comprendre.

— Mademoiselle Marston, laissez-moi vous aider à passer par cette fenêtre. Je resterai à l'extérieur pour faire le guet, jusqu'à ce que vous m'appeliez pour ressortir. Je vous ramènerai alors au salon. C'est tout ce que j'ai à dire, tout ce qui se passera dans cette pièce dépend de vous.

— Je ne…

— Ne perdez pas plus de temps. Allez lui parler.

Il lui prit le bras, enjamba le buisson, puis la souleva par la taille pour l'asseoir sur le bord de la fenêtre. Rebecca se laissa glisser à l'intérieur.

Et elle le vit.

Affalé dans un fauteuil près de la cheminée, un verre de brandy à la main, Robert la fixa, telle une apparition. Marmonnant un mot qu'elle ne comprit pas, il posa brusquement le verre de cristal sur un guéridon et bondit sur ses pieds.

— C'est contre ce genre de manigances que Bonaparte doit lutter ? Je plains le petit Corse, vraiment !

La pièce était plongée dans la pénombre. Ils étaient seuls. C'était justement ce qu'elle voulait, le service qu'elle comptait demander à Damien. Elle fut submergée par la joie et la panique. Robert avait l'air renfrogné, ce qui n'était pas bon signe.

— Votre frère a insisté pour me faire passer par la fenêtre, balbutia-t-elle.

— Je vais vous aider à ressortir. De quoi se mêle-t-il, ce… ce… Les mots me manquent pour le décrire ! Damien est pire qu'une matrone !

D'après Rebecca, Damien était plutôt la version masculine d'une bonne fée. Elle s'efforça de garder la tête froide pour profiter de ce cadeau inattendu.

Elle tenait sa chance. *Leur* chance, en réalité.

Apparemment, Robert savait pourquoi Damien intervenait dans leurs affaires. S'il le savait, cela signifiait qu'ils en avaient parlé. Donc, ils avaient parlé d'elle.

Un espoir surgit et la cloua sur place. Son cœur se mit à battre la chamade.

— Vous m'avez manqué ce soir, chuchota-t-elle.

Robert se figea brusquement et une émotion indéchiffrable se peignit sur ses traits.

— Je vous ai manqué ? répéta-t-il doucement.

— J'aurais aimé que vous jouiez encore avec moi. Vous êtes très doué.

Rien ne tente autant un homme qu'une femme qui le désire. Provoquez-le.

Lady Rothburg encourageait l'audace, mais c'était plus facile à dire qu'à faire.

— Auriez-vous aimé être avec moi ? demanda-t-elle avec une pointe de timidité.

Pour la première fois depuis qu'elle le connaissait, elle comprit que la situation n'était pas aussi désespérée qu'elle l'avait cru. À condition d'oublier son père un moment, bien entendu.

— Ce n'est pas une bonne idée, Rebecca, dit Robert en secouant la tête, l'air désarmé. Il ne faut pas que vous restiez là.

Elle fit un pas vers lui, les jambes tremblantes.

— Pourquoi ?

— Cela signifierait qu'il y a quelque chose entre nous. Il ne faut pas que l'on croie que vous avez une liaison avec moi, ajouta-t-il en passant une main dans ses cheveux.

— Et si je désire avoir cette liaison ? répliqua-t-elle avec audace.

Robert recula d'un pas.

— Ne dites pas cela. Mon frère semble croire que nous avons un faible l'un pour l'autre. Nous ne sommes pas obligés de lui donner raison.

Rebecca continua de le regarder en silence. Il semblait se livrer une bataille intérieure.

— Si les choses étaient un peu différentes, il pourrait avoir raison. Vous êtes une belle jeune fille et vous avez du talent.

— Je ne suis plus une jeune fille, dit-elle en choisissant ses mots. Je suis une femme, j'ai presque vingt et un ans et je suis assez grande pour savoir ce que je veux.

Robert demeura sans voix. Au bout d'un moment il s'éclaircit la gorge.

— Bien sûr. Je suis désolé, je ne voulais pas vous offenser.

— Ce n'est pas le cas. Je tiens simplement à ce que vous sachiez qui je suis.

— Que vous a dit Damien ?

Rebecca sourit. Au prix d'un effort certain, elle parvint à donner une impression de calme et de sérénité.

— Il m'a dit que je devrais vous parler. Pourquoi les choses devraient-elles être différentes ? Que voulez-vous dire ?

— Je ne peux rien vous offrir. Votre père se trompe sur mon compte, mais ce n'est pas le plus important. En réalité, je ne souhaite pas me marier. J'ai vingt-six ans et je ne me sens pas prêt. J'aime la vie que je mène.

Et elle qui croyait être près de triompher ! Rebecca sentit sa gorge se serrer.

— Je vois. C'est très clair, monsieur.

— Rebecca, marmonna-t-il, la voix rauque, vous avez dû entrer par la fenêtre pour être seule avec moi quelques minutes. Comment réagiraient vos parents si je vous rendais visite chez vous ? Étant entendu que je ne le ferais pas. Vous n'êtes pas du tout...

Il s'interrompit, cherchant ses mots.

— Comme les autres femmes ? suggéra-t-elle.

La bibliothèque était éclairée par une seule petite lampe et, malgré la semi-obscurité, elle vit son visage s'empourprer.

— Je ne l'aurais pas dit ainsi, mais c'est vrai. Je ne m'intéresse pas aux jeunes filles à marier, pour les raisons que je viens de vous exposer.

Non, mais il avait parlé de mariage, même si c'était pour dire qu'il n'en voulait pas. Et la façon dont il la regardait était éloquente. Le désir était quelque chose de puissant, mais ce qu'il y avait entre eux était plus fort encore. Elle n'était pas en proie au même trouble que lui, car elle savait ce qu'elle voulait.

— Mes parents ne sont pas complètement sourds à mes désirs, dit-elle. Ils souhaitent que je sois heureuse. Cela devrait jouer en votre faveur.

Robert se raidit.

— L'idée que je puisse jouer un rôle dans votre bonheur est ridicule.

Puisqu'ils avaient décidé d'être francs, autant tout lui avouer, décida Rebecca. Qu'avait-elle à perdre ?

— Nous nous sommes rencontrés le jour où Brianna a rencontré Colton.

Il fit un pas vers elle et l'observa, les yeux étrécis.

— C'était il y a des mois. L'année dernière, si je me souviens bien. Nous avons été présentés, rien de plus. Rebecca, ne me dites pas que pendant tout ce temps...

Il était si près maintenant, qu'elle sentait le parfum frais de son eau de Cologne et de sa chemise de lin.

— C'est à cause de vous que je ne me suis pas mariée la saison dernière.

Il y eut un silence.

— Je vais étrangler mon frère, finit-il par grommeler.

**

Tout d'abord, il allait embrasser Rebecca. Ensuite, il irait serrer la gorge de son frère.

Mais avant tout, le baiser. Celui qu'il aurait dû lui voler dès le premier soir dans le jardin. Il était prêt à vendre son âme au diable pour l'obtenir.

Elle le savait. Les femmes avaient un instinct pour cela. Ses yeux s'agrandirent et sa respiration se fit plus forte quand il s'approcha et lui prit la taille. Elle inclina la tête en arrière et le regarda les yeux mi-clos, s'offrant à son baiser.

Robert sentit une chaleur se répandre dans tout son corps. Il pencha la tête, comme il l'avait fait dans le jardin quelques semaines auparavant. Mais cette fois il pressa ses lèvres sur les siennes, dans une tentative tendre et subtile.

Comme il s'en doutait, elle était douce et pure, absolument parfaite entre ses bras.

Elle posa les mains sur ses épaules, avec délicatesse et légèreté, et il étouffa un grognement en pensant à son expression, lorsqu'elle se penchait sur le clavier. Une vague de désir enflamma ses sens.

Il n'aurait pas dû. Il n'aurait pas dû entrouvrir ses lèvres, goûter la moiteur de sa bouche, l'imaginer nue dans un lit avec lui.

Le baiser se prolongea, leurs corps plaqués l'un contre l'autre. Il l'enlaça encore un peu plus et elle noua les bras autour de son cou.

Un coup bref frappé à la vitre l'arracha à ce moment de folie. Damien lança :

— Je pense que ma promenade avec Mlle Marston touche à sa fin. Si nous restons plus longtemps, je serai obligé d'aller demander sa main à sir Benedict !

Robert interrompit son baiser, plongea les yeux dans ceux de la jeune femme et parvint à relâcher son étreinte au prix d'un violent effort.

— Votre soupirant vous attend.

— Nous partons demain, dit-elle, haletante.

— Je sais.

Son corps était fou de désir, son esprit en pleine confusion. Il avait envie que cette fête se termine au plus vite. S'il pouvait s'éloigner d'elle, tout irait bien.

C'était certain.

Bon sang.

— Que va-t-il se passer, maintenant ? chuchota-t-elle d'un air innocent. Nous pourrions nous retrouver ce soir, lorsque tout le monde sera couché ?

C'était une suggestion folle, qui fit surgir dans l'esprit de Robert des images de la jeune femme, en chemise et les cheveux défaits.

— Non, répondit-il sèchement. C'est hors de question.

— Pourquoi ?

Elle avait une allure à la fois innocente et provocante. Un sentiment de triomphe se devinait dans ses prunelles sombres.

— Si Damien a remarqué notre attirance, votre père peut s'en être aperçu également. Je n'ai pas envie de le retrouver demain à l'aube dans le pré. Cela ternirait votre réputation. D'autre part, je ne veux pas blesser votre père et cela me laisse une alternative que je ne trouve pas des plus réjouissantes. Je partirai tôt pour Londres demain matin, ajouta-t-il avec brusquerie.

Seigneur, il fallait absolument qu'il s'éloigne d'elle.

Elle le regarda, puis déclara d'un ton neutre :

— Damien a raison, il faut que je parte. Sinon dans cinq minutes ma mère commencera déjà à penser à ma robe de mariée.

Une robe de mariée. Elle ne pouvait mieux choisir ses mots pour le ramener à la réalité.

— Comment lui en faire reproche ? Mon frère est un très bon parti. Votre père ne me range pas dans la même catégorie, je vous assure.

— Mon père m'a ordonné de vous tenir à distance, avoua-t-elle. Je ne comprends pas…

Robert fit un geste vague de la main.

— Quelque chose qui s'est passé il y a des années. Je n'entrerai pas dans les détails. Disons simplement qu'il a eu une fausse impression et que depuis il me méprise. Même si je voulais vous faire la cour officiellement, je ne le pourrais pas.

— Robert, chuchota-t-elle, les lèvres tremblantes.

— Rebecca, partez, ordonna-t-il avec autant de calme que possible.

À son grand soulagement et pour son plus grand malheur en même temps, Rebecca tourna les talons et sortit.

15

Je sais que c'est un cliché, mais les débauchés repentis font d'excellents maris. Pourquoi ? D'abord parce qu'ils ont eu tout le temps d'assouvir certaines folies. La deuxième raison, c'est qu'ils savent procurer du plaisir à une femme dans un lit. Réfléchissez. Après tout, ce n'est pas pour rien qu'ils sont libertins.

Extrait du chapitre intitulé :
« Quand vous savez, vous savez »

Si elle ne perdait pas courage, ce serait un miracle. Brianna rajusta le négligé qu'elle avait fait faire spécialement pour cette occasion, et fit taire ses angoisses.

Cette chemise de nuit était censée être provocante. Colton était son mari, il pouvait la voir dans n'importe quelle tenue, et l'avait vue déjà bien plus dénudée.

Néanmoins la chemise était osée. En comparaison, la robe qu'elle avait portée à l'opéra était sage. Le décolleté plongeait profondément entre ses seins, ses bras étaient nus, les côtés étaient fendus jusqu'aux hanches, et elle était certaine que de dos, on voyait la naissance de ses fesses.

Un excellent choix elle l'espérait pour une soirée qu'elle voulait mémorable.

D'après lady Rothburg, être à moitié dévêtue pouvait être bien plus excitant que se présenter nue. « Couvrez-vous d'un voile transparent, laissez-lui entrevoir le paradis, faites-lui perdre tout contrôle. »

Pensez comme une courtisane.

Elle le pouvait, mais seulement avec l'aide des conseils du livre. Brianna n'aurait jamais eu l'idée d'essayer quelque chose de nouveau avec Colton. Il semblait se satisfaire de la façon dont ils faisaient l'amour. Repensant à leur nuit de noces, Brianna se rendit compte que sa mère lui en avait très peu révélé sur l'acte sexuel entre deux personnes qui s'aiment.

Colton avait fait de son mieux pour la tranquilliser, commençant par baisser la lumière avant de se déshabiller. Ce qui n'avait fait qu'empirer les choses car elle ne le voyait plus et avait été envahie par un sentiment de panique en sentant son sexe se presser contre elle.

À présent, elle était impatiente de le retrouver.

Elle n'était plus une jeune mariée timide, et ce soir elle allait le séduire en utilisant toutes les armes possibles. Si lady Rothburg disait vrai, elle allait satisfaire un fantasme que la majorité des hommes nourrissait sans vouloir l'avouer.

Il y avait eu d'autres femmes avant elle, dans sa vie. Quand elle avait rencontré Colton et était tombée éperdument amoureuse, elle n'avait pas pensé une seconde à sa vie d'avant. Maintenant que le temps avait passé, et surtout qu'elle était plus expérimentée, elle savait qu'il était loin d'être innocent au moment du mariage. Il n'était pas aussi dévoyé que Robert, mais il n'était pas un saint non plus.

D'ailleurs, elle n'aurait pas voulu d'un saint. Elle voulait un homme qui la désirait follement.

Et qui l'aimait. Mais Colton n'exprimait pas facilement ses sentiments. Aussi elle se contenterait de ses démonstrations passionnées, en attendant qu'il soit prêt à lui déclarer son amour.

Peut-être ne le ferait-il jamais. C'était une possibilité. Mais si Brianna savait qu'il ressentait cette inclination, ce serait peut-être suffisant...

Elle passa encore une fois la brosse dans ses longs cheveux, lissa la soie arachnéenne de la chemise sur le haut de ses hanches et parcourut la chambre du regard. Les bougies étaient allumées, un soupçon de parfum flottait dans l'air, une bouteille de champagne et deux coupes de cristal attendaient sur la table de chevet. Enfin, les couvertures étaient rabattues, révélant des draps de soie ivoire. C'était parfait.

Il ne manquait plus que son mari.

Elle alla vers la porte qui séparait les deux chambres et écouta pour savoir si le valet de Colton était parti. Aucun bruit. Elle entrouvrit la porte et jeta un coup d'œil.

Le moment était parfaitement choisi. Colton était torse nu. Il lui tournait le dos et elle put admirer ses muscles se dessiner quand il se pencha pour prendre sa robe de chambre sur le lit.

Brianna se glissa dans la chambre et se dirigea vers lui.

— Vous allez vous coucher, mon chéri ?

Il se tourna dans un mouvement brusque et demeura cloué sur place en découvrant sa tenue. Brianna sourit, espérant cacher sa nervosité.

— Aimeriez-vous venir dans ma chambre ?

L'espace d'un instant il parut à court de mots.

— Je n'ai rien contre votre tenue, Brianna, mais imaginez que mon valet ait encore été là ?

— J'ai écouté à la porte.

Colton la dévorait des yeux, et elle n'avait pas à craindre qu'il songe à la réprimander.

— Je vous attendais, ajouta-t-elle en désignant sa chemise de soie transparente. C'est votre anniversaire.

— En effet. Y a-t-il un lien entre les deux ? Si ce costume de sirène fait partie de mon cadeau, je l'accepte volontiers.

— Je veux vous faire l'amour.

Comme elle s'y attendait, il se méprit sur le sens de ses paroles et la rejoignit en trois longues enjambées.

— J'accéderai avec plaisir à votre demande.

Brianna posa la main à plat sur son torse pour l'arrêter dans son élan.

— Non, Colton. Ce sera mon cadeau d'anniversaire. Vous n'aurez qu'à vous allonger et vous laisser faire. C'est moi qui vais vous faire l'amour, et non l'inverse.

— Brianna…

— Votre Grâce, un cadeau ne se refuse pas. Ce serait grossier.

— Comme si j'allais refuser, rétorqua-t-il en soutenant son regard. Très bien. Puisque c'est vous qui établissez les règles du jeu, que voulez-vous que je fasse ?

— Entrez dans ma chambre, ôtez votre pantalon et allongez-vous sur le lit. Vous pouvez laisser votre robe de chambre ici, vous n'en aurez pas besoin.

— Vraiment ? demanda-t-il avec hauteur.

— Non, dit-elle en soutenant son regard.

Un homme pourvu d'intelligence et de confiance en soi est toujours intrigué quand une femme prend en main les opérations. Il n'aimerait pas que cela se produise trop souvent, car les mâles veulent dominer, surtout dans le domaine sexuel. Mais croyez-moi, de temps à autre, ce changement de rôles lui paraîtra excitant.

Colton entra dans la chambre de son épouse.

Celle-ci inspira longuement et le suivit.

Il défit son pantalon, le laissa glisser sur le sol et s'allongea sur le lit en lui lançant un regard de défi.

Je peux le faire, se dit Brianna pour s'encourager. Jusqu'ici il avait coopéré, comme elle s'y attendait.

Mais quelle serait sa réaction quand elle l'attacherait ?

*
**

Elle le surprenait continuellement. Ce n'était pas forcément une mauvaise chose. Cette chemise de nuit, par exemple... si on pouvait appeler ainsi ce tissu de soie qui moulait délicieusement ses formes. C'était un vêtement qu'une prostituée aurait pu porter. Si elle en avait eu les moyens. Mais avec ses longs cheveux blonds, sa peau pâle et parfaite, Brianna, elle, avait l'air d'un ange. Elle était pure.

D'une enivrante pureté.

Il n'avait pas bu autant que Robert, qui avait ingurgité du vin ce soir comme s'il avait eu des actions dans les vignobles français. Mais il était suffisamment éméché pour se demander s'il ne rêvait pas. Brianna était fatiguée, et il s'était promis de la laisser tranquille cette nuit.

Mais c'était elle qui était venue le trouver.

— Fermez les yeux, ordonna-t-elle d'une voix chaude.

Cette demande le fit rire.

210

— Si vous vouliez que je ferme les yeux, madame, il ne fallait pas revêtir cette robe, dit-il en admirant ses seins.

— Faites-moi plaisir.

Je vous offrirais le monde si vous me le demandiez.

Il ne prononça pas les mots à haute voix, et cette pensée le surprit lui-même. Brianna était devenue une nouvelle personne à ses yeux. Elle n'était plus seulement la belle jeune femme qui partageait son lit. Au cours de ces cinq jours, il l'avait vue s'entretenir avec sa grand-mère, charmer ses frères, accueillir leurs invités, rire avec ses amis. Et par-dessus tout, être *son épouse*.

Pas seulement la duchesse de Rolthven. Non.

Mais aussi sa femme. Il lui semblait que s'il vivait dans une modeste cabane du bord de mer au pays de Galles et subsistait grâce au produit de sa pêche, il serait heureux tout de même, tant qu'elle serait à ses côtés.

Il n'avait jamais songé au bonheur, jusqu'à présent. Il avait toujours assumé qu'il était privilégié. Titré. Riche. Puissant. Et donc… heureux.

À la réflexion, l'argent et le nom ne faisaient peut-être pas tout. Il connaissait trop d'hommes de son rang qui menaient des existences mornes et stupides. Ils dépensaient des fortunes, buvaient avec excès, échangeaient des ragots mesquins et ignoraient le seul sentiment qui donnait un sens à la vie sur cette terre.

L'amour.

C'était la première fois qu'il s'attardait sur le sujet, et avec sa femme si proche, presque nue, il avait du mal à se concentrer.

— Fermez les yeux, répéta-t-elle. Et levez les bras au-dessus de votre tête.

Au point où il en était, il aurait marché sur des braises ardentes pour elle.

— Je ne vois pas où vous voulez en venir, mais j'obéis.

Il rejeta les bras en arrière et les laissa reposer sur le montant de chêne sculpté.

Brianna monta sur le lit. Il sentit le matelas plier sous son poids, et les effluves de son parfum l'effleurèrent. Il poussa un grognement lorsqu'elle se pencha et que ses cheveux lui caressèrent le torse.

— Ne bougez pas, ordonna-t-elle.

Il dut faire un effort pour ne pas la serrer dans ses bras et la faire rouler sur le lit, afin de prendre possession de son corps. Mais il était curieux. Un instant plus tard, un morceau de tissu lui emprisonna le poignet et il comprit, incrédule, qu'elle l'avait attaché au montant du lit. Il ouvrit aussitôt les yeux.

— Brianna, que diable faites-vous ?

— Je fais en sorte que vous ne puissiez me résister.

Agenouillée près de lui, elle tira sur la bande de tissu, puis saisit l'autre poignet.

— Je suppose que vous pourriez vous libérer si vous le vouliez, c'est plus symbolique qu'autre chose.

C'était surtout ridicule. Jamais une femme n'avait essayé de l'attacher sur un lit !

— J'ai presque peur de poser la question, mais c'est un symbole de quoi ?

— De confiance. Êtes-vous à l'aise ?

Ses épaules reposaient contre les oreillers et en dehors du fait qu'il était nu et passablement excité, il ne ressentait aucun malaise.

— Pourriez-vous m'expliquer ce que la confiance vient faire là-dedans ? bougonna-t-il.

Elle haussa les sourcils en reculant pour observer son travail.

— J'ai confiance en vous. Cela va sans dire. Vous êtes plus grand et plus fort que moi. Vous pouvez faire tout ce que vous voulez, je serais incapable de vous arrêter.

— Je ne vous obligerai jamais à faire quelque chose contre votre volonté, protesta-t-il en tirant sur les liens.

Ceux-ci étaient assez lâches pour qu'il puisse bouger les bras, mais craignant de resserrer les nœuds, il se détendit.

— Je sais. Vous voulez me donner du plaisir, et pas seulement prendre le vôtre. Cette fois, c'est moi qui souhaite vous en donner.

— Vous me donnez toujours du plaisir, Brianna.

Une fossette se creusa sur la joue de sa femme.

— Oui, mais cette fois c'est moi qui ferai tout le travail. Qu'en dites-vous ?

C'était tentant. Impossible de le nier. Brianna s'assit à côté de lui. Il sentit la chaleur de son corps. Sa chemise coquine révélait des formes sensuelles, ses mamelons roses pointaient sous la dentelle, et ses boucles serrées entre ses cuisses apparaissaient à chaque mouvement. Ses cheveux blonds flottaient sur ses épaules et il aurait voulu enfouir les doigts dans cette masse souple et la voir se répandre sur l'oreiller.

— Colton ? murmura-t-elle en le regardant les yeux mi-clos.

Il avait oublié sa question. Il avait même oublié de respirer.

— Oui. Faites ce que vous voulez, murmura-t-il.

— J'espérais cette réponse.

Brianna tira sur le ruban de sa chemise et la soie glissa sur ses seins et ses cuisses. Entièrement nue, elle se mit à genoux et fit glisser ses mains sur le torse de Colton. Il retint son souffle lorsque ses doigts emprisonnèrent son sexe. Il se cambra instinctivement sous ses caresses et murmura entre ses dents :

— Vous devriez arrêter, sinon la soirée sera vite terminée.

— Vous aimez ? demanda-t-elle en serrant très légèrement les doigts.

— Oui.

— Alors, pourquoi devrais-je arrêter ?

Il ouvrit les yeux. Le fait de la voir le caresser amplifia son désir. La jouissance était tout près de déferler.

— Je ne me suis jamais touchée moi-même, dit-elle, mais je sais que certaines femmes le font.

Comment diable savait-elle cela ?

C'en était trop. Une image surgit dans son esprit. Brianna, nue, se donnant elle-même du plaisir. Il perdit tout contrôle de lui-même et s'abandonna.

Au bout de quelques secondes, Brianna s'écarta. Quand il eut recouvré ses esprits, il remarqua qu'elle avait une drôle d'expression.

— Je ne m'étais jamais rendu compte que votre plaisir était aussi violent, murmura-t-elle.

— Je préfère avoir du plaisir en vous. D'ailleurs, si vous me laissez une minute ou deux, c'est ce que je vais faire.

— Je sais que vous pouvez faire cela plusieurs fois, en un court laps de temps, mon cher.

Elle s'allongea sur lui et l'embrassa. Des baisers doux et délicats, si experts qu'en un temps record il sentit ses reins s'embraser de nouveau. Brianna continua sa douce torture, pressant son corps souple contre le sien, dans une position si intime qu'il en fut bouleversé.

Fidèle à sa parole, elle lui fit l'amour.

Lorsqu'il fut prêt, elle se plaça à califourchon sur lui et le prit profondément en elle. Pour la première fois de sa vie, Colton fut fasciné par le visage de la femme en qui il se trouvait, et pas seulement par la sensation ressentie.

Les bras toujours liés au-dessus de sa tête, il ne pouvait rien faire pour lui donner du plaisir. Pourtant elle atteignit l'orgasme avant lui, poussant alors un cri étouffé. Cela suffit à le faire sombrer à son tour. Lorsqu'elle retomba contre lui, il parvint à marmonner :

— Détache-moi.

— Je le ferai quand je pourrai bouger... dans un siècle ou deux.

Colton ne put réprimer un rire.

— J'imagine la tête de ta femme de chambre si elle nous trouve ainsi demain matin. J'aurai du mal à lui expliquer.

— Je vais essayer de te délivrer, répondit Brianna en relevant la tête pour lui adresser un sourire taquin. Bien que je sois tentée de te garder prisonnier.

Il était à jamais son captif.

— Cela ne me déplairait pas, dit-il d'un ton rauque.

— Je te préviens, tu n'as pas encore eu tous tes cadeaux d'anniversaire, annonça-t-elle en dénouant le lien qui retenait son poignet droit.

— Aie pitié de moi ! Je n'ai plus dix-huit ans.

— Je te promets que cela ne te demandera plus autant d'énergie.

Elle passa au poignet gauche. Quelque chose dans le ton de sa voix intrigua Colton.

— Vraiment ? Tu imagines mon impatience. Je n'ai eu que des surprises agréables, ce soir.

215

— J'espère que celle-ci vous plaira aussi, Votre Grâce.

Le vouvoiement et l'usage de son titre ne lui dirent rien qui vaille. Il essaya en vain de déchiffrer son expression.

— Je t'aime.

Il se figea.

— Je t'aime, répéta-t-elle. J'aurais voulu le dire avant, mais il m'a semblé que ce moment était le mieux choisi. J'ai su que je t'aimais au moment précis où je t'ai vu pour la première fois. Peut-être même avant que nous ayons été présentés. Je t'ai vu à l'autre bout de la salle, et j'ai su.

Il y eut un silence, et elle reprit :

— Pourrais-tu dire quelque chose ?

Non, il ne pouvait pas. Il était incapable de prononcer un mot. Il la prit dans ses bras et l'embrassa à perdre la tête.

16

*Au lieu de contourner les obsta-
cles, il est parfois nécessaire de les
affronter. C'est la même chose en
amour.*

Extrait du chapitre intitulé :
« La philosophie de l'amour »

— J'ai appris que lord Robert était parti tôt ce
matin.

Rebecca leva les yeux, ne sachant comment inter-
préter la remarque de Loretta Newman. Cette dernière faisait peut-être simplement la conversation.

— Vraiment ? fit-elle en mordant dans un toast.

— À l'aube. Ce n'est pas une belle journée pour
voyager.

La matinée était grise et morose, mais par chance
le séjour à la campagne était terminé. Robert avait
tenu parole. Il avait regagné Londres de bon matin,
malgré la pluie fine et glacée qui tombait sans
discontinuer.

— Nous avons eu de la chance d'avoir du soleil
pendant notre séjour.

La remarque était banale. Rebecca était sur ses
gardes. Elle était assise tout au bout de la table avec

la jeune veuve, qui était descendue aussi tard qu'elle pour prendre son petit déjeuner. Rebecca n'avait pas dormi plus d'une heure, hantée par le souvenir de ce baiser. Devait-elle s'en réjouir, ou le ranger dans les souvenirs doux-amers ?

Loretta prit le pot de marmelade.

— Le temps a été généreux et la compagnie agréable. La duchesse nous a admirablement reçus, bien que tout cela soit nouveau pour elle. Elle a fait un mariage prestigieux, dans une illustre famille. Vous êtes sûrement d'accord avec moi, puisque vous aimeriez entrer vous-même dans la famille du duc.

Rebecca ne s'attendait pas à une telle franchise. Elle prit une cuillerée d'œufs en cocotte pour se laisser le temps de réfléchir.

— Lord Damien ferait un bon mari, dit-elle enfin.

— Non. Il ferait un bon mari selon les critères de vos parents. Mais c'est Robert qui vous attire.

Il y avait donc toute une liste de gens qui avaient remarqué son intérêt pour le plus jeune des fils Northfield. Son père. Damien. Mme Newman. Qui d'autre ? Un brin irritée par le tour que prenait la discussion, elle répondit :

— Vous devez me comprendre, puisqu'il vous attire aussi.

— Je vois que nous avons une discussion de femme à femme.

— Apparemment, oui.

Il y eut une pause. Loretta sirota son thé, puis reposa la tasse.

— Puisque nous sommes franches, laissez-moi vous souhaiter bonne chance. J'admets qu'à notre arrivée j'ai pensé que Robert pourrait être... une distraction agréable. Mais j'ai compris que son cœur était pris ailleurs. À en juger par la façon dont il se comporte, je crois que vous avez toutes vos chances. À présent veuillez m'excuser, mais je crois que ma voiture est prête à partir.

Abasourdie, Rebecca la regarda sortir. Il fallait qu'elle parle à Damien. Elle se leva et quitta la table sans finir son petit déjeuner.

Le majordome l'informa cérémonieusement que lord Damien se trouvait dans le cabinet de travail du duc.

Son cœur se serra. Rebecca ne voulait pas frapper à la porte du bureau du duc de Rolthven, pour lui demander de s'entretenir avec son frère. Brianna elle-même ne devait pas oser déranger son mari quand il travaillait.

Que devait-elle faire ? Les paroles de Robert lui revinrent à l'esprit.

Vous n'êtes pas comme les autres…

Non, elle n'avait rien de commun avec les belles femmes sophistiquées que Robert Northfield séduisait. Cependant elle lui plaisait. Assez pour qu'il lui donne un baiser à faire rêver n'importe quelle jeune fille. Elle n'oublierait jamais sa bouche douce et tendre se pressant contre la sienne. À moins qu'elle ne soit complètement idiote, ce qui n'était pas exclu, elle était certaine que ce baiser avait eu pour lui aussi quelque chose de spécial. Il l'avait touchée avec délicatesse, et l'émotion peinte sur son visage était bien réelle.

Bref, il avait paru aussi troublé qu'elle, ce qui, pour un parfait débauché, n'était pas anodin.

— Pourrais-je voir la duchesse ? demanda-t-elle au majordome.

Le vieil homme aux cheveux blancs inclina la tête.

— Je pense qu'elle est dans le hall, en train de dire adieu à ses invités, mademoiselle.

C'est bien là que Rebecca la trouva quelques minutes plus tard. Lord Emerson quittait la demeure, et elle attendit que la porte se soit refermée derrière le gentleman, pour annoncer :

— J'ai besoin que tu me rendes un service, Bri !

— Bien sûr. Tout ce que tu voudras.

— Accepterais-tu d'aller frapper à la porte du bureau de ton mari ? Il est enfermé avec Damien, et je n'ose pas le faire moi-même, mais il faut absolument que je parle à Damien avant de partir.

Brianna eut une brève hésitation, puis hocha la tête.

— Le salon doit être vide, à présent. Est-ce que l'endroit te convient ?

— Parfaitement, je te remercie, répondit Rebecca avec gratitude.

Toutes ses réflexions de la nuit avaient porté leurs fruits. Elle était convaincue à présent qu'elle ne voulait faire qu'un mariage d'amour.

Brianna donna des instructions à un valet, et Rebecca se retrouva dans un salon charmant, aux murs jaune pâle, avec un joli petit bureau près de la fenêtre.

Quand Damien entra un instant plus tard, il la trouva debout devant la fenêtre, contemplant les rosiers fleuris alourdis par la pluie.

— Vous êtes consciente que si votre mère apprenait que vous avez voulu me voir avant de partir, elle commencerait à préparer notre mariage ?

Elle se retourna en souriant.

— J'étais là, à me demander ce que j'allais bien pouvoir vous dire.

— C'est l'avantage d'avoir affaire à un espion ! Je sais ce que vous pensez avant que vous ne le sachiez vous-même.

— Vous êtes vraiment espion ? Je pensais que vous étiez une sorte de conseiller.

— J'ai plusieurs fonctions. Asseyez-vous, et parlons de ce qu'il faut faire. À en juger par l'humeur détestable de mon frère, tout s'est bien passé hier soir ? dit-il en prenant place dans un canapé brodé de papillons.

— Robert ne veut pas se marier. Il a été très clair sur ce point.

— Ma chère mademoiselle Marston, très peu d'hommes se réveillent un matin en se disant que ce qu'ils souhaitent le plus au monde est de s'enchaîner à une femme jusqu'à la fin de leurs jours. Surtout un homme comme Robert, qui n'a pas besoin d'héritier, dispose d'une fortune personnelle et a toutes les femmes à ses pieds. Il fait ce qui lui plaît, et se croit heureux.

— L'est-il réellement ? répondit-elle en s'efforçant de maîtriser le tremblement de sa voix.

— Si je le pensais, croyez-vous que je me serais amusé à faire passer une jeune fille par la fenêtre de la bibliothèque ?

Rebecca laissa échapper un petit rire étranglé.

— Je suppose que non. Mme Newman elle-même m'a dit ce matin que Robert s'intéressait à moi.

— Cela ne m'étonne pas. N'importe qui d'un peu attentif pouvait s'en apercevoir. Nous devrions établir un plan.

— Un plan ?

— Appelez cela comme vous voudrez. Il faut qu'il renonce à son chemin de vie et regarde la vérité en face. Je détesterais m'apercevoir que mon frère est idiot.

— Merci, chuchota-t-elle, émue.

— Ne me remerciez pas encore. Il faut que je réfléchisse à la stratégie à adopter. Battre les Français est une chose, mais vaincre les réticences d'un célibataire peut se révéler bien plus difficile. Moi qui craignais de m'ennuyer pendant ce congé, je me retrouve avec un exploit à accomplir !

— Robert a dit qu'il avait pitié de Bonaparte, s'il devait combattre contre vous.

— Il n'a pas tort, répondit Damien, imperturbable. Vous imaginez dans quel péril est mon frère. Je sens déjà le goût de la victoire.

*
**

Il avait eu tort de l'embrasser, mais il ne regrettait rien.

Robert éperonna son cheval. L'humidité transperçait ses vêtements et emplissait l'air d'une âcre odeur d'humus. L'automne, tenu en échec ces derniers jours par le soleil, s'annonçait enfin.

Il arriva à Londres quelques heures plus tard, trempé jusqu'aux os et d'une humeur détestable. Il ne s'était jamais senti aussi perturbé depuis la mort de son père. Tout ce qu'il voulait, c'était un bain pour se réchauffer. Et oublier tout ce qui s'était passé.

Tout, sauf le moment où Rebecca avait joué du piano. Personne ne pouvait se prétendre mélomane et bannir un tel jeu de sa mémoire.

Il ne pouvait pas non plus l'oublier, *elle*. Elle prétendait ne plus être une jeune fille, mais elle n'était pas encore une femme. Elle le serait quand elle épouserait le sale veinard qui aurait le droit de la toucher, de goûter sa bouche, de faire naître la passion dans ce corps délectable...

S'il n'y avait pas eu ce stupide malentendu entre son père et lui, aurait-il envisagé de l'épouser ?

Peut-être.

Ayant revêtu des vêtements secs, il décida d'aller chercher un peu de réconfort à son club. Il en franchit la porte un peu après neuf heures, avec l'idée de boire un verre et de prendre un repas chaud. Néanmoins, il fut vite évident qu'il était trop nerveux pour faire la conversation. Aussi quitta-t-il ses amis éberlués, au milieu du repas.

Il leur expliquerait son désarroi une autre fois. Ou non. Il n'était pas question de prononcer devant eux le nom de Rebecca Marston.

Trop agité pour rentrer chez lui et s'abandonner à un sommeil récupérateur, il se retrouva dans Curzon Street. Il était encore assez tôt pour rendre visite à un ami.

Sir John était chez lui. Robert donna sa carte au majordome, qui le fit entrer dans un salon où s'entassaient des objets bizarres, parmi lesquels un totem d'Amérique du Nord que John Traverston avait rapporté d'un de ses voyages. Curieusement, il avait trouvé sa place près de la cheminée de marbre, de la tapisserie représentant Saint George et le dragon et de toutes sortes de babioles qu'on ne s'attendait pas à trouver dans une maison londonienne.

— Mon petit Robert !

Sir John, qui approchait de la soixantaine, quitta le vieux fauteuil dans lequel il s'était installé pour lire. Ses épais cheveux gris étaient en désordre, il portait un pantalon fripé et une simple chemise blanche. Sa pipe éteinte était posée sur un plateau et une odeur de tabac flottait dans la pièce.

— Quelle bonne surprise. Cela fait des mois que je ne t'avais pas vu. Assieds-toi. Veux-tu boire quelque chose ?

— Oui, merci. Mais pas cette horrible mixture préparée par des moines, que vous m'avez servie la dernière fois.

John rit doucement.

— Cette liqueur vient d'un monastère du Portugal et elle est très recherchée. Que dirais-tu d'un verre de bordeaux ?

— Ce sera parfait, merci.

— Pour un jeune homme aussi aventureux, tu as des goûts qui sortent peu de l'ordinaire. Mais bon...

Son hôte prit un verre dans une collection dépareillée, sur un guéridon en bambou. Sir John, l'ami d'enfance du père de Robert, aimait parcourir le monde. Il revenait de chaque expédition avec une collection de nouveaux trésors, dont faisait partie l'infâme breuvage portugais.

Robert prit le verre de vin et s'assit. Il ne savait pas très bien pourquoi ses pas l'avaient mené chez sir John.

Il avait besoin de parler à quelqu'un. Quelqu'un de plus vieux et de plus sage que lui. John Traverston avait toujours fait partie de sa vie, un peu comme un oncle excentrique. À la mort de son père, John se trouvait en Angleterre et il avait apporté son soutien à la veuve du duc et ses trois fils, tous bouleversés.

— Comment s'est passé l'anniversaire de Colton ?

John ouvrit un flacon de verre opaque et versa une substance brune dans son verre.

— J'étais désolé de ne pas venir, mais franchement ces parties de campagne sont faites pour les jeunes gens. Tu me verrais jouer aux charades après le dîner ?

— C'était assez agréable, répondit Robert d'un ton détaché.

— Oh ?

John haussa ses sourcils blancs bien fournis. Il avala une gorgée du liquide et Robert réprima une grimace de dégoût. Il avait presque recraché cette horrible liqueur quand John lui en avait servi.

— Brianna est une hôtesse merveilleuse. Grand-mère l'a aidée, et je crois qu'elle s'en est donné à cœur joie. Elle voulait se donner une allure sévère, mais ses yeux brillaient.

— Ta grand-mère est une femme remarquable, à la fois majestueuse et chaleureuse. Quand nous étions petits, ton père et moi, elle nous terrifiait. Mais quand nous faisions des bêtises, elle était la première à nous défendre. Ton grand-père lui-même s'en remettait à elle pour tout. Ils avaient fait un bon mariage. Dans notre société, hélas, la richesse et la lignée passent trop souvent avant l'affection.

Le mariage. Ce mot le poursuivait. Robert hocha la tête, les yeux fixés sur son verre.

— Oui, je sais.

— Tes parents aussi ont eu de la chance. Mais je n'ai pas besoin de te le dire.

— Je m'en souviens. Colton et sa femme semblent partager le même...

Il ne sut comment finir sa phrase. Le lien qui unissait Colton et Brianna était évident. C'était bien là le problème. Robert n'était pas sûr d'être fait pour ce genre d'engagement. Cela entraînait toutes sortes de responsabilités.

— Quand tu voudras me dire pourquoi tu es là, ne te gêne pas. Je n'ai rien de prévu.

John sirotait tranquillement son horrible boisson. Une expression bienveillante adoucissait son visage buriné.

— Il y a quelqu'un. Une jeune femme.

— Mon cher Robbie, je ne suis pas étonné. Avec toi, il y a toujours une femme.

— Non. Elle n'est pas comme les autres.

— Pardonne-moi ma remarque facétieuse. Alors. Cette jeune dame ?

— Elle n'est pas mariée.

— Je vois. Cela arrive, fit John, l'air amusé.

C'était idiot. Pourquoi pensait-il autant à Rebecca Marston ? Si jamais il se présentait à sa porte, sa mère s'évanouirait et son père n'accepterait même pas de le recevoir.

— Pas mariée du tout, précisa-t-il en se frottant le menton.

— J'ignorais qu'il y avait des degrés, mais continue. Pourquoi te retrouves-tu dans mon salon par une nuit aussi sombre ?

— Je ne sais pas pourquoi je suis là.

— Je vois. Puis-je émettre une supposition ?

Robert acquiesça avec un petit rire, et John se rembrunit.

— Cette jeune dame s'est accaparé ton attention, et tu as beau tout tenter, tu ne peux plus la faire sortir de ta tête. Comme il est hors de question de la séduire, car si c'était possible nous n'aurions pas cette discussion, tu te demandes pour la première fois de ta vie si le mariage est aussi effrayant que tu l'as toujours cru.

— Effrayant ? Pardonnez-moi, mais je ne suis pas un lâche.

— Robbie mon garçon, toutes les peurs ne s'envolent pas par miracle quand on devient un homme.

John contempla le bout de ses bottes usées.

— Nos sentiments nous mettent au défi toute notre vie. Tous ceux qui te connaissent sont conscients que tu as peur de t'engager sentimentalement. Vous étiez jeunes, lorsque votre père a quitté brusquement ce monde. Toute l'attention s'est portée sur Colton et la responsabilité qu'il devait endosser. Il a éprouvé le besoin de devenir un pilier de respectabilité. Damien, juste après dans la liste des héritiers, a exercé ses talents à la guerre. Toi, tu as décidé de mener ta vie en t'accordant le plus de plaisirs possibles. Que ce soit avec les femmes, le vin ou le jeu. Vous avez tous les trois suivi un peu trop bien les routes que vous vous étiez choisies.

Le jugement n'était pas forcément flatteur, mais il était perspicace.

— Vraiment ? marmonna Robert.

— Tu es venu me demander mon avis, n'est-ce pas ? Qui donc est cette jeune femme ?

Bon sang, il n'avait pas envie de l'avouer. Mais il craignait de ne jamais pouvoir oublier ses lèvres.

— Rebecca Marston. La fille de sir Benedict Marston.

Le vieil ami de son père s'enfonça dans son fauteuil.

— Je crois que je comprends ton dilemme, dit-il après un instant de silence. Je connais bien Benedict. Il n'est pas souple et il a une mauvaise opinion de toi.

— Je le sais. À tort ou à raison, il me prend pour un tricheur. De plus, ma réputation est loin d'être sans tache, et bien que mes finances soient solides, sa fille est assez bien dotée pour épouser qui elle veut. Il n'a pas besoin de mon argent et le nom des Northfield n'est pas assez important pour changer quelque chose à sa situation.

— Tu en es sûr ? As-tu parlé avec sir Benedict ?

— Non, c'est inutile. Il ne me laissera jamais approcher sa fille.

— Peut-être. Ou peut-être pas. Colton a une immense influence, et sir Benedict est ambitieux.

— Étant donné ma réputation, je ne suis pas sûr que ce soit suffisant. Si seulement ce qu'il pense était vrai... je ne serais même pas digne de toucher la main de sa fille. Je ne sais pas si j'en suis digne, de toute façon.

— Notre passé a une fâcheuse tendance à s'accrocher à nous, il est difficile de s'en débarrasser. Tu verras quand tu auras mon âge. Dis-moi, et elle, que pense-t-elle ?

— Rebecca ne connaît pas toute l'histoire, mais elle sait que son père me déteste.

— Ah, tu as donc parlé avec elle.

Il revit ses yeux aigue-marine, ses cheveux sombres luisant au clair de lune, ses lèvres douces, enivrantes...

— Nous avons parlé. Elle prétend qu'elle a refusé de se marier la saison dernière, à cause de... de l'affection absurde qu'elle me porte.

— Est-ce absurde, si c'est réciproque ?

— Il se pourrait que je n'éprouve que du désir pour elle. Elle est ravissante.

— Si tu penses autant à elle, c'est peut-être différent.

— On n'engage pas toute sa vie sur des « peut-être » !

Robert se leva et alla examiner les têtes grimaçantes du totem.

— Et si j'étais incapable de lui rester fidèle ? Je la rendrais malheureuse, et...

— Et tu ne veux pas lui faire de peine. Cela en dit long. Son père soupçonne-t-il votre attirance ?

Robert songea au regard noir que sir Benedict lui avait lancé sur la terrasse.

— D'autres s'en sont aperçus et sir Benedict est observateur. Je suppose que oui. Même si je ne suis pas sûr moi-même qu'il y ait quelque chose entre nous.

— Pardonne-moi, dit John avec gravité. Mais je crois que tu le sais. Et laisse-moi te dire qu'il y a longtemps que j'attends ce moment.

17

La tromperie peut prendre plusieurs formes. Parfois, il est prudent de cacher la vérité. Mais cela peut aussi sonner le glas de la confiance. Si vous cachez quelque chose à votre amant, soyez prudente.

Extrait du chapitre intitulé :
« Ce qu'il doit savoir »

Léa fit un signe de la main.

— Nous sonnerons si nous avons besoin d'autre chose, madame Judson.

— Très bien, madame. Votre Grâce.

La gouvernante inclina la tête et sortit.

— En temps normal, elle dirige tout comme si c'était elle la maîtresse de maison, expliqua Léa à sa sœur. Je reconnais qu'elle est très compétente, et les enfants l'adorent. Mais quand tu es là, elle se rappelle tout à coup que je suis la sœur d'une duchesse.

Brianna sourit, l'air absent.

— Tu as de la chance de l'avoir. Comment vont les enfants ?

Cette question déclenchait généralement une longue énumération d'exploits. Mais Brianna adorait ses nièces et son neveu, et elle ne demandait pas mieux que d'écouter.

Cependant, ce matin elle avait la tête ailleurs.

— Et sais-tu où je l'ai retrouvé ? Sous le lit ! Bri, est-ce que tu m'écoutes ?

— Bien sûr. Peut-être pas aussi attentivement que d'habitude, avoua-t-elle devant le regard sceptique de Léa. Pardonne-moi.

Elles se trouvaient dans le salon de Léa. Avec ses fauteuils recouverts de chintz et ses coussins brodés, la pièce était douillette et confortable. Léa posa sa tasse.

— Qu'est-ce qui ne va pas ? Ta partie de campagne à Rolthven s'est pourtant très bien passée. Je regrette de n'avoir pas pu venir avec Henry.

— Je crois que nos invités se sont bien amusés. Colton lui-même m'a semblé plus détendu. Du moins, c'est l'impression que j'ai eue. À présent, il est très différent.

Depuis leur retour, son mari était plus préoccupé que jamais. Avec le recul, elle se disait qu'elle avait eu tort de lui révéler ses sentiments. Elle n'aurait pas dû lui dire qu'elle l'aimait. Ces trois petits mots avaient tout changé. Pourtant sur le moment il avait semblé ému. Mais peut-être avait-elle pris son désir physique pour de l'amour…

— Différent comment ? interrogea Léa, dont le regard s'assombrit. Je vois bien que tu es inquiète.

— C'est difficile à dire. Il est… distant.

— Plus que d'habitude ?

Brianna sourit. Colton donnait toujours l'impression d'un duc hautain, conscient de ses privilèges, et non celle d'un homme chaleureux et facile à vivre. Mais elle savait qu'il avait en lui les deux facettes.

— Oui, plus que d'habitude. Il a peut-être du travail à rattraper après ce séjour à la campagne, mais...

Elle se tut, ne sachant comment expliquer ce qu'elle ressentait. Des larmes apparurent dans ses yeux, et elle se tourna vers la fenêtre, regardant la pluie s'abattre sur les vitres.

— Oui ?

— Mais il n'est plus venu me retrouver dans ma chambre, ajouta-t-elle la gorge serrée.

— Je vois. J'imagine que c'est inhabituel ?

— Tout à fait. Que ferais-tu, si Henry se comportait ainsi ?

— Je le questionnerais, bien entendu. Mais mon Henry n'est pas duc, ma chérie. Je ne pense pas que Rolthven ait l'habitude qu'on lui pose des questions. Tu es sans doute trop sensible. Les hommes sont d'humeur changeante, et tous les mariages passent par des hauts et des bas.

— Il se pourrait qu'il ait une maîtresse. J'ai tout fait pour éviter cela, mais...

Un petit sanglot lui noua la gorge et elle se tut. Léa la dévisagea avec curiosité.

— Tu as fait quoi ?

— Rien, n'en parlons plus.

Brianna se leva et posa sa tasse en la faisant tinter dans la soucoupe. En général, elle n'était pas aussi émotive. Elle ne pleurait jamais.

— Il faut que j'aille finir mes courses, dit-elle pour s'excuser, avant de prendre congé.

**

Ce retour à la routine aurait dû lui convenir. Cependant, Colton avait du mal à se détendre tandis que le carrosse avançait en cahotant sur les pavés glissants. Sa vie n'était soudain plus aussi ordonnée qu'il l'aurait voulu.

Cela faisait une semaine qu'ils étaient rentrés de la campagne. De l'avis de tous, sa fête d'anniversaire avait été un succès. Mais depuis cette soirée érotique avec Brianna, rien n'allait plus dans son couple.

Sa femme lui cachait quelque chose. Avec du recul, il se rendait compte que ce sentiment le poursuivait depuis quelque temps.

Non, elle ne ferait pas cela. Brianna n'était ni menteuse ni dissimulatrice. Elle était intelligente, généreuse, et très, très belle.

Ce dernier détail l'inquiétait.

Partout où elle allait, elle attirait l'attention. Bien qu'il ne l'ait jamais vue flirter avec un autre homme, il y avait chez elle une sensualité à fleur de peau.

Quand un homme épousait une aussi jolie femme que Brianna, il devait s'attendre à endurer les affres de la jalousie. Jusqu'à présent Colton n'avait pas considéré les choses sous cet angle, car il ne pensait pas avoir de raison de s'inquiéter.

La voiture s'arrêta avec un soubresaut. Il descendit. Le quartier, loin d'être sinistre, était constitué de maisons à l'allure respectable. L'enseigne de l'établissement qu'il cherchait était discrète, ne donnant aucune indication sur la nature des services proposés. Cela lui convenait parfaitement.

Il entra chez Hudson and Sons. Un jeune homme surgit immédiatement de derrière un bureau et s'inclina respectueusement.

— Votre Grâce. Mon père vous attend. Par ici, je vous prie.

— Merci.

Quelques minutes plus tard, Colton se retrouva assis dans un bureau encombré, face à un homme brun au regard dur, qui portait un petit bouc. Le duc toussota et s'apprêta à parler, mais M. Hudson le devança, lui facilitant grandement la tâche.

— Votre message était très précis, Votre Grâce. Vous souhaitez faire suivre votre femme, c'est bien cela ?

— Oui, c'est cela.

— Soyez assuré que nous sommes très compétents dans ce genre d'affaires et que votre confiance ne sera pas trahie.

— Je l'espère, répliqua Colton avec hauteur.

Il se servait rarement de son rang pour impressionner ses interlocuteurs, mais cette affaire était trop importante pour qu'il ne fasse pas usage de son pouvoir.

— Madame la duchesse ne doit se douter de rien. Si vous découvrez quelque chose, je réglerai cela moi-même, en privé.

— Je comprends.

— À quelle fréquence me ferez-vous parvenir vos rapports ?

— Aussi souvent que vous le souhaitez. Un par semaine pour commencer, si cela vous sied. À moins que nous ne remarquions quelque chose d'inhabituel... En général, lorsqu'une liaison existe, nous le découvrons très vite.

— Je ne pense pas que ma femme ait une liaison.

Hudson haussa les sourcils, pour exprimer son étonnement. Dans ces conditions, semblait-il vouloir dire, que faisait le duc dans son bureau ?

— J'espère qu'elle n'en a pas, rectifia Colton. Mon secrétaire vous enverra un chèque pour vos honoraires.

— J'ai besoin de connaître quelques détails sur ses déplacements quotidiens. Comment passe-t-elle son temps ?

— Je ne sais pas. Comme toutes les femmes, je suppose ?

Il ne suivait pas sa femme à la trace, bien au contraire. Colton se concentrait essentiellement sur son travail. Brianna sortait souvent pour faire des courses ou rendre visite à des amies. Elle s'occupait également d'orphelinats, pour lesquels il lui donnait de l'argent. Ses journées lui appartenaient, ils ne se retrouvaient que le soir. Pas tous les jours, puisqu'il passait fréquemment ses soirées au club. C'était un arrangement parfaitement normal pour un couple de leur rang.

Rien d'étonnant à ce qu'autant d'hommes et de femmes aient des liaisons adultères.

— Je vois. Aucune importance. Mon employé aura vite découvert ses habitudes.

Hudson griffonna quelques mots sur une feuille. C'était un homme froid, professionnel ; son visage demeurait parfaitement inexpressif.

— Je ne suis pas certain qu'elle ait des habitudes, déclara Colton, défendant sa femme malgré lui. J'ai été surpris par son comportement à une ou deux reprises, mais c'est tout.

— Surpris ? Comment cela ?

Les faits étaient irréfutables. Méthodique, il avait listé tous les petits détails qui lui avaient mis la puce à l'oreille.

Tout avait commencé avec cette robe terriblement provocante, qu'elle avait mise pour aller à l'opéra. C'est à ce moment que son comportement s'était mis à changer. Au lit, elle avait pris de plus en plus d'assurance, faisant des choses auxquelles aucune jeune dame convenable n'aurait pensé toute seule. Allant même jusqu'à l'attacher sur le lit pour lui faire l'amour !

Il ne lui avait lui-même jamais suggéré pareille chose. Les sous-vêtements suggestifs aussi. Pour une jeune femme innocente qui avait eu une vie protégée jusqu'à son mariage, cela était tout de même étrange.

Les premiers mois de leur union, elle avait été exactement telle qu'il s'y attendait. Au lit, timide et hésitante, toujours un peu embarrassée le lendemain.

Quelque chose avait changé. À présent sa femme faisait l'amour comme une courtisane. Et ce n'était pas lui qui avait fait son apprentissage !

Les hommes la remarquaient, la désiraient. Elle était belle et possédait une vitalité qui séduisait.

Était-ce pour cela qu'elle refusait de lui annoncer qu'elle était enceinte ? Et si l'enfant n'était pas de lui ?

Cette pensée lui déchira le cœur. Cela n'avait rien à voir avec la lignée, l'argent ou son titre. L'imaginer dans les bras d'un autre homme lui était insupportable. Comment pouvait-elle prétendre qu'elle l'aimait et le trahir ?

Il fallait absolument qu'il sache.

Cependant, il n'était pas disposé à exposer tout cela à M. Hudson, de chez Hudson and Sons. Par fierté, mais aussi parce qu'il ne voulait pas mettre Brianna dans l'embarras.

— C'est personnel, assena-t-il d'un ton bref, sans détourner les yeux.

— Très bien. Une description physique nous serait utile, car il y a sûrement beaucoup d'allées et venues chez vous.

— Ceci vous convient ?

Il donna à M. Hudson une miniature récente.

— Parfaitement. Mes compliments, la duchesse est ravissante. Avez-vous des soupçons sur une personne en particulier, Votre Grâce ? demanda Hudson, en contemplant le portrait. Un ami, un parent ? On est rarement trompé par de parfaits inconnus.

Pendant un instant, Colton eut le cœur si serré qu'il fut sur le point de renoncer à cette enquête. Il finit par se ressaisir. Si sa femme n'avait rien à se reprocher, tout irait bien. Sinon... il serait détruit. Anéanti.

— Non, répondit-il en se levant afin de mettre fin à cette pénible entrevue.

Bientôt, il saurait, se dit-il, morose, en grimpant dans son carrosse. Il ne lui restait plus qu'à espérer que cette découverte ne le précipiterait pas en enfer.

**

— Vous refusez de me le dire ?

Brianna darda sur son beau-frère un regard accusateur. Elle avait fini, non sans mal, par le coincer dans l'immense corridor qui distribuait les chambres, dans la demeure familiale de Mayfair. Elle comprenait pourquoi lord Wellington tenait tellement à lui. Damien était *malin*. Il avait deviné qu'elle voulait lui parler et s'était habilement arrangé pour l'éviter jusqu'ici.

— Ma chère Brianna, je ne peux rien vous refuser.

Il avait encore cet agaçant sourire énigmatique. Si elle ne lui avait pas barré le passage, l'empêchant de sortir de sa chambre, il l'aurait plantée là, sur cette remarque évasive.

— Damien, je vous estime beaucoup, mais j'exige que vous me disiez ce qui se passe dans cette maison.

Robert n'a pas prononcé un mot pendant tout le dîner l'autre soir, et Colton a un comportement très étrange. J'ai le sentiment que vous me tenez à l'écart de quelque chose.

À ce moment, sans le moindre signe avant-coureur, son estomac se contracta de nouveau. La sensation de nausée fut si violente qu'elle plaqua une main devant sa bouche, de crainte de vomir sur les bottes de son beau-frère. Ce dernier lui tendit son mouchoir.

— Prenez ceci, je vais chercher une bassine.

Quelques minutes plus tard, elle se retrouva assise dans un canapé du petit salon privé de Damien. Celui-ci lui tendit une compresse fraîche à poser sur son front.

— Je suis désolée, c'est allé si vite.

Damien sourit en s'agenouillant à côté d'elle.

— Rien d'étonnant. Je ne suis pas médecin, mais dans l'armée on apprend forcément ce genre de choses. Là où il y a des soldats, il y a des femmes qui suivent le régiment, et le résultat est inévitable. Toutes mes félicitations.

— Que voulez-vous dire ? répondit-elle, ébahie.

Damien se rembrunit et ne répondit pas tout de suite. Puis il demanda doucement :

— Cela vous arrive-t-il souvent ?

Depuis quelque temps, elle se sentait nauséeuse, mais ne vomissait pas systématiquement. Elle évitait les plats trop riches et les desserts.

— De temps à autre. Mais cela passera. Ne dites rien à Colton, je ne veux pas l'inquiéter pour rien.

— Cela passera, c'est certain. Mais réfléchissez. Si Colton agit de manière étrange, c'est peut-être parce qu'il a compris la cause de vos malaises.

— La cause ?

— Vous êtes une femme mariée.

Brianna battit des cils, déconcertée. Bien sûr, qu'elle était mariée. Quelle étrange remarque.

Damien jura à mi-voix.

— Je serai toujours étonné que l'aristocratie croie bon de tenir les jeunes femmes dans l'ignorance. Brianna, je n'irai pas par quatre chemins. Ne seriez-vous pas enceinte ?

Elle laissa échapper une exclamation de stupeur. Son beau-frère se balança sur ses talons, l'air amusé.

— Vous n'aviez pas pensé à cela ?

— Non, avoua-t-elle en secouant la tête. Cela rend malade ?

— Certaines femmes ont des nausées au début. Elles dorment davantage aussi. Et naturellement, le symptôme le plus évident est qu'elles n'ont plus leurs menstruations.

Il prononça ces mots avec détachement, mais Brianna rougit.

Elle se sentait complètement idiote. Un jeune homme célibataire comme Damien en savait plus qu'elle sur le sujet ! Apparemment, Colton lui-même avait deviné.

Pourquoi ne lui avait-il rien dit ?

— Je suppose que c'est possible, avoua-t-elle, d'une voix tremblotante.

— Puis-je vous prier de donner naissance à un garçon ? Cela me débarrassera du souci de devenir un jour l'héritier du duché. Je détesterais devoir repousser mon retour en Angleterre pour éviter de me retrouver face à une armée d'ambitieuses jeunes filles à marier.

— Je ferai de mon mieux, promit Brianna.

Elle se redressa et Damien se leva.

— Colton va être enchanté.

— Je pense que la plupart des hommes le sont.

Damien insista pour l'escorter jusqu'à sa suite. Une fois qu'il fut parti, Brianna sonna sa femme de chambre. Molly apparut aussitôt et Brianna lui demanda d'un ton neutre :

— Le duc vous a-t-il posé des questions sur moi dernièrement ?

La jeune femme parut soudain très mal à l'aise.

— Que voulez-vous dire, Votre Grâce ?

— Vous a-t-il posé des questions sur ma santé ?

Molly fit la moue et hocha la tête, hésitante.

— Quand nous étions en Essex, il a voulu savoir si vous étiez plus fatiguée que d'habitude, Votre Grâce. C'est naturel, dans votre condition. Nous sommes tous très heureux pour vous. C'est une bénédiction.

Merveilleux ! Tout le monde dans la maison savait qu'elle portait un enfant, sauf elle.

— Merci, parvint-elle à articuler.

— Aimeriez-vous une tasse de thé, madame ?

Elle acquiesça d'un hochement de tête.

Lorsque Molly fut sortie, elle demeura assise, les mains croisées, l'esprit en ébullition. Allait-elle vraiment avoir un enfant de Colton ? Sa gorge se noua. Elle était heureuse. Alors, pourquoi avait-elle envie de pleurer ?

Était-ce pour cette raison qu'il n'était plus venu dans son lit depuis leur retour de Rolthven ? Il agissait d'une façon tellement étrange, depuis quelque temps.

Brianna demeura assise, triste, au bord du lit. Damien, toujours aussi insaisissable qu'une anguille, n'avait répondu à aucune de ses questions. Elle n'était donc pas plus avancée. Elle ne savait toujours pas ce qui arrivait à Robert, et le fait qu'elle porte un enfant n'expliquait pas que Colton soit devenu aussi distant.

Que ferait lady Rothburg, à sa place ? Chassant sa mélancolie, elle se reporta une fois de plus au livre de la courtisane.

Aussi irritant qu'il soit, un homme a généralement de bonnes raisons de se conduire comme il le fait. La discrétion est nécessaire, car aucun homme n'apprécierait d'être épié par une femme. Mais vous avez tout intérêt à savoir ce qui le pousse à agir d'une certaine façon.

Ce n'est pas un cliché de dire que la connaissance est le pouvoir. C'est la pure vérité.

Tout cela se tenait parfaitement. Il fallait donc agir avec méthode.

Tout d'abord, s'assurer qu'elle portait réellement un enfant. Ensuite, obliger Colton à s'expliquer sur son éloignement soudain.

18

*En amour, quand les choses vont
mal, comme cela arrive souvent,
fiez-vous à votre instinct. Il vous
soufflera la solution.*
Extrait du chapitre intitulé :
*« Le soleil ne peut pas briller
tous les jours »*

— Tu veux bien me dire ce que nous faisons là ?

Robert se tourna vers son frère, les traits figés de
stupeur. Il reconnaissait parfaitement la maison
devant laquelle la voiture venait de s'arrêter, et qui
ne se trouvait qu'à quelques rues de la leur.

— J'ai laissé entendre à Mme Marston que je pas-
serais dans l'après-midi, expliqua Damien, sans
l'ombre d'un remords. De plus il faut que je parle à
sir Benedict. Nous ferons juste un saut chez eux, ne
prends pas cet air affolé.

— J'aurais dû me méfier quand tu m'as demandé
de t'accompagner à Tattersalls. Il m'arrive encore
d'oublier à quel point tu as l'esprit tortueux ! Je
t'attendrai dans la voiture.

— Avec ce temps ? C'est bigrement inconfortable !

242

Il faisait froid et humide. La pluie ne cessait de tomber depuis le matin. Robert croisa les bras et fusilla Damien du regard.

— Je survivrai. Ne t'attarde pas, sinon je demanderai au cocher de me ramener sans toi.

— Tu crois que Rebecca sera contente de savoir que tu préfères rester à grelotter dans le froid plutôt que de la voir ?

— La dernière chose que je veux, c'est lui donner un espoir. Laisse tomber.

— Tu es conscient que ses sentiments comptent aussi ? Tu es si égoïste que tu ne penses qu'à la poursuite de tes plaisirs. Mais une jeune fille belle et intelligente, de bonne famille, s'intéresse à toi. Je cesserai de croire à ton intelligence si tu laisses passer cette occasion.

Robert ouvrit la bouche pour se défendre, puis se ravisa.

— Je lui ai envoyé des fleurs, reprit Damien. J'ai juste écrit Northfield sur la carte. Sa mère pensera qu'elles sont de moi. Rebecca espérera que c'est un cadeau de toi.

— Tu es complètement fou ! explosa Robert. Reste en dehors de cette affaire !

— Depuis notre retour de Rolthven, tu es tellement bizarre que je ne te reconnais plus. Tu es d'une humeur exécrable. Ne nie pas, tout le monde s'en est aperçu. Écoute-moi, si tu ne veux pas changer de vie, d'accord. Mais je t'affirme, moi, que ta vie a déjà changé. Qu'est devenu le charmant Robert Northfield, qui traverse l'existence avec panache et insouciance, et met chaque soir une femme différente dans son lit ? Je ne pense pas que tu aies jeté dernièrement un seul coup d'œil aux beautés qui cherchent à attirer ton attention.

— Ce que je fais ne te regarde pas.

Le problème, c'était que Damien avait deviné juste. Robert n'avait pas couché avec une seule femme depuis cette maudite partie de campagne. Il n'était pas d'humeur.

— Tu es mon frère. Ton bonheur m'importe, que ça te plaise ou non. Réfléchis, ajouta Damien en ajustant ses gants. Nous rendons une visite. La mère de Rebecca me considère comme un prétendant intéressant, donc nous sommes bien reçus. Cela permet aux parents de Rebecca de s'habituer à te voir dans leur salon.

— Bon sang, mon vieux ! fit Robert, les dents serrées. Si je franchis cette porte, il y a toutes les chances que Benedict me fasse jeter dehors par ses valets. Je ne veux pas infliger une scène de ce genre à Rebecca.

— Je doute fort que cela arrive. Je te suggère aussi de danser au moins une fois avec Mlle Marston demain soir au bal des Phillips. Une seule valse, il faut commencer doucement pour ne pas faire jaser. Quand les Marston auront compris que tes intentions sont honorables, ils seront plus indulgents que tu ne le crois. Après tout, ils auraient pu obliger leur fille à se marier l'année dernière, et ils ne l'ont pas fait. Cela signifie qu'ils tiendront compte de son choix.

— Qu'est-ce qui te fait croire que sir Benedict ne me mettra pas à la porte ? demanda Robert, avec un regard soupçonneux.

— Fais-moi confiance.

— Ce n'est pas que...

— Robbie, le duc de Wellington me croit sur parole quand la vie de milliers de soldats est en jeu. Et je n'aurais pas la confiance de mon propre frère ?

Ne sachant que dire de plus, Robert hocha brièvement la tête.

— Si tu deviens un modèle de bienséance afin de courtiser leur fille, et que celle-ci t'accepte comme prétendant, je pense que leurs objections tomberont.

— Un modèle de bienséance ! répéta Robert, narquois. Je ne suis pas sûr de vouloir essayer.

— Mais tu n'es pas sûr de ne pas vouloir. Ce qui en dit long, répliqua Damien, l'air content de lui. Allons-y.

Robert descendit du carrosse en jurant. Quelques instants plus tard, il se retrouva dans le salon des Marston à écouter distraitement le bavardage de leur hôtesse. Toute son attention était fixée sur Rebecca.

Robert, qui jusqu'ici avait pu quitter des dizaines de femmes sans se retourner, ne pouvait détacher les yeux de la jeune fille. Que lui arrivait-il ?

Elle était adorable, dans sa robe de soie rose pâle, qui mettait en valeur la masse sombre et brillante de sa chevelure. Et ses yeux bleu-vert… Il aurait voulu se perdre dedans. Quand Damien s'excusa pour aller s'entretenir avec son père, elle écarquilla légèrement les yeux.

Robert s'aperçut qu'en dépit d'une réputation de séducteur infaillible, faire poliment la conversation à une matrone de la haute société et à sa fille innocente échappait totalement au domaine de ses capacités. Il se consola en se disant qu'elles semblaient aussi mal à l'aise que lui.

Il parvint à donner quelques réponses banales à leurs questions, avant d'en poser une à son tour.

— Je voulais vous demander d'où venaient les partitions que vous avez jouées lorsque nous étions à Rolthven. J'ai reconnu certains morceaux, mais pas tous. Ce sont ceux que je n'avais jamais entendus que j'ai préférés.

Pour une raison mystérieuse, les joues de Rebecca s'empourprèrent. Bon sang ! Et lui qui croyait avoir abordé un sujet qui l'intéressait !

— Dites-nous, lord Robert, demanda lady Marston d'une voix glaciale. Où avez-vous appris à jouer du violoncelle aussi divinement bien ? J'ignorais que vous possédiez ce talent.

Les paroles étaient polies, mais le ton ouvertement méprisant.

— Nous avons eu des professeurs de musique, mes frères et moi, dit-il vaguement.

— Le violoncelle est mon instrument préféré, déclara Rebecca en rajustant les plis de sa jupe.

— Moi aussi. Je joue aussi du violon et de la flûte, mais j'aime par-dessus tout le violoncelle.

— La duchesse est une jeune femme charmante, n'est-ce pas ? Nous avons fait un séjour très agréable, enchaîna lady Marston.

Elle tenait visiblement à orienter la conversation dans une autre direction.

Fort bien.

— Brianna est à la fois belle et gracieuse, admit Robert. Mon frère a de la chance. Je crois que vous êtes des amies d'enfance ? ajouta-t-il en souriant à Rebecca.

— Elles étaient inséparables quand elles étaient petites, dit lady Marston, sans laisser le temps à sa fille de répondre. Un peu espiègles, toutes les deux, mais cela a changé. Comme la plupart des jeunes dames bien élevées, elles ont renoncé à tout ce qui n'était pas conforme à la bienséance. Brianna a fait un splendide mariage, votre frère est l'image même de la respectabilité. Un vrai gentleman. La réputation de lord Damien est également irréprochable.

Dans d'autres circonstances, Robert aurait été amusé d'être rejeté de la liste des hommes respectables de la famille. Ce n'était pas le cas.

Le sous-entendu était clair. Toute association avec lui serait le comble de l'inconvenance pour une jeune fille de bonne famille. Malheureusement c'était vrai. Il ne pouvait pas se défendre et lady Marston le savait.

— Mes frères sont des hommes estimables, dit-il d'un ton détaché.

— Ils vous tiennent aussi en haute estime, ajouta Rebecca.

— Je l'espère.

— Oui, les hommes sont souvent aveugles aux défauts de leurs frères, fit remarquer lady Marston.

Rebecca ne put réprimer une petite exclamation consternée. Robert ne se faisait aucune illusion sur les sentiments de lady Marston à son égard, mais il s'attendait à un peu plus de retenue de sa part.

— C'est parce qu'au sein d'une fratrie, on se connaît parfaitement. La perception que les gens ont d'une personne est souvent très loin de la vérité, répondit-il d'un ton égal.

— C'est vrai ! renchérit Rebecca, avec un peu trop de vivacité.

— C'est possible dans certains cas. Mais toute rumeur contient un fond de vérité, déclara lady Marston d'un ton sentencieux.

Robert résista à l'envie de se tourner vers la porte. Mais où était donc passé Damien ?

Il était obsédé par la proximité de Rebecca et ne pouvait penser qu'à ses lèvres, à ses mains posées sur lui, au parfum de ses cheveux. À en juger par la façon dont elle le regardait, elle n'avait pas oublié leur baiser non plus.

De toute évidence, sa mère avait compris qu'il se tramait quelque chose.

Le manque de sophistication de Rebecca était à la fois déconcertant et adorable. Certaines femmes qu'il avait connues étaient capables de flirter au nez et à la barbe de leur mari. D'autres étaient veuves, ou entretenues, comme cette lady Rothburg qui avait écrit un manuel sur la façon de garder son mari, ou quelque chose dans ce genre. Robert ne fréquentait pas les maisons de rendez-vous et n'avait jamais payé pour garder une de ses maîtresses. Il ne manquait jamais de compagnie féminine.

La séduction était un art. Il l'avait étudié, avait affiné sa technique. Et il ne se sentait pas à l'aise dans l'atmosphère confinée de ce salon, avec une jeune fille qui méritait tous les égards et une cour romantique.

À son grand soulagement, Damien finit par réapparaître, et ils prirent congé. Une fois qu'ils furent installés dans la voiture, Robert dit sèchement :

— Je suis désolé, mais pour une fois ta stratégie a été désastreuse.

Damien se carra confortablement sur la banquette.

— Comment cela ? La jolie Rebecca ne veut plus de toi ? Pourtant, après ce baiser, j'aurais juré...

— Tu nous as regardés ?

— Je ne l'ai pas fait exprès. J'étais dehors dans l'obscurité, et la pièce était éclairée. Même à travers les rideaux, j'ai deviné ce qui se passait. Sans parler de son expression quand je l'ai ramenée au salon. Ces grands yeux rêveurs, ça ne trompe pas.

— Tu fais tout ce que tu peux pour que je me sente coupable. Cela ne fonctionnera pas.

— Seigneur, Robert, pourquoi es-tu si obtus ? Cela fonctionne déjà ! La belle demoiselle est conquise. Tout ce qui te reste à faire, c'est de convaincre ses parents que tes intentions sont honorables.

— Oh, c'est tout ? lança Robert, narquois. Les remarques de lady Marston sur mon caractère posent un léger problème. Elle n'aurait pu être plus claire. Je suis un gredin et je n'ai pas le droit de courtiser sa fille.

— Et alors ? Cela va te demander un effort, certes. Mais la belle Rebecca en vaut la peine, non ?

— C'est facile pour toi de me donner des conseils. Tu n'es pas à ma place.

Robert hésita, partagé entre la rancœur et autre chose. Une chose qu'il n'osait pas analyser.

— Écoute Damien, il y a peut-être une différence entre ce qu'elle veut et ce que je suis. Les femmes aiment Robert Northfield, le libertin. Mais elles ne s'intéressent pas à ce que je suis vraiment. J'aime la musique. Les soirées tranquilles à la maison. J'adore ma grand-mère. Et je rends visite aux amis de mon père simplement parce que je les aime.

— Tu crains donc que Rebecca soit amoureuse du débauché, et non de l'homme que tu es réellement ?

— Je ne sais pas.

— Oh, je t'en prie, accorde-lui plus de perspicacité que cela ! Elle est capable de faire la distinction entre l'homme qui joue du violoncelle et le dévoyé qui ne laisse voir que trop rarement une lueur de sensibilité.

— Une lueur ? répéta Robert en arquant les sourcils.

— Absolument, reconnut Damien que le ton outré de son frère laissa de marbre. Très franchement, je suis conscient que tu es le plus sensible de nous trois. Colton se réfugie dans son travail, moi dans la guerre et les intrigues du pays, et toi dans les bras des jolies femmes. Je ne prétends pas être philosophe, mais au moins tu privilégies le plaisir et le contact humain. Maintenant, explique-moi pourquoi tu ne pourrais pas tomber amoureux d'une jeune femme aussi sensible que toi, et lui être fidèle ? De toute évidence, passer d'un lit à l'autre ne te satisfait pas.

— Qui t'a dit cela ? Je ne veux rien changer à ma vie.

— Tu ne veux donc pas d'enfants ? J'ai toujours pensé que tu ferais un père merveilleux. Tu serais du genre à gambader avec tes fils sur la pelouse, ou à faire tournoyer tes filles dans tes bras. Tu es quelqu'un de sentimental...

— Seigneur, Damien, veux-tu te taire ?

Robert s'imagina tenant dans ses bras une petite fille aux cheveux sombres et aux yeux bleu lagon. Ce genre d'idée ne l'avait encore jamais traversé, et il fut envahi par un flot de panique et d'émotion qui le paralysa.

— Je me tairai si tu réponds franchement à une question.

Robert était prêt à tout accepter pour que son frère ne lui renvoie pas tant de vérités. Il acquiesça d'un bref signe de tête. Damien s'enfonça dans son siège et posa sur lui un regard perçant.

— Peux-tu supporter l'idée de lui faire du mal ? Car crois-moi, si tu disparais après lui avoir donné ce baiser, elle souffrira.

— Je n'ai pas l'intention de faire souffrir qui que ce soit !

— Tant mieux, dit doucement son frère.

*

Le silence était pesant. Rebecca étudiait avec attention le vase grec posé sur la table. Elle avait les mains moites. Le regard de sa mère était à la fois dur et pensif.

Lady Marston finit par briser le silence.

— Je peux savoir ce que tout cela signifie ?

— Que voulez-vous dire, mère ?

— Je n'arrive pas à le croire ! Robert Northfield t'a rendu visite. Et apparemment il t'a envoyé ce bouquet de tulipes qui a dû lui coûter une fortune. Pour l'amour du ciel, comment a-t-il fait pour dénicher des tulipes en cette saison ?

En fait, Rebecca soupçonnait Damien d'être l'auteur de cet envoi. Elle en voulait pour preuve la carte sur laquelle figurait simplement le nom de Northfield. Ce genre de geste était signé Damien. Robert aurait inscrit son prénom.

— Il est venu avec lord Damien. Ils se sont juste arrêtés au passage, avant de se rendre chez quelqu'un d'autre.

— Rebecca, je suis *ta mère*.

— J'ignorais que nous débattions de cette question, répliqua fort imprudemment la jeune fille.

Le sarcasme arrangeait rarement les choses.

Droite et hautaine, les mains croisées sur les genoux, sa mère la toisa.

— J'ai vu la façon dont il te regardait. Et surtout, dont toi, tu le regardais.

Il valait peut-être mieux se décider à dire la vérité.

— Cela fait quelque temps que je le regarde ainsi, déclara calmement Rebecca.

Sa mère resta sans voix, ce qui était rare. Rebecca poursuivit d'un ton plat :

— Il n'y a pas longtemps qu'il s'en est aperçu. J'avais l'impression d'être invisible. Quoi qu'on dise sur lui, une chose est vraie, c'est qu'il évite les jeunes filles à marier.

Mais sa visite de cet après-midi signifiait peut-être qu'il avait changé d'avis. Robert Northfield s'était assis dans ce salon, et il ne s'était pas comporté avec son habituelle nonchalance. C'était sûrement un progrès ?

— Je savais que je n'aurais jamais dû te laisser sortir avec lui, même cinq minutes, dit sa mère.

— Pourquoi lord Damien serait-il un parti acceptable quand Robert est à bannir ? Ils sont tous les deux frères d'un duc, ils ont une fortune respectable, ils sont beaux, bien éduqués et…

— Et c'est un débauché ! s'exclama lady Marston. Es-tu en train de me dire que nous devrions autoriser Robert Northfield à te faire la cour ?

— Je doute que cela arrive. Cependant, puisque vous me le demandez, j'aimerais non seulement que vous l'y autorisiez, mais aussi que vous l'encouragiez.

— L'encourager ? Mais il est… il est… de mœurs très libres.

— C'est ce que l'on dit, admit Rebecca avec un pincement de jalousie. Mais de nombreux gentlemen de la bonne société le sont également, mère. Je ne suis pas naïve. En épousant un homme de notre rang, je m'expose à ce que mon mari entretienne une maîtresse, ou ait des aventures. Toute femme a cette crainte lorsqu'elle choisit un époux, si respectable soit-il. Pourtant je pense que Robert serait différent s'il décidait de m'épouser. Quelque chose me dit qu'il serait loyal.

— Tu ne le connais pas assez pour le juger, répliqua sa mère avec une indignation mal contenue.

— Non ? Cela fait plus d'un an que je suis éprise de lui. Je l'ai observé, j'ai soutiré tous les détails possibles à Brianna. Chaque fois que son nom surgissait dans une conversation, j'écoutais ce que l'on disait de lui.

— Rebecca !

— C'est la vérité, mère.

Elle éprouvait un intense soulagement à prononcer ces mots qu'elle avait si longtemps tus. Refuser des demandes en mariage l'avait obligée à fournir des explications alambiquées qui manquaient de sincérité. Il valait mieux que tout soit clair.

Un nouveau silence s'installa.

Sa mère l'observa comme si elle la voyait pour la première fois. Son regard s'adoucit peu à peu.

— Je pense que tu es sincère, finit-elle par dire.

— Absolument !

— Je me suis interrogée une fois ou deux, pendant que nous étions à Rolthven Manor. Quand vous avez joué ensemble...

— Oui ?

— On ne tombe pas amoureuse d'un homme juste parce qu'il joue du violoncelle. Mais toi, tu es particulièrement sensible à un tel talent.

Sa mère se massa délicatement les tempes et ajouta :

— Je n'ai pas encore assimilé toutes les conséquences de cette... cette...

— Cette catastrophe ? suggéra Rebecca, non sans ironie.

— Je n'allais pas employer ce mot, mais je suppose qu'il convient. Tu es vraiment sûre d'aimer ce jeune homme ?

— Combien de fois devrai-je vous le dire ?

— Il ne plaît pas à ton père.

— Je sais. Mais il refuse de me dire pourquoi. De son côté, Robert se dit innocent des accusations portées contre lui, sans vouloir me révéler l'origine de leur différend.

— Les hommes ont la détestable habitude de nous tenir à l'écart de leurs querelles personnelles.

Rebecca ne s'attendait pas à ce genre de remarque et elle battit des paupières, déconcertée.

— Ce n'est pas le marquis de Highton, murmura sa mère. Cependant, c'est le frère d'un duc. Un excellent parti, en réalité.

Rebecca demeura muette de stupeur.

— Que croyais-tu ? Que je ne tiendrais pas compte de tes sentiments ? Tu es ma fille, et mon seul enfant. Si je n'avais pas vu lord Robert ici, aujourd'hui, je serais sans doute plus inquiète. Mais très franchement, il ne m'a pas fait l'effet d'un débauché ou d'un séducteur, comme je m'y attendais. Il avait l'air d'un homme mal à l'aise, en terrain inconnu. Et il ne t'a pas quittée des yeux.

Sa mère lissa sa jupe, l'air songeur.

— Tu sais, amener un tel homme jusqu'à l'autel, ce serait un coup d'éclat.

L'idée de Rebecca n'était pas d'impressionner la haute société, mais si cela pouvait décider sa mère, elle n'allait pas discuter.

— Je ne sais pas si ce sera possible. Damien semble penser que oui, mais Robert ne souhaite pas se marier.

— Comment le sais-tu ?

— Parce qu'il me l'a dit.

— Robert Northfield a parlé avec toi de ses idées sur le mariage ?

Juste avant de l'embrasser, mais Rebecca préféra passer ce détail sous silence. Elle s'absorba dans la contemplation des roses du tapis.

— Il ne veut rien changer à sa vie.

— Les hommes veulent rarement changer de style de vie, remarqua lady Marston en haussant les sourcils. Mais nous savons mieux qu'eux ce qu'ils veulent. Ils ont besoin d'être guidés dans la bonne direction.

Ces paroles étaient si proches de celles de lady Rothburg que Rebecca se détourna pour dissimuler sa surprise. Sa mère se serait trouvée mal si elle avait su qu'elle parlait comme une courtisane.

Oui, le conseil était bien le même.

— Le seul obstacle, c'est ton père.

— Je sais, murmura Rebecca, dépitée.

Un sourire se dessina sur les lèvres de sa mère. Un sourire malin.

— Faisons un pacte, ma chérie. Si tu parviens à mettre ce vaurien de lord Robert à genoux, moi je me charge de faire céder ton père. Les femmes ont une approche plus subtile des affaires de cœur que les hommes, mais en général elles finissent par obtenir ce qu'elles veulent.

Encore une phrase qui correspondait presque mot pour mot aux écrits de lady Rothburg. Rebecca ne sut que dire. Le livre avait été interdit juste après sa publication, dix ans auparavant. Mais il s'en était vendu des centaines d'exemplaires avant que le Parlement ne le fasse retirer des rayons des librairies. Sa mère n'aurait certainement pas acheté ce genre d'ouvrage ?

Non, c'était impossible.

19

La duplicité se paye toujours.
Extrait du chapitre intitulé :
« Ce que votre mari vous cache »

Colton se traita de menteur. De tricheur.

S'il s'était trompé, il insultait gravement sa femme en la faisant suivre. Brianna, épouse infidèle ?

Seigneur, faites qu'il se soit trompé.

Il avala une gorgée de vin et observa sa femme, assise à table face à lui. Elle était toujours aussi belle, mais paraissait légèrement mal à l'aise. Elle restait silencieuse, préoccupée. Toute la soirée, il avait dû faire un effort pour ne pas laisser un froid s'installer.

Se sentait-elle coupable ?

Bon sang, c'était lui qui avait ce sentiment ! Il venait d'engager un homme pour la suivre !

— C'est agréable de se retrouver en tête à tête, n'est-ce pas ? murmura-t-il.

— J'aime les soirées tranquilles à la maison. Nous devrions nous retrouver ainsi plus souvent.

Et faire l'amour.

La tenir à l'écart représentait une vraie torture. Pourtant, il la désirait.

Le premier rapport du détective était arrivé dans l'après-midi.

— Qu'as-tu fait aujourd'hui, ma chérie ?

Ne me mens pas, je t'en prie.

— Des courses. La couturière, ce genre de choses. J'ai rendu visite à Arabella avant de rentrer.

— Ah oui ?

— Oui.

Rien de plus. Il était au courant, bien sûr. Il connaissait tous ses faits et gestes. Il savait aussi qu'un gentleman était arrivé chez Arabella vingt minutes après Brianna. Les rideaux du salon de devant avaient alors été tirés. Le gentleman était resté plus d'une heure, après quoi Brianna et lui étaient repartis à quelques minutes d'intervalle. Hudson ne connaissait pas l'identité de ce mystérieux personnage, mais il menait son enquête.

Arabella était l'amie de Brianna depuis des années. Aurait-elle fourni un lieu discret à son épouse pour qu'elle puisse y retrouver son amant ? Colton souffrait atrocement.

Il prit une autre bouchée de rôti et mâcha lentement. La viande n'avait aucun goût. Il l'avala avec une gorgée de vin.

— Je vois, murmura-t-il. Comment va la comtesse ?

— Bien.

Il attendit qu'elle en dise davantage, mais Brianna continua de manger en silence.

Quand diable allait-elle se décider à lui annoncer qu'elle attendait un enfant ? Il posa ses couverts, renonçant à jouer la comédie. Il ferait mieux de lui poser carrément la question.

— J'ai envie de rendre visite à mes parents. Je partirai demain.

Elle prononça les mots à voix si basse qu'il faillit ne pas entendre.

— Non, répliqua-t-il aussitôt.

— Je... je te demande pardon ?

Il fallait qu'elle reste auprès de lui. Son amant pouvait être un ami d'enfance, ou un voisin. Et elle voulait peut-être lui annoncer qu'elle portait un enfant de lui ?

Il avait échafaudé des douzaines d'hypothèses. Une petite voix impitoyable lui martelait que quelqu'un apprenait à sa femme comment faire l'amour et rendre un homme fou de désir. Puisque ce n'était pas lui, qui était-ce ?

En toute logique, il n'existait qu'une seule explication. Elle avait un amant.

— Non, je ne te donne pas l'autorisation de partir.

— L'autorisation... ? balbutia-t-elle en laissant tomber sur le sol sa serviette de lin.

— Tu ne peux pas partir si je ne le permets pas.

Il était mesquin et tyrannique, mais c'était le dernier de ses soucis. Les soupçons et les nuits blanches ne l'engageaient pas à être aimable.

— Colton, chuchota-t-elle, choquée, pourquoi refuses-tu que je voie mes parents ?

— Je t'emmènerai moi-même chez eux quand j'aurai le temps.

— Le temps ? Bonté divine, mais quand l'auras-tu ? Ils vivent dans le Devon, à plusieurs jours d'ici. Et j'ai eu toutes les peines du monde à te faire déplacer jusqu'à Rolthven, à quelques lieues de Londres.

Elle avait entièrement raison, mais il n'était pas prêt à l'admettre.

— Colton, qu'est-ce qui ne va pas ?

— Tout va très bien.

— Je ne te crois pas. Mais je n'ai sans doute pas l'autorisation de ne pas être de ton avis ?

Il se pencha en avant, soutenant son regard.

— Vous feriez aussi bien de vous rappeler que vous avez besoin de ma permission quoi que vous entrepreniez, répliqua-t-il en colère, revenant instinctivement au vouvoiement. En m'épousant, vous avez prononcé des vœux de fidélité et d'obéissance. J'exige d'avoir les deux. Vous êtes ma femme, et par conséquent sous mon autorité.

— Votre autorité ? s'exclama-t-elle, à mi-chemin entre le rire et les sanglots.

L'arrivée d'un valet qui débarrassa les couverts, et d'un autre apportant le dessert, coupa court à la conversation. C'était aussi bien. À peine furent-ils ressortis, que Brianna se leva.

— Je vous prie de m'excuser.

— Asseyez-vous. Je ne veux pas de scène en présence des domestiques. Ils parleraient.

Ses problèmes avec sa femme ne regardaient personne. Il avait déjà trouvé bien assez humiliant de devoir exprimer ses soupçons devant Hudson.

Brianna se rassit et considéra sa mousse au chocolat avec dégoût.

— Mon estomac me joue des tours en ce moment. Ai-je besoin de votre royale permission pour ne pas manger ?

Ces mots rappelèrent à Colton qu'elle était enceinte. Elle portait un enfant, et il n'était pas un monstre. Même si parfois il agissait comme tel. Pourquoi ne lui disait-elle rien ?

— Si vous ne voulez pas de votre dessert, libre à vous. Mais restez pendant que je mange le mien.

Il n'avait plus très faim non plus, mais il tenait à avoir le dernier mot. Brianna le dévisagea comme s'il s'était soudain changé en une horrible bête.

— Je ne comprends pas votre humeur. J'ai l'impression d'avoir fait quelque chose de mal, mais je ne sais pas quoi.

— Vous n'avez rien fait de mal, ma chère, répondit Colton d'une voix doucereuse. N'est-ce pas ?

**

Brianna le considéra avec stupeur.

L'homme au regard froid assis face à elle était un étranger. Il dégustait calmement son vin, tout en la regardant comme si elle venait de commettre un crime atroce. Colton était rarement chaleureux, mais ce soir il était carrément hostile.

Damien prétendait que son frère serait fou de joie de savoir qu'elle portait un héritier, mais il n'avait pas encore prononcé un mot à ce sujet. Il avait questionné sa servante, mais ne lui avait rien dit, à elle. Pourtant il voulait des enfants, n'est-ce pas ?

Peut-être pas, songea-t-elle, abattue.

Cette situation ne devait pas lui plaire. Dans peu de temps elle serait grosse, lourde, et ne pourrait plus cacher son état. Certains aristocrates confiaient leurs enfants à des nourrices, puis à des gouvernantes. Puis ils étaient envoyés en pension, ou bien on les donnait en mariage pour s'en débarrasser.

Elle n'avait pas imaginé que Colton réagirait ainsi. L'idée qu'il ne partageait pas sa joie était déroutante.

À cause de son humeur curieuse, elle hésitait à lui en parler. C'est pourquoi elle avait demandé à Arabella de faire venir son médecin chez elle, plutôt que de consulter celui de la famille. Si elle n'était pas enceinte, pourquoi créer plus de tensions entre eux ? Mais sa grossesse était maintenant confirmée, et elle allait devoir en informer son mari.

— Je n'ai pas dit que vous aviez fait quelque chose de mal, déclara-t-il avec froideur. Ce sont vos mots, pas les miens.

Brianna resta stupéfaite.

Sa réaction était sans doute puérile, mais elle avait envie d'être auprès de sa mère. Cette dernière adorait les enfants et elle serait enchantée d'apprendre la nouvelle. Brianna avait besoin de quelqu'un pour la rassurer, la conseiller et la cajoler. Rebecca et Arabella étaient des amies merveilleuses, mais elles n'étaient pas encore mères de famille et ne sauraient pas l'aider. Léa lui avait envoyé un mot l'avertissant qu'un de ses enfants ne se portait pas bien et que la maladie était contagieuse. En attendant que cela s'arrange, Brianna ne pouvait même pas parler à sa sœur. Le Devon lui faisait l'effet d'un havre de paix.

Or, Colton refusait de la laisser partir. Jamais encore il n'avait fait usage d'un ton aussi arrogant avec elle.

Cela ne lui ressemblait pas. C'était un homme généreux, attentif et un parfait gentleman.

Pourtant ce soir, avec son costume de soirée trop conventionnel pour un dîner dans l'intimité, il avait l'allure d'un mari tyrannique.

Ses doigts élégants étaient agités d'un mouvement nerveux, ce qui n'était pas du tout habituel non plus.

— Damien m'a dit que j'allais probablement avoir un bébé, dit-elle tout à coup. C'est vrai.

Le regard de son mari se fit glacial.

— Quoi ? Comment diable Damien sait-il cela ?

— Il a deviné parce que j'ai vomi sur ses chaussures l'autre matin. Ne dites pas que la nouvelle vous surprend, je sais que vous avez interrogé ma femme de chambre.

Un nouveau silence s'abattit sur eux. Elle n'aurait sûrement pas dû prononcer le mot « vomir » à table, se reprocha-t-elle amèrement. Une maladresse de plus.

Ce n'était pas du tout comme cela qu'elle avait prévu de lui annoncer la nouvelle.

— Je me suis demandé si vous étiez enceinte, déclara Colton, les traits aussi figés qu'une statue de marbre. J'ai donc posé quelques questions, en effet.

— Pourquoi ne m'avez-vous rien dit ?

— J'attendais que ce soit vous qui me le disiez, répliqua-t-il, acerbe.

— Cet événement ne vous réjouit pas ?

— Ne soyez pas absurde. Je suis très content.

Une vague de soulagement la submergea, mais elle ne le croyait pas vraiment.

— Alors, qu'est-ce qui ne va pas ?

— Je ne sais pas encore.

— Colton, j'ai consulté un médecin. Nous allons avoir un enfant. Ne serait-il pas plus logique de célébrer cet événement, au lieu de nous quereller ? murmura-t-elle d'une voix qu'elle s'efforça de maîtriser.

L'espace d'un instant son expression changea. Elle vit une ombre de vulnérabilité se dessiner sous le masque de l'aristocrate hautain. Il n'était qu'un homme, et elle comprit que le poids de cette nouvelle responsabilité devait l'inquiéter autant qu'elle-même.

Ses doigts se figèrent sur son verre et il articula d'une voix lasse :

— Je vous dois des excuses. Je me suis montré grossier ce soir.

Ses yeux bleus plongèrent dans les siens, et elle sentit son cœur faire un bond. Il avait été insupportable en effet, et elle ne savait toujours pas pourquoi.

Mais cela importait peu. Elle l'aimait. Elle allait être la mère de son enfant.

— Vous m'avez tellement manqué, dit-elle doucement. Plus que vous ne l'imaginez. Je ne sais pas très bien pourquoi nous avons cette dispute, mais je sais que je ne supporterai pas de passer une nuit de plus sans vous.

Il se leva et jeta sa serviette sur la table. Puis il lui tendit la main et murmura tendrement :

— Je suis entièrement d'accord. Montons dans la chambre.

**

La violence de son désir l'effrayait lui-même.

La main posée sur ses reins, il espéra qu'elle ne percevait ni le tremblement de ses doigts ni sa respiration précipitée.

— Dans ma chambre, déclara-t-il d'un ton sans réplique.

Brianna hocha docilement la tête. Son parfum enivrant l'enveloppa comme une promesse. À peine la porte fut-elle refermée qu'il la serra dans ses bras, prenant possession de sa bouche avec une passion violente.

S'il y avait une chose qu'il avait su faire toute sa vie, c'était de contrôler ses émotions. Cela lui était devenu impossible avec Brianna. Il était comme ensorcelé, sous le charme de sa merveilleuse femme.

Il chercha à tâtons les boutons de sa robe, écarta les pans de tissu pour caresser sa peau soyeuse. Elle glissa les mains sous sa veste, plaquant une paume sur son cœur.

— Tu m'as tellement manqué, murmura-t-elle contre ses lèvres.

L'abstinence qu'il s'était imposée était censée l'aider à réfléchir. Il n'aurait pu évaluer ses doutes clairement, tout en partageant la couche de Brianna. Ses questions restaient donc sans réponses. La seule chose dont il était sûr, c'est qu'il ne pouvait vivre sans elle.

Il la débarrassa de sa chemise et s'agenouilla pour lui ôter ses mules et ses bas, laissant courir ses doigts le long de ses chevilles et de ses cuisses. Elle n'avait pas changé, remarqua-t-il en se demandant quand il pourrait voir enfin son ventre s'arrondir.

— Oh, Colton, murmura-t-elle lorsqu'il l'embrassa.

— Couche-toi, ordonna-t-il en se redressant.

La vision de son corps nu et rose lui enflamma les reins.

— Ne te couvre pas, ajouta-t-il brusquement. Je veux te regarder en me déshabillant.

Elle obéit et s'allongea. Ses seins étaient visiblement gonflés, les pointes roses et durcies. Son corps semblait plus plein, et de fines veines bleutées apparaissaient sous sa peau fine.

Colton prit son temps pour enlever ses vêtements, profitant de ces quelques secondes pour recouvrer son calme, et concentrer ses pensées sur le désir qu'il lisait dans les yeux de sa femme. Quand il la rejoignit dans le lit, elle referma les bras sur lui.

Il se concentra sur les sensations purement charnelles qu'ils se procuraient l'un l'autre, repoussant les pensées tumultueuses qui l'avaient agité ces derniers jours. Elle était là sous lui, douce et consentante, extraordinairement belle.

— Embrasse-moi, murmura-t-elle dans un souffle. Fais-moi l'amour.

Il s'immobilisa, les lèvres au-dessus des siennes.

S'il faisait cela, il lui ferait véritablement *l'amour*. Cela n'avait rien à voir avec un simple désir ou le devoir conjugal.

Il l'aimait.

Il avait peur. De la perdre. Oh, certes, il pouvait la garder quoi qu'il advienne. Elle était sa femme, il était duc, avait du pouvoir, de l'influence. Mais il avait besoin d'elle.

Elle était prête à le recevoir, vibrante de désir. Ses mains étaient plaquées sur ses reins, comme pour l'encourager à la posséder.

Le soir de son anniversaire, elle lui avait merveilleusement fait l'amour. Ses baisers étaient doux et torrides à la fois, ses gestes subtils, ses caresses suggestives. Colton voulait lui donner autant de plaisir ce soir. Il la pénétra doucement, tout en lui embrassant les tempes, les joues, le cou. Lorsqu'ils ne formèrent plus qu'un, il la pénétra plus profondément, lui arrachant un long gémissement de plaisir.

Il continua ses mouvements mesurés, précis, ne songeant plus qu'à son plaisir à elle. Finalement, elle se cambra et son cri d'extase emplit la chambre. Il la suivit dans une explosion de jouissance, qui le laissa pantelant et comblé.

Un peu plus tard dans la nuit, il la prit dans ses bras. Brianna dormait contre lui et il sentait son souffle sur sa gorge.

Il l'aimait. Bon sang, il l'aimait.

Quand il l'avait épousée, il ne s'attendait pas à cela.

Comment aurait-elle pu lui répondre avec autant de douceur et d'enthousiasme, si elle l'avait trahi ? Comment aurait-elle pu poser sur lui un regard aussi innocent, si elle avait été une Jézabel ? L'embrasser et se lover contre lui avec un tel abandon, si elle en avait aimé un autre ?

Pendant le dîner, elle avait paru très étonnée par ses réactions, et même blessée. Mais elle n'avait pas eu l'air coupable ou sur la défensive.

S'ils n'avaient pas eu cette discussion, lui aurait-elle annoncé qu'elle était enceinte ? Cette question demeurait dans son esprit. Elle s'était offerte à lui, sans réserve. Son désir pour elle était une faiblesse. En avait-elle profité pour détourner son attention ?

Seigneur, il détestait cette guerre qui se livrait dans son esprit.

Brianna changea de position, et retomba paisiblement dans le sommeil. Colton prit une boucle blonde et la lissa entre ses doigts.

Il était épuisé, mais savait qu'il ne pourrait dormir. Il avait au moins le plaisir de la serrer dans ses bras. C'était une chose simple et tellement importante, maintenant qu'il était conscient de la profondeur de ses sentiments.

Il pria pour ne pas commettre l'erreur de sa vie, en tombant amoureux de sa femme.

20

Dans le domaine de l'intrigue, ne sous-estimez pas les hommes. Ils ont beau dire que les femmes s'occupent trop de la vie des autres, ils sont aussi observateurs, et aussi capables qu'elles de se mêler des affaires de leurs semblables. Vous pouvez me croire.

Extrait du chapitre intitulé :
« Rumeurs, commérages
et sous-entendus »

Robert n'avait pas suivi le conseil de Damien, et n'avait pas invité Rebecca à danser. La toucher en public, même d'une façon aussi conventionnelle, lui paraissait dangereux.

Aussi, dans un moment d'égarement, avait-il invité sa mère.

— J'adore cet air, pas vous, monsieur ?

Lady Marston lui sourit, radieuse, comme si le fait que Robert Northfield danse avec une femme mariée, d'âge mûr, n'allait pas déchaîner les ragots.

Il lui avait fallu un certain courage pour l'inviter, car il avait dû percer les rangées de matrones qui bavardaient tout en surveillant leur fille ou leur pupille du coin de l'œil. Les conversations s'étaient tues, et quand il s'était incliné devant lady Marston, les commères étaient restées bouche bée.

— Il est agréable, mais moins impressionnant que la musique jouée par votre fille à Rolthven, dit-il en entraînant sa cavalière dans un tourbillon.

— Oui. Vous avez fait remarquer plusieurs fois que vous aviez apprécié son petit concert.

— Elle est belle et talentueuse.

Lady Marston fit la moue.

— Je suis consciente de l'intérêt que vous porte ma fille. Et vu votre expérience, je pense que vous vous en êtes aperçu aussi.

Il essayait de ne pas trop analyser le fait qu'il soit là, à danser avec lady Marston, mais, au fond de lui, il savait qu'il voulait connaître les conséquences de sa visite. Il ne savait pas si l'intervention de Damien était une bonne idée ou non, mais il n'avait pas cessé d'y penser.

— Je suis à la fois flatté et perplexe, dit-il. Et je suis sûr que vous comprenez pourquoi, madame.

— J'avoue que lorsque vous êtes arrivé l'autre jour, et que j'ai compris que ce n'était pas une simple visite de courtoisie, comme le prétendait votre frère, j'ai été quelque peu étonnée.

À cet instant, la musique cessa. Robert relâcha la main de sa cavalière et s'inclina.

— La suite dépend de vous, continua-t-elle. Si vous êtes sincère, je plaiderai votre cause auprès de Benedict.

Elle tourna les talons et s'éloigna. Conscient des regards braqués sur lui, Robert quitta la piste d'un air désinvolte.

Il se réfugia dans une des salles de jeu mais ne parvint pas à fixer son attention sur les cartes, oubliant même de récolter ses gains. Enfin, il se décida à quitter la table.

Il ne voulait pas courtiser qui que ce soit, il ne souhaitait pas vraiment se marier, mais il ne pouvait tout simplement pas faire sortir Rebecca de sa tête. Il la désirait, voulait goûter de nouveau à ses lèvres, sentir la chaleur de son corps, la tenir dans ses bras. Mais ce n'était pas *tout*.

*

Un quart d'heure plus tard, Robert descendit de son attelage, regarda les fenêtres illuminées de la maison de son ami Houseman, et sourit à un nouvel arrivant.

— Palmer ! Comment allez-vous ?

Lord Palmer, visiblement éméché, vacilla sur ses jambes.

— Bigrement bien, Northfield, merci. Vous êtes prêt pour une sacrée soirée, n'est-ce pas ? Il paraît que Betty va envoyer ses plus belles filles.

Robert demeura sur la réserve. Maintenant qu'il était là, la troupe de jeunes femmes aux mœurs légères lui semblait présenter moins d'attrait.

— Ce sera sûrement distrayant.

— Eh bien, il n'y a pas mieux que le jeu et les femmes pour distraire un homme, pas vrai ? rétorqua Palmer en lui donnant une bourrade dans les côtes. Je sais que vous êtes de mon avis.

Autrefois, peut-être. La seule raison pour laquelle Robert s'était précipité ici, c'était que cette soirée était la seule où il ne risquait pas de tomber nez à nez avec Rebecca. S'il rentrait chez lui, seul avec ses pensées, il deviendrait fou. Une nuit de débauche avec du champagne et des femmes était exactement ce qu'il lui fallait,.

— Oui, murmura-t-il en précédant lord Palmer à l'intérieur.

Il passa l'heure suivante plongé dans un ennui mortel. Enfin, une voix avinée annonça l'arrivée des filles. Un brouhaha d'excitation envahit la salle.

Robert décida qu'étant donné son état d'esprit, il valait mieux qu'il parte tout de suite. Il n'était pas d'humeur à regarder des femmes demi-nues se jeter au cou d'ivrognes. Comment avait-il pu trouver ce genre de choses distrayantes, autrefois ? Il demanda son pardessus à un valet et attendit en trépignant d'impatience que l'homme le lui apporte.

À cet instant, la porte s'ouvrit et une troupe de jeunes femmes s'engouffra à l'intérieur. Betty Benson tenait le bordel le plus luxueux de Londres et ses filles étaient toujours propres, saines et superbes de surcroît. Celles qui venaient d'apparaître ne faisaient pas exception. Le vacarme s'amplifia dans la maison tandis que les hommes se choisissaient une partenaire pour la soirée. Tous, à quelques exceptions près, étaient célibataires. C'était au moins une garantie que les filles seraient bien traitées et généreusement payées, se dit Robert en observant la scène d'un œil désapprobateur.

Diable ! Depuis quand avait-il la pudibonderie d'un homme d'Église ?

Soudain il se figea, incapable d'en croire ses yeux. La dernière fille qui franchit la porte était sagement vêtue d'un manteau bleu foncé, et ses cheveux étaient coiffés en chignon. Rien de provocant ni de sulfureux. C'était une dame. Rebecca.

Que diable venait-elle faire ici ?

Pourquoi était-elle arrivée avec un essaim de prostituées ?

La stupeur le cloua sur place.

Enfin, il agrippa le manteau que lui tendait le valet, traversa le hall en trois enjambées, et saisit le bras de la jeune femme avec force.

— Vous m'expliquerez plus tard ce que vous faites là. Il faut sortir d'ici immédiatement. Si vous essayez de protester, je vous prends sur mon épaule comme un vulgaire sac de pommes de terre !

✻✻

Rebecca voulut répliquer, mais les doigts de Robert se refermèrent sur son bras comme un étau et il l'entraîna sur le perron.

Elle n'oublierait jamais son expression quand il l'avait vue arriver.

Il était horrifié. Dire qu'elle s'était donné tant de mal pour arriver jusque-là !

Pourquoi était-il aussi fâché ? Parce qu'elle était seule ? Pas vraiment seule, puisqu'une voiture s'était arrêtée juste devant son fiacre. Plusieurs jeunes femmes en étaient descendues. Elle s'était demandé comment faire pour entrer dans la maison illuminée sans invitation, mais elle n'avait eu qu'à les suivre.

— Monsieur...

Il ne la laissa pas aller plus loin.

— J'ignore ce que vous faites là, mais ne prononcez pas un seul mot avant que nous ayons quitté cet endroit. Et pour l'amour du ciel, relevez votre capuche !

Il la poussa dans son carrosse, donna un coup au plafond, et la voiture s'ébranla.

— Voulez-vous m'expliquer, grommela-t-il entre ses dents, ce que vous faisiez là ? Je sais que vous n'étiez pas invitée. Pourquoi n'êtes-vous pas chez les Taller, avec vos parents ?

Rebecca ouvrit la bouche pour répondre, mais il enchaîna.

— Je vous ai observée toute la soirée. Vous avez dansé avec tous les hommes présents.

— Vous ne m'avez pas invitée.

— Bien sûr que non.

Sa réponse la blessa. Elle leva le menton, l'air offensé.

Cependant, il avait dansé avec sa mère. Cela signifiait quelque chose. C'était ce qui lui avait donné le courage de le suivre.

— Au cas où vous ne l'auriez pas remarqué, les jeunes femmes qui participent à cette soirée appartiennent à une autre catégorie sociale que vous. Espérons que personne ne vous ait vue.

De fait, elle ne connaissait aucune de ces femmes. Mais elles avaient des robes somptueuses, et…

Oh, non…

— Oui, dit-il, interprétant correctement son expression horrifiée. Elles gagnent leur vie d'une certaine façon. Rebecca, que veniez-vous faire ici ?

— J'ai entendu plusieurs messieurs parler de cette soirée. Ils ont prononcé votre nom en disant que vous étiez invité et que c'était pour cela que vous aviez brusquement quitté le bal. Je n'ai pas compris… Je voulais absolument vous parler, murmura-t-elle faiblement.

— Au point de détruire irrémédiablement votre réputation ? rétorqua-t-il d'un ton acerbe. C'est un désastre.

Elle craignait fort qu'il n'ait raison, mais elle se redressa de toute sa hauteur.

— J'ai pensé que j'aurais une chance de parler avec vous, si je parvenais à entrer. J'ai dit à mes parents que je me rendais à une autre réception avec Arabella et son mari. Je n'avais pas idée...

— En d'autres termes, vous avez menti.

Elle acquiesça. Il prononça entre ses dents un mot qu'elle n'avait jamais entendu, et elle se demanda ce qu'il signifiait. Mais ce n'était pas le moment de poser la question.

— Personne ne m'a vue sortir et appeler le fiacre. Arabella est au courant bien sûr, mais c'est la seule.

— Si quelqu'un vous a vue, c'est sur moi que retombera la faute, dit-il en se passant une main sur le visage. Vos parents m'accuseront. Et le monde entier les croira.

— Comment aurais-je pu deviner qu'il s'agissait d'une...

Elle se tut, ne trouvant pas un seul mot pour décrire la soirée à laquelle elle avait failli assister.

Robert s'enfonça dans la banquette souple du carrosse.

— D'un rassemblement de débauchés ? Ma chère, vous ne vous êtes pas demandé pourquoi vos parents et vous n'étiez pas invités ? Vous êtes pourtant sur la liste de toutes les hôtesses que compte la haute société. D'autre part, quand Gerald Houseman donne une soirée, c'est toujours une excuse pour les hommes de se retrouver et de se comporter plus librement que lorsque nous sommes avec des dames.

— Vous étiez donc là pour pouvoir vous comporter librement ?

— C'était mon idée. Mais comme vous avez pu le constater, j'allais partir.

— Pourquoi ? demanda-t-elle à mi-voix.

— Parce que finalement, je n'étais pas d'humeur.

— Damien dit que vous avez passé beaucoup de temps chez vous, dernièrement.

— Et alors, qu'y a-t-il de mal à cela ? Contrairement à l'opinion répandue selon laquelle je passe mes nuits à baguenauder en ville, il m'arrive très souvent de rester chez moi. Quoi qu'il en soit, cela importe peu car je n'ai pas de réputation à préserver. Vous si. Nous allons devoir trouver un moyen de vous ramener discrètement chez vous.

— Puisque le mal est fait, et que nous n'en sommes pas à quelques minutes près, pourriez-vous demander à votre cocher de rouler un moment pour nous laisser le temps de converser ?

Un muscle tressauta sur la joue de Robert.

— À en croire mon expérience, il vaut mieux éviter de discuter avec une femme. De quoi voulez-vous parler ?

Rebecca eut une légère hésitation. Son avenir dépendait peut-être de ce qu'elle allait dire.

— De nous.

Il marmonna de nouveau ce mot inconnu, et s'agita sur son siège.

— Rebecca...

— Pourrions-nous négocier ?

— Négocier ? répéta-t-il en la dévisageant. Comment ?

— Vous devez comprendre que je suis le contraire de vous, poursuivit-elle, le cœur battant à tout rompre.

— Cela, je l'avais remarqué, mademoiselle Marston.

Un peu plus détendue, elle s'autorisa le droit de rire, et reprit :

— Je veux dire que vous n'avez pas l'intention de renoncer à votre liberté. Bien. En tant que personne ne disposant d'aucune liberté du tout, je comprends pourquoi vous lui attachez une telle valeur. Nous pourrions faire un marché qui nous satisfasse mutuellement. Tout ce que je vous demande, c'est de me donner une chance.

Il ne bougea pas.

Était-elle vraiment en train de proposer une chose pareille ? De mettre son bonheur en jeu, sur les conseils d'une prostituée ? De baser son avenir sur un livre écrit par une femme perdue ?

Oui. Car la seule personne qui pouvait l'aider, c'était une femme. Sa mère elle-même l'avait dit. *Nous savons mieux qu'eux ce qu'ils veulent.*

Elle avait lu ce livre de la première à la dernière ligne. Elle avait été choquée, mais fascinée. Les conseils de lady Rothburg étaient une révélation pour elle. Elle avait compris qu'elle était exactement la femme qu'il fallait à Robert Northfield.

— Voulez-vous m'épouser ?

La question le laissa bouche bée. Il eut l'air si abasourdi que cela aurait été comique, si Rebecca n'avait vécu le moment le plus important de sa vie.

— Si nous nous marions, continua-t-elle, en maîtrisant à peine le tremblement de sa voix, et que je ne vous satisfais pas, vous serez libre de mener votre vie comme avant. Je n'y verrai aucune objection.

Rebecca marqua une pause et sourit, avant d'ajouter à voix basse :

— Toutefois, pour être honnête, je dois vous avertir que j'ai la ferme intention de vous satisfaire totalement.

⁂

Robert était conscient que son visage reflétait son incrédulité. Personne ne lui avait fait de proposition aussi éhontée, depuis l'âge de dix-sept ans. Élise avait alors douze ans de plus que lui, elle était actrice et ses intentions étaient d'ordre purement sexuel. Par un soir d'été, après une représentation, elle était venue le trouver pour lui murmurer à l'oreille ce qu'elle voulait de lui. Elle adorait les jeunes hommes, lui avait-elle dit de sa voix rauque et sensuelle.

Il avait été curieux et flatté. Cette première liaison avait lancé sa réputation et, au fil des ans, il avait reçu nombre de propositions du même genre.

Cette fois-ci, c'était entièrement différent.

Peut-être était-il victime d'une hallucination.

Il pinça les lèvres, et s'efforça de trouver une réponse intelligente. Rien ne lui vint à l'esprit.

La jeune fille ne se rendait sans doute pas compte de ce qu'impliquait la promesse qu'elle venait de faire. Mais l'idée de lui enseigner l'art d'aimer était tellement tentante.

Ses yeux, d'un bleu-vert lumineux, étaient rivés sur lui. Il avait été si choqué en la voyant arriver à la soirée qu'il n'avait pas pensé à donner d'instructions au cocher. Mais George l'avait certainement vue monter dans la voiture, et il attendait qu'on lui donne une adresse.

Un autre point à prendre en compte. Elle risquait d'avoir été reconnue. Si le bruit se répandait qu'elle s'était rendue chez Houseman, le scandale serait énorme.

Donc, il fallait peut-être qu'il l'épouse.

Peut-être avait-il envie de l'épouser.

Comme l'aurait souligné Damien, il n'était pas sûr de ne pas vouloir l'épouser. Mais il était absolument certain de ne pas vouloir épouser qui que ce soit d'autre qu'elle.

— Votre père ne sera pas d'accord, grommela-t-il.

— Ce n'est pas sûr. Ma mère vous aime bien. Elle ne s'opposera pas à une union entre nous. Je crois que ce genre d'intrigue la fascine. Ce fut un coup de génie, de l'inviter à danser.

— Ce n'était pas motivé. Je voulais juste...

Elle attendit qu'il finisse sa phrase.

Il n'avait aucune idée de ce qu'il voulait dire. Pourquoi avait-il dansé avec lady Marston ?

— Rebecca, finit-il par dire, vous êtes belle, riche et intelligente. Tous les prétendants de la bonne société sont à vos pieds.

— Bien, et vous en faites partie. Mes parents me pressent de choisir un époux. Je vous choisis. Accepterez-vous mon offre ?

— Ce n'est pas si simple.

— Vous êtes un bon parti, n'est-ce pas ? À moins que vous n'ayez une femme cachée quelque part, dont personne ne connaît l'existence ?

Diable. Elle savait qu'elle allait gagner la partie. Non, elle savait qu'elle avait déjà gagné.

Il était temps de reprendre la situation en main.

Elle poussa un petit cri lorsqu'il se pencha, l'enlaça et l'attira sur ses genoux, lui effleurant la tempe de ses lèvres.

— Pourquoi me faites-vous cet effet, Rebecca ?

— Je me suis souvent posé la même question. Je crains qu'il n'y ait pas d'explication.

Il fit glisser ses lèvres sur sa joue satinée, comme il l'avait fait lors de cette première nuit dans le jardin.

— Très bien, j'accepte vos conditions si vous acceptez les miennes.

— Je ne pense pas avoir d'objection à émettre, dit-elle malicieusement, en lui passant un bras autour du cou.

— Si je ne vous satisfais pas entièrement, vous serez libre de chercher une consolation ailleurs.

Mais je vous préviens, j'ai l'intention de susciter tout votre intérêt.

Alors, il l'embrassa. Un baiser ardent qui se prolongea. Longtemps. C'était à la fois une promesse et un vœu silencieux.

Quand il revint à la réalité et s'écarta légèrement, il n'avait aucune idée de l'endroit où se trouvait le carrosse. Mais il se sentait en paix avec lui-même.

— Il faudra nous marier bientôt, murmura-t-il.

— Pour préserver ma réputation, au cas où quelqu'un m'aurait vue ce soir ? s'enquit-elle dans un petit rire.

— Non, parce que je ne peux pas attendre.

Il se pressa contre elle, lui faisant sentir toute la force de son désir.

— Oh, fit-elle, troublée.

— J'ai une certaine réputation, vous savez.

Alors, elle renversa les rôles. Sa main glissa de la veste sur la jambe de Robert, puis elle le toucha, appuyant la paume de sa main contre son sexe. Il étouffa une exclamation.

— Pourquoi attendre ? murmura-t-elle. Nous sommes promis l'un à l'autre, et je viens d'accepter votre demande.

— Seigneur, ne dites pas cela ! s'exclama-t-il, se frottant malgré lui contre ses seins ronds et fermes. Ne me tentez pas.

— Votre résidence n'est pas loin d'ici. Emmenez-moi chez vous. Mes parents ne m'attendent pas avant des heures.

Il n'aurait pas dû. Un instant auparavant, il avait décidé de rentrer dans le rang des hommes mariés, qui honoraient leur femme après avoir prononcé des vœux solennels.

— Rebecca, non… je peux attendre.

— Et si je ne peux pas, moi ? N'oubliez pas que je rêve de vous depuis un an. Je vous désire depuis l'instant où je vous ai vu pour la première fois.

Une main fine se posa sur sa cravate pour en défaire le nœud.

— Nous avons toute la nuit devant nous. Si je ne rentre pas, mes parents penseront que j'ai dormi chez Arabella. Cela s'est déjà produit.

Elle n'avait aucune idée de ce qu'elle disait, de ce qu'elle proposait. Robert lui prit le poignet.

— Votre père peut encore me refuser votre main. Si je ne me conduis pas honorablement...

— Vous avez l'intention de le lui dire ? Moi, non.

Elle l'embrassa de nouveau, et il poussa un grognement en sentant le bout de sa langue sur ses lèvres. Quand elle lui eut défait le col de sa chemise, elle glissa une main sur son torse.

Robert interrompit leur baiser.

— Je dois vous ramener chez vos parents.

— Ne vous en faites pas pour mon père. Je vous épouserai, avec ou sans sa permission. Il refusera sans doute de m'accorder une dot...

— Je me moque de son argent. Je ne veux que vous.

Il repoussa prudemment Rebecca et la fit asseoir face à lui. Elle était un peu décoiffée, ses lèvres et ses joues étaient délicieusement roses.

— Je vous en prie, dit-elle, les yeux brillants.

La volonté de Robert vacilla. L'attrait qu'il éprouvait pour elle était si puissant qu'il fourra les mains dans ses poches, pour s'empêcher de la toucher.

Puis, marmonnant encore un juron, il frappa le plafond de sa canne pour ordonner au cocher de les ramener à la maison.

21

La société a établi des règles pour orienter le comportement des dames et des gentlemen. Mais dans un lit, nous ne sommes plus que des femmes et des hommes. Je vous recommande d'oublier les règles et de n'écouter que votre instinct.

Extrait du chapitre intitulé :
« C'est scandaleux ?
Est-ce bien important ? »

Lady Rothburg était un génie. Rebecca sentit la main de son fiancé se poser sur sa taille lorsqu'il l'aida à descendre du carrosse. Son regard de braise la troubla. Sans un mot, il la guida vers le perron.

Son fiancé. Robert Northfield.

— J'ai peu de domestiques, dit-il en ouvrant la porte lui-même. Et ils sont discrets.

Il fallait qu'ils le soient, au service d'un débauché de son envergure.

— Ils ont l'habitude que vous ameniez des femmes chez vous, répondit-elle en lui prenant la main.

— Non, je n'ai jamais fait venir de femme comme vous.

Non, certainement pas. Elle était vierge, l'avait demandé en mariage et lui avait promis une vie sexuelle épanouie. Il n'avait jamais dû en connaître des comme elle.

Pour les hommes, l'amour représente la vulnérabilité. Quand un homme s'attache à une femme, elle prend une grande influence sur sa vie. Cela les effraye, qu'ils l'avouent ou non. Ils aiment la passion mais ils évitent soigneusement l'amour. Lorsqu'un homme vous offre les deux, il vous fait le cadeau le plus fabuleux qui existe.

Sa chambre était à l'étage. Elle entraperçut un lit immense, tendu de soie sombre, une armoire, une paire de bottes posées près d'un fauteuil sculpté.

— Vous êtes sûre de vous ? demanda-t-il en lui posant les mains sur les épaules. Vous ne vous êtes pas préparée à cela, vous n'avez pas eu le temps d'en parler avec votre mère, comme le font les jeunes mariées. Rebecca, je ne veux pas briser votre réputation.

Une lampe restée allumée sur la cheminée éclairait ses cheveux de reflets dorés. Elle caressa la joue de son bien-aimé, sentant l'ombre d'une barbe sous ses doigts.

— Je suis prête, je n'ai pas besoin de parler à ma mère. Montrez-moi, chuchota-t-elle en repoussant son pardessus pour finir de lui déboutonner sa chemise. Je veux que vous me montriez tout ce qui se passe entre un homme et une femme.

Il repoussa lui-même sa chemise sur ses épaules. Son torse était dur, ses muscles bien dessinés.

— Je ne pense pas avoir le temps de tout vous montrer en une heure. Mais je ferai de mon mieux.

**

Robert n'avait encore jamais été séduit par une jeune ingénue. Jusqu'à accepter sa proposition de mariage. Et maintenant elle avait réussi à le débarrasser de tous ses vêtements, avec un enthousiasme qu'il n'aurait jamais cru possible chez une jeune vierge.

Apparemment, il fallait qu'il revoie ses idées concernant les jeunes filles à marier.

Mais pour l'instant, le désir qui lui embrasait les reins ne lui permettait plus de penser à rien.

Il lui dégrafa sa robe, la fit glisser sur ses épaules, et la mousseline jaune pâle tomba en tas sur le sol. Ses seins se dessinaient sous sa chemise de dentelle. Il ôta les épingles qui retenaient ses cheveux et les jeta au hasard sur le sol.

Une masse sombre et soyeuse se répandit dans le dos et sur les épaules de Rebecca. Il se pencha pour en inhaler le parfum délicat. Puis il la fit tourner sur elle-même.

— Je veux vous voir tout entière, conclut-il en la plaquant contre lui.

— Je ne serais pas là si je ne voulais pas aller jusqu'au bout, murmura-t-elle en pressant ses hanches contre les cuisses de Robert. J'ai confiance en vous.

Confiance ? Ses doigts virils s'immobilisèrent dans sa chevelure. Il n'était pas sûr d'avoir déjà entendu de telles paroles dans la bouche d'une femme. Pourtant elle devait être sincère, pour mettre son avenir entre ses mains.

— Vous pouvez avoir confiance, affirma-t-il d'un ton rassurant. Tout ce que vous me confierez, je le protégerai comme un trésor.

— Je l'ai toujours su.

Si elle lui offrait sa virginité, il n'y aurait pas de retour en arrière possible. Ni pour elle ni pour lui.

L'entourant de ses bras, il défit lentement le ruban de son corset. Le tissu se relâcha et le vêtement glissa, révélant des seins pâles et opulents, fermes, aux mamelons d'un délicat rose corail. Il baissa les yeux sur le triangle de boucles entre ses jambes, rêvant d'y enfouir les doigts...

Ou d'y poser ses lèvres. Mas il valait peut-être mieux ne pas être trop audacieux la première fois, quoi qu'elle en dise. Il serait doux et patient, se promit-il.

— Vite, dit Rebecca en renversant la tête contre son épaule. Touchez-moi... faites quelque chose...

Il se demanda brièvement si la passion de la jeune fille était due à une alchimie mystérieuse entre eux, ou à une sensualité innée. Ce pouvait être les deux à la fois, décida-t-il en la soulevant dans ses bras.

— Je vous promets que vous n'oublierez jamais cette nuit, dit-il en la déposant sur le lit.

Il admira ses longues jambes, la courbe arrondie de ses hanches, la rondeur de ses seins. Ses cheveux sombres formaient un contraste avec la blancheur des draps et celle de son corps.

Il enleva ses bottes et défit la ceinture de son pantalon. Rebecca ne le quittait pas des yeux, les lèvres entrouvertes. Sur son visage se lisait à la fois la surprise, l'admiration, l'impatience.

Il l'embrassa afin de dissiper son éventuelle appréhension, se pressa contre ses hanches pour lui faire sentir la force de sa virilité. Ses mains glissèrent sur son dos et sa taille avant d'emprisonner un sein. Elle frissonna.

— Vous êtes parfaite, chuchota-t-il en l'embrassant. Faite pour moi. Combien d'hommes ont dû rêver d'être à ma place en ce moment ?

— Je ne veux pas y penser. Nous sommes seuls au monde, tous les deux.

Elle avait raison. Les autres étaient oubliés. Ils avaient perdu, lui seul avait gagné.

— Oui, il n'y a personne. Uniquement vous et moi.

Et avec ces mots, il effaça toutes les maîtresses et son passé dissolu.

— Je suis prête, chuchota-t-elle.

Il sourit et murmura en penchant la tête :

— Vous le serez bientôt.

Il prit la pointe d'un sein entre ses lèvres et lui arracha un soupir tremblant.

Il s'appliqua alors à la préparer au plaisir magique qu'il voulait lui offrir. Tandis que ses lèvres taquinaient sa poitrine lourde de désir, ses doigts s'aventurèrent dans les replis humides et secrets de sa chair. Elle tressaillit sous la caresse. Son corps voluptueux était la tentation incarnée.

Elle était moins timide qu'il ne s'y attendait et ses jambes s'écartèrent pour lui livrer passage. Le parfum intime de son entrejambe le grisa. Il trouva le bouton délicat et le sentit gonfler sous ses doigts.

Rebecca se cambra et ses seins vinrent se presser contre son torse. Ses joues s'enflammèrent et elle crispa les doigts sur lui, étourdie de plaisir.

Lorsque la jouissance déferla, elle poussa un cri où se mêlaient la surprise et l'extase. Son corps fut parcouru de longs frissons. Alors, Robert se hissa au-dessus d'elle et se plaça entre ses jambes. Il attendit qu'elle ait recouvré ses esprits.

— Maintenant, lui souffla-t-il à l'oreille, tu es prête.

Il s'introduisit très légèrement en elle et la vit écarquiller les yeux. Il n'avait jamais fait preuve d'autant de prudence et de retenue. Il était pourtant consumé

284

de désir. Quand il rompit le voile de sa féminité, elle tressaillit de douleur et il l'embrassa tendrement pour la rassurer.

— Tout ira bien, chuchota-t-il. Je te le promets.

— Je m'attends à ce que vous soyez à la hauteur de votre réputation, lord Robert, répondit-elle non sans humour. Votre talent est légendaire. Prouvez-moi qu'il est bon de croire aux légendes.

— Rebecca, je...

— Montre-moi, insista-t-elle dans un souffle.

Alors, il se mit à bouger en elle. Elle gémit, puis finit par laisser échapper un long cri de plaisir alors que ses muscles se contractaient sur lui. La jouissance le submergea. Il s'abandonna à la vague qui l'emportait et se répandit dans la chaleur de sa bien-aimée.

22

Les malentendus sont inévitables.
Ils surgiront au moment où vous
vous y attendrez le moins. La façon
dont vous les surmonterez sera à la
mesure de l'amour que vous éprou-
vez l'un pour l'autre.
Extrait du chapitre intitulé :
« L'art de la discussion »

Cet homme était encore là. Cela paraissait incroyable mais elle était suivie.

La silhouette se faufila furtivement dans l'entrée d'un magasin, de l'autre côté de la rue. Brianna fut envahie d'une bouffée de peur et de colère. Devait-elle aller se plaindre aux autorités ? Après tout, son mari était un homme fortuné et quelqu'un cherchait peut-être à la kidnapper.

Cela faisait trois jours qu'elle l'avait repéré dans son sillage. Elle était persuadée que ce petit homme coiffé d'une casquette à carreaux la filait. Elle l'avait vu pour la première fois quand elle avait oublié son réticule dans la voiture et était retournée le chercher en hâte. Elle l'avait heurté au passage, mais elle n'y avait pas pris garde. Puis elle l'avait aperçu le jour suivant, habillé différemment. La troisième fois, sa curiosité s'était transformée en crainte.

Brianna retourna dans la boutique et demanda à la modiste s'il y avait une sortie à l'arrière du magasin. La femme acquiesça et la fit sortir. Elle accepta la pièce que Brianna lui tendit pour aller dire à son cocher de rentrer à la maison sans l'attendre. Puis elle se faufila dans la ruelle, avec un sentiment de libération.

Elle ne savait pas si sa ruse était nécessaire, mais la vie qu'elle portait en elle était plus précieuse que tout. Il fallait qu'elle soit prudente.

L'air était froid et sec et le ciel d'un bleu pur. Quand elle eut atteint l'extrémité de la ruelle, elle franchit la porte de service d'une boutique de tabac, traversa le magasin en présentant ses excuses au propriétaire éberlué, et regagna la grande rue.

Arabella n'habitait pas loin, elle décida donc de se rendre chez elle, près de St James. Par chance, lady Bonham était chez elle. Le majordome la conduisit dans le petit salon du premier étage.

— Bri, ta visite me fait plaisir !

— Je suis désolée de venir à l'improviste, mais cela m'a paru pratique.

— Pratique ? Quelle drôle d'idée.

Brianna s'assit. Ses nausées s'étaient espacées, mais il lui arrivait encore d'avoir mal au cœur.

— Pourrais-je avoir une tasse de thé ?

— Naturellement. Seigneur, comme tu es pâle ! Veux-tu t'allonger ?

— Une tasse de thé suffira à me remettre d'aplomb. Je suis juste un peu bouleversée. Quelle chance que tu sois à la maison !

Pendant sa fuite, une idée déplaisante avait germé dans son esprit et elle avait besoin d'en parler à quelqu'un.

— Que se passe-t-il ? Tu n'as vraiment pas l'air bien.

— Je ne sais pas par où commencer.

Le thé arriva, et elle en but une gorgée. Elle allait mieux, et elle put poursuivre.

— J'ai annoncé à Colton que nous allions avoir un enfant. Je pensais qu'il serait enchanté.

— Que veux-tu dire ? Il n'est pas heureux ?

— Il prétend que oui, mais je n'en suis pas sûre. Il me traite différemment. Et maintenant il y a *cela*.

— Quoi donc ? Explique-toi, Bri.

— Je suis suivie. Du moins je crois. Un horrible petit homme avec un chapeau marron. Je l'ai vu plusieurs fois dans la rue, et j'ai l'impression que ce n'est pas une coïncidence.

— Je ne comprends pas, avoua Arabella.

— Moi non plus. Mais je ne serais pas étonnée que Colton ait quelque chose à voir dans cette affaire. Il m'a posé des questions bizarres et je ne sais pas s'il est content ou non de la venue du bébé. Mais pourquoi mon mari me ferait-il suivre ?

Arabella ouvrit la bouche, et la referma sans avoir prononcé un mot. Son visage se colora et elle détourna les yeux.

— Si tu sais quelque chose, dis-le-moi, insista Brianna.

— Je ne sais rien, mais je crois que je devine. Rebecca m'a prêté le livre après l'avoir lu.

Brianna hocha la tête, l'air entendu. Le livre de lady Rothburg, naturellement.

— Je n'arrive pas à croire que nous avons lu cela. Nos mères ne le supporteraient pas. Mais je... oh, j'ai fait cette chose incroyable qu'elle conseille dans le chapitre dix.

Chapitre dix. Brianna réfléchit, puis laissa fuser un petit cri.

— Je vois. Mais si tu ne me dis pas tout de suite ce que cela vient faire dans ma situation présente, je vais devenir folle.

— Andrew a voulu savoir comment j'avais eu cette idée. Il était content, mais pas trop non plus, si tu vois ce que je veux dire.

— Je suis désolée, mais je ne vois pas.

— Il a beaucoup insisté et j'ai fini par lui avouer que j'avais lu ce livre. Il a été tellement soulagé, qu'il ne s'est même pas mis en colère.

— Soulagé ? Pourquoi ?

— Parce qu'il avait cru qu'un autre homme m'avait donné ces idées.

Brianna demeura sans voix.

— J'ai eu la même réaction que toi, reprit Arabella. Comment pouvait-il imaginer cela ? Il m'a expliqué qu'il ne savait pas comment j'aurais pu avoir cette idée de moi-même. Et c'est vrai. Je ne savais même pas que certaines femmes faisaient ce genre de choses. Sans le livre, je n'y aurais jamais songé. Colton est peut-être arrivé à la même conclusion qu'Andrew et il te fait suivre.

Seigneur, Colton croyait-il qu'elle avait une liaison ? Brianna demeura aussi immobile qu'une statue, revenant en silence sur les événements des dernières semaines.

Il lui avait demandé comment certaines idées lui étaient venues, mais elle avait éludé la question. Contrairement à Andrew, il n'avait pas insisté.

Et... mon Dieu... c'était après qu'elle l'ait attaché aux montants du lit que son attitude avait changé.

Sa main tremblait comme une feuille lorsqu'elle repoussa une mèche sur sa joue.

— Tu as raison, reconnut-elle d'une voix blanche. Oh, Bella, les hommes sont donc complètement fous ?

— Dans l'ensemble, oui, répondit sèchement son amie. Que vas-tu faire ?

— Je suppose que le meurtre est considéré comme un crime en Angleterre ?

— Malheureusement, oui. Faire passer un duc de vie à trépas doit être lourdement puni, même si le duc en question est particulièrement obtus.

— C'est tout de même tentant.

— Je me mets à ta place. Je me suis sentie offensée, mais Andrew n'est pas allé jusqu'à me faire suivre.

Son mari la faisait surveiller. C'était inconcevable.

— Colton va découvrir que contrairement à lui, je n'hésite pas à aborder certains sujets désagréables. Peux-tu me rendre le livre, s'il te plaît ?

— Il est caché dans ma chambre. Je vais le chercher.

Arabella sortit et revint presque aussitôt avec le petit volume relié de cuir. Elle le tendit à Brianna, les yeux brillants.

— Que vas-tu faire ?

— Donner une leçon à mon mari, répondit Brianna, plus furieuse qu'elle ne l'avait jamais été dans sa vie.

**

La porte de son bureau s'ouvrit à la volée et rebondit contre la cloison dans un bruit furieux. Personne n'avait frappé ni signalé sa présence avant d'entrer.

Colton leva la tête, interdit. Son secrétaire se leva si précipitamment qu'il trébucha. L'expression furibonde de Brianna laissait entrevoir un désastre.

— Bonjour ma chère, dit Colton avec une extrême douceur.

— Voilà.

Elle alla droit au bureau et déposa un livre sur la pile de courrier qu'il était en train d'examiner.

Brianna portait une robe couleur pastel, à la coupe sobre, qui moulait parfaitement ses formes. Ses yeux lançaient des éclairs. Colton toussota.

— Mills, vous pouvez disposer. Fermez la porte derrière vous, je vous prie.

Le jeune homme obtempéra et s'éclipsa avec une hâte presque comique.

— De toute évidence vous êtes en colère, déclara Colton quand ils furent seuls. Mais vous savez que je déteste me donner en spectacle devant les domestiques, Brianna.

— Vous détestez montrer vos sentiments en toutes circonstances, *Votre Grâce*. Je croyais pouvoir vous faire changer. Je me trompais. En récompense de mes efforts, je n'ai reçu que de la méfiance de votre part.

De la méfiance. Le jour se fit dans son esprit et il jura tout bas. Hudson and Sons n'avaient donc pas été aussi discrets que promis. C'était effectivement un désastre.

— Me faire changer ? répéta-t-il, déconcerté, en voyant des larmes briller dans les yeux de sa femme.

Brianna se pencha, posant les mains à plat sur le bureau.

— Vous avez engagé quelqu'un pour me suivre, Colton. Vous pensiez vraiment que j'avais une liaison ?

Une vague de soulagement déferla en lui. Il était évident que son indignation était sincère. Il s'empourpra et sa cravate lui parut soudain trop serrée.

— Vous devriez vous asseoir. Nous allons discuter calmement.

— Non. Je ne me calmerai pas. Contrairement à vous, je ne me soucie pas de laisser voir mes émotions.

— J'ai toujours été très réservé, Brianna, dit-il avec raideur. Vous le saviez avant de m'épouser. Je suis désolé que vous soyez déçue.

— Vous n'êtes pas réservé, vous êtes guindé. Vieux jeu.

Les mots furent prononcés d'un ton si méprisant qu'il eut l'impression de recevoir une gifle.

— Vieux jeu ? Je vois.

— Pourtant vous faisiez des progrès, grâce à cela.

Elle désigna le livre sur sa table. Bon sang, que voulait-elle dire ? Il baissa les yeux et déchiffra le titre, en lettres écarlates.

— Seigneur. Où avez-vous déniché cela ?

— Quelle importance ? Ce qui compte, c'est qu'il donne des renseignements très utiles.

— Et pourquoi... pensiez-vous avoir besoin de ces renseignements ?

— Parce que je ne veux pas finir comme lady Farrington et vous croiser à l'opéra au bras de votre maîtresse !

— Brianna, je n'ai pas de maîtresse !

— Je suis contente de le savoir, répondit-elle les lèvres tremblantes. Et je n'ai pas d'amant non plus, sachez-le. Mais plus tard ? Vous m'avez souvent fait remarquer le manque de fidélité parmi les couples de l'aristocratie, et j'entends les commérages autour de moi. Je ne veux pas que vous alliez dans le lit d'une autre parce que vous vous ennuyez avec moi.

Elle était si sincère, si adorable dans son indignation, que Colton fut tenté de la prendre dans ses bras pour lui prouver sur l'heure qu'il ne désirait personne d'autre qu'elle. Néanmoins, quelque chose lui disait que son enthousiasme ne serait pas bien accueilli. Avant tout, il devait réparer les dégâts qu'il avait causés.

— J'ai cru devenir fou, à me demander où vous aviez appris ces techniques si audacieuses. Pardonnez-moi d'avoir douté de vous, mais il était logique de penser que quelqu'un faisait votre éducation. Or, ce n'était pas moi.

— Cela va sans dire. Vous n'avez même pas pensé à m'enlever ma chemise de nuit quand nous avons fait l'amour pour la première fois, Colton.

— J'essayais de me conduire en gentleman.

Il y avait une différence entre ce qu'il aurait aimé faire et ce qu'il avait fait. Il avait voulu être poli et ménager la sensibilité de sa jeune femme.

— Lady Rothburg prétend qu'au lit, il n'y a plus ni dames ni gentlemen.

— Vraiment ?

Il croisa les bras et s'appuya à son bureau, les yeux fixés sur sa femme.

— J'en déduis, puisque c'est vous qui avez décidé ce changement, que vous me trouviez ennuyeux.

Ses paroles furent accueillies par un silence. Ce n'était pas flatteur.

— Pas ennuyeux, concéda-t-elle en rougissant un peu. Mais il manquait quelque chose. Ce qui se passait entre nous était agréable, mais ce n'était pas excitant.

— Vous désirez donc des émotions plus fortes ?

— Seulement avec vous, Colton, car je vous aime. Et oui, je vous préfère quand vous perdez un peu le contrôle et que vous me montrez que vous me désirez.

— Brianna…

— Désolée, mais je n'ai plus rien à vous dire.

Ayant prononcé ces mots, elle tourna les talons et sortit aussi brusquement qu'elle était entrée. Il eut le temps toutefois de voir une larme rouler sur sa joue. Elle l'écrasa d'un mouvement rageur de la main.

Il fallait qu'il se fasse pardonner, et il ne savait pas comment s'y prendre. Il était partagé entre la honte d'avoir offensé sa femme pour rien, et la joie de savoir qu'elle n'appartenait qu'à lui.

L'enfant qu'elle portait était le symbole de leur amour. Il n'avait jamais été aussi heureux de s'être trompé.

Curieux, il prit le livre, sujet de tant de quiproquos, et examina les lettres écarlates sur la couverture de cuir. Le texte méritait sans doute qu'on y jette un coup d'œil. Brianna y avait pioché de précieux conseils pour le séduire.

Lady Rothburg aurait peut-être quelque chose à lui apprendre, à lui aussi.

23

*La vie est pleine de surprises… et
de tous les mystères, l'amour est le
plus grand.*

*Extrait du chapitre intitulé :
« Gardez ce que vous possédez »*

C'était la seule possibilité qui s'offrait à lui. Robert
avait plongé dans la folie en acceptant de faire
l'amour avec Rebecca ! Maintenant qu'il devait se
présenter devant son père pour la demander en
mariage, le moins que Colton pouvait faire, c'était de
l'accompagner et de lui offrir son soutien et son aura
de respectabilité.

— Je t'en prie, Colton. Ma seule chance de
convaincre sir Benedict de m'accorder la main de sa
fille, c'est de me présenter avec toi.

Assis derrière son bureau jonché de courrier,
Colton garda le silence.

— Tu ne pourrais pas dire quelque chose, bon
sang ?

— Je crois que je vais rester muet pour l'éternité,
répondit son frère, incrédule. Tu veux que je
t'accompagne pour demander une jeune fille en
mariage ?

— Oui. S'il te plaît.

— Tu souhaites te marier.

— Non, pas du tout, voyons, répliqua Robert d'un ton acerbe. Colton, je t'en prie, ne fais pas l'idiot.

— Je fais de mon mieux, mais ma femme te dira que je ne réussis pas toujours.

Robert ne put s'empêcher de rire. Il y avait longtemps que son frère n'avait pas fait preuve d'un peu d'humour.

— Je ne te demanderais pas une telle faveur, Colt, si ce n'était pas aussi important.

— Le mariage est une chose importante, Robbie.

Colton prit l'air pensif et ajouta :

— Je t'accompagnerai, bien entendu.

— Il nous faudra une licence spéciale.

— C'est urgent à ce point ? s'exclama Colton en haussant les sourcils.

C'était le problème. S'ils se mariaient trop vite, tout le monde penserait qu'il avait séduit Rebecca. Or, Robert détestait l'idée que sa femme soit victime de cancans malveillants.

Cependant, il se pouvait qu'elle porte son enfant.

— Je n'ai pas dit cela. Nous voulons nous marier rapidement. C'est son idée aussi bien que la mienne.

Plusieurs jours s'étaient écoulés et l'arrivée de Rebecca chez Houseman avec une troupe de prostituées semblait être passée inaperçue. Pour autant, il ne voulait pas retarder la date du mariage.

Maintenant qu'il avait accepté cette idée, elle l'occupait entièrement. Il voulait avoir Rebecca chez lui, dans son lit, et surtout dans sa vie.

— Tâchons d'abord d'obtenir le consentement de sir Benedict, ensuite nous nous occuperons de la licence spéciale. Inutile d'éveiller ses soupçons tout de suite.

296

— Je suis d'accord.

— Nous irons cet après-midi. J'enverrai Mills annoncer notre visite. En attendant, reste assis. J'ai besoin de tes conseils.

Robert se rassit sans discuter. Colton examina rapidement la pile de lettres posées devant lui, et leva les yeux.

— Et je ne veux pas de sermon, d'accord ?

— Pourquoi diable te ferais-je un sermon ?

— Brianna m'en veut terriblement.

Ah, le problème concernait donc la ravissante épouse de son frère. Rien d'étonnant. Elle était le centre de sa vie.

— Puis-je savoir pourquoi ? interrogea Robert.

— J'ai engagé quelqu'un pour la suivre et elle s'en est aperçue.

— Mais pourquoi ?

— Parce que cet imbécile s'est fait repérer.

— Non, pourquoi as-tu fait suivre Brianna ?

— Parce que je me demandais... Oh, et puis zut !

Colton se passa une main dans les cheveux.

— Je craignais qu'elle ne me trompe. J'avais tort, mais elle ne veut pas me pardonner. Nous avons à peine échangé un mot en deux jours.

— Brianna, infidèle ? Mais où diable es-tu allé chercher cela ?

— Je pensais avoir une preuve. En fait, c'était un énorme malentendu. Néanmoins, il n'était pas étonnant que j'en vins à cette conclusion. Il faut que je trouve un moyen de me réconcilier avec elle. Elle refuse de me recevoir. Je suis étonné qu'elle ne soit pas déjà partie chez ses parents, sans m'en demander l'autorisation.

Robert était stupéfait que Colton, qui analysait tout avec tant de précautions, ait commis une erreur aussi grave.

Brianna ne serait jamais infidèle. C'était une certitude pour Robert. Elle aimait profondément Colton. Autant que ce dernier l'aimait.

— Elle n'est pas partie, parce que bien que tu l'aies insultée et que tu aies ignoré la profondeur de ses sentiments pour toi, elle t'aime assez pour rester. Elle veut encore plus que toi que vous vous réconciliez. C'est tout à ton avantage.

— Tu crois ?

— Cela ne signifie pas que tu ne seras pas obligé de ramper devant elle pour qu'elle te pardonne.

— Je ferai tout ce qu'il faudra, bougonna Colton. Je ne veux pas qu'elle soit malheureuse. Et je ne sais pas comment m'y prendre pour tout arranger.

— J'ai quelques idées.

Un sourire flotta sur les lèvres de Robert. Il était doué pour amadouer les belles, lorsqu'il les avait malencontreusement froissées.

— Très bien, déclara Colton. Aide-moi, et je ferai mon possible pour que sir Benedict ne te torde pas le cou quand tu lui annonceras que tu veux épouser sa fille au plus vite.

⁂

Ils étaient à l'étage, enfermés dans le bureau de son père.

Robert, son père, et le duc de Rolthven.

Renonçant à arpenter la salle de musique, Rebecca s'assit devant le piano et laissa distraitement ses doigts courir sur le clavier.

Elle ne parvenait pas à croire que cela arrivait enfin. Elle devait vivre un rêve. Robert Northfield était venu demander officiellement sa main. *Robert*.

Un vaurien, un débauché, un libertin de la pire espèce... Du moins, à ce que l'on disait. Lorsqu'elle avait suggéré de passer la nuit chez lui, l'autre soir, il avait commencé par refuser, en assurant qu'il pouvait attendre.

Elle ne l'en aimait que davantage. Surtout qu'il avait fini par céder. Il avait été doux, ardent, lui offrant un plaisir exquis qu'elle n'aurait jamais pu imaginer. Robert serait un mari parfait, elle l'avait toujours su.

Si son père comprenait cela, elle deviendrait la femme la plus heureuse d'Angleterre.

Mais ce n'était pas gagné.

Éprouvant le besoin de calmer son impatience, Rebecca prit la première partition qui lui tomba sous la main et se mit à jouer. C'était un morceau qu'elle avait commencé à composer quelques semaines plus tôt, juste avant de rencontrer Robert dans les jardins des Hampton.

La porte s'ouvrit et ses doigts se figèrent.

Robert vint s'accouder au piano.

— Très joli, murmura-t-il. C'est de vous ?

Un léger sourire flottait sur ses lèvres. Son père avait-il accepté ?

— Je m'en doutais depuis le début, poursuivit-il. Je me suis demandé si vous étiez l'auteur du morceau que nous avons joué à Rolthven.

— Je sais que ce n'est pas une occupation convenable pour une dame, répondit-elle le cœur battant.

— J'aime que vous ne vous comportiez pas convenablement. Comme l'autre soir.

Rebecca songea aux conseils de lady Rothburg et ses joues s'empourprèrent.

— Puisque vous êtes encore là, je suppose que mon père…

— Au début il n'a pas été très coopératif, je l'avoue. Mais grâce à votre mère, qui a tenu parole, et à sir John, l'ami de mon père qui est aussi un proche du vôtre, ma réputation a été quelque peu rétablie. D'autres facteurs ont joué : le neveu qui était au centre de notre désaccord. Il n'a pas montré de grande rigueur morale. Il a dû s'enfuir dans les colonies car il ne parvenait plus à honorer ses dettes de jeu. Votre père a donc fini par admettre à contrecœur que je n'ai pas l'âme aussi noire qu'il le croyait.

— Je suis contente qu'il sache enfin la vérité.

— Colton m'a également soutenu. C'est lui qui a plaidé en faveur d'un mariage rapide. Il a laissé entendre qu'étant donné ma réputation, les rumeurs risquaient d'aller bon train. Un mariage préviendra ce genre de scandale. Sa méthode a fonctionné, votre père a cédé. Mon frère, personnalité éminemment respectable, sait mieux que personne ce qui terrifie les gens de la bonne société.

Robert contourna le piano et s'assit à côté d'elle. Il appuya sur une touche et la vibration de la note emplit la pièce. Rebecca sentit la pression de sa cuisse musclée contre la sienne.

— Êtes-vous sûre de vouloir vous marier ? demanda-t-il en fixant sur elle son regard bleu azur.

Elle n'eut aucune hésitation.

— Oui.

— Je n'ai aucune expérience en tant que mari.

— C'est le cas de tous ceux qui se marient pour la première fois.

300

Il avait un parfum merveilleux, épicé, enivrant. Qui aurait cru qu'un homme qui passait sa vie auprès des chevaux, ou dans des salles de jeu enfumées, pouvait sentir aussi bon ?

Comme si un lien mystérieux les unissait, il se pencha au même instant pour murmurer :

— J'aime ton parfum. Après la première nuit, dans le jardin, je n'ai pas pu l'oublier. Cela, et la couleur de tes yeux.

Il allait l'embrasser. Elle avait désespérément envie qu'il le fasse. Puis qu'il l'allonge sur la banquette pour la posséder comme l'autre soir.

— Je porterai ce parfum tout le temps, promit-elle.

— Et tes cheveux… j'ai essayé pendant des heures d'en définir la couleur. Cela aurait dû m'éclairer sur mes sentiments. Un homme qui passe son temps à philosopher sur les nuances d'une chevelure n'est pas dans son état normal.

— Ce n'est pas une maladie non plus.

— Non ?

Il lui prit le menton.

— De quelle couleur sont-ils ? demanda-t-elle en s'humectant les lèvres.

— Quoi donc ?

— Mes cheveux.

Robert posa les lèvres sur les siennes, sans se soucier de la porte qui était restée ouverte.

— Je n'en suis toujours pas sûr. Il faudra que je continue de les examiner pendant les cinquante années à venir.

— C'est merveilleux. Je ne rêve pas ?

— Je ne cesse de me poser la même question, avoua-t-il en riant doucement.

24

*Une femme sait qu'un homme
l'aime vraiment, s'il est capable de
s'excuser lorsqu'il commet une
erreur. Vous verrez la sincérité dans
ses yeux. Faites-moi confiance, vous
saurez en croisant son regard.
L'amour a un éclat spécial.*
Extrait du chapitre intitulé :
« M'aime-t-il ? »

Brianna s'immobilisa sur le seuil de sa chambre.
Elle ne s'attendait pas à y trouver son mari. Une robe
de soirée était étalée sur le lit et Colton était assis
près de la cheminée, le regard braqué sur elle. Il avait
un verre de brandy à la main, sa pose était nonchalante, mais la raideur de ses épaules trahissait sa
nervosité.

— Allez-vous vous décider à entrer ?

— Je ne sais pas.

L'affront qu'il lui avait fait subir était impardonnable. Mais elle craignait de lui avoir déjà pardonné. Il
lui manquait. Une fois que son indignation était
retombée, elle avait un peu compris qu'il ait douté
d'elle. Cela ne l'excusait pas. Mais sa propre inexpérience était aussi la cause du problème. Tout ce

qu'elle avait voulu, c'était lui plaire. À l'époque cela lui avait paru très simple.

En fait, ça ne l'était pas du tout.

— C'est votre chambre, reprit-il avec douceur. Je suppose que vous êtes venue vous changer pour sortir.

C'était bien son intention. Sa vie personnelle était chamboulée certes, mais il était inutile de le faire savoir à toute la haute société, et elle avait donc accepté une invitation.

— Où est ma femme de chambre ?

— Je l'ai congédiée pour la soirée.

— Colton...

Il ne la laissa pas aller plus loin.

— À la mort de mon père, je me suis senti perdu, dit-il. Ce n'est pas une excuse, mais je vous demande de me laisser une chance de m'expliquer. Voulez-vous me l'accorder ?

Il ne parlait jamais de son père. Et son attitude était d'une humilité éloquente. Brianna entra, ferma la porte derrière elle et s'assit face à lui, devant sa table de toilette.

— Je n'avais que vingt ans, enchaîna-t-il avec un pâle sourire. Votre âge. Et je me retrouvais soudain responsable de tous ces gens autour de moi. Mon père était fort, vigoureux. Il était impossible de prévoir qu'il serait emporté en quelques jours par la maladie. Quand il fut mort, tous les regards se sont tournés vers moi. Et je n'avais aucune idée de ce que je devais faire.

Brianna comprit que son mari luttait pour exprimer ses sentiments. Elle aurait juré voir des larmes briller dans ses yeux.

— Je me doutais bien que je deviendrais duc un jour, mais je n'aurais jamais pensé que cela arriverait aussi vite. J'avais été éduqué, conseillé dans ce seul but, mais personne ne m'avait prévenu que la transition serait aussi rude. Savoir qu'on est l'héritier d'un titre est une idée abstraite. Hériter réellement est une tout autre affaire.

— Mon cher, murmura-t-elle, la voix rauque.

— Non, laissez-moi finir. Vous méritez que je vous explique tout cela. Ce jour-là, je me sentis trahi. Par mon père, par sa mort. C'est ridicule, n'est-ce pas ? J'étais jeune, mais j'étais déjà un homme. Je dus mettre mon chagrin de côté, je n'avais pas de temps à consacrer au deuil et à la douleur. Je me jetai à cœur perdu dans ma tâche, endossant mon rôle de duc et oubliant toutes les autres choses si importantes dans la vie. Par chance, vous venez de les rappeler à mon souvenir.

Brianna était figée de stupeur. Colton n'était pas homme à ouvrir son cœur de la sorte.

— Puis-je vous demander un peu d'indulgence pour ma stupidité ? La façon dont vous avez agi m'a plongé dans la confusion. Je suis certes impardonnable d'avoir envisagé le pire, mais auprès de vous je me sens étrangement vulnérable. Ajoutez à cela l'arrivée d'un enfant et l'impression que j'avais que vous me cachiez quelque chose. Je me suis senti détruit. J'ai voulu reprendre le contrôle de la situation. Je suis idiot. Un idiot qui aime sa femme à la folie.

Brianna fut incapable de prononcer un mot.

— Je ne m'étais pas rendu compte de ce qui m'arrivait. *Nous* arrivait, en fait.

Elle demeura assise, les mains croisées, mais son cœur battait plus fort.

— Vous ne saviez pas que vous m'aimiez ?

Il se frotta le menton, et avoua, d'une voix étouffée :

— Oui, Brianna. Mon Dieu, oui, je vous aime.

***

Il vit des larmes dans les yeux de sa femme, un sourire tremblant apparut sur ses lèvres. Elle se leva et vint vers lui. L'étiquette aurait voulu qu'il se lève aussi, mais il resta là, fasciné par l'expression de tendresse sur son visage.

Elle prit le verre de brandy et le posa sur la cheminée. Puis elle s'assit sur ses genoux et lui caressa tendrement la joue.

— Je vous avais déjà pardonné, vous savez. Je ne peux pas rester longtemps en colère contre vous. Et je suppose que je suis un peu fautive. J'avais de bonnes intentions, mais je n'aurais pas dû acheter le livre de lady Rothburg. Ce n'était pas convenable.

— En effet. Mais je trouve cette femme admirable. Je ne suis pas d'accord avec toutes ses remarques, mais dans l'ensemble elle a raison. Elle est très perspicace.

Brianna écarquilla les yeux.

— Vous avez lu son livre ?

— Absolument. Jusqu'à la fin. Vous l'aviez laissé sur mon bureau.

— Vous n'êtes donc pas aussi vieux jeu que je le pensais, Colton !

— Je m'efforcerai d'avoir l'esprit un peu plus ouvert, à l'avenir, admit-il avec une petite grimace.

Brianna se pencha et lui embrassa légèrement les lèvres.

— Lequel de ses conseils avez-vous préféré ? murmura-t-elle d'une voix de velours. Je suis curieuse de le savoir.

Il lui agrippa les hanches et la cala contre lui.

— Peu importe ce que nous faisons, ce que je préfère c'est vous, Brianna.

— Mmm. Je peux garder le livre, alors ?

— Je le ferai encadrer dans un coffret de verre.

Il ôta les épingles de ses cheveux et lui mordilla le lobe de l'oreille. Le souffle de Brianna lui effleura la joue.

— Lady Rothburg serait flattée, mais vous n'êtes pas obligé d'en faire autant. Cependant, j'ai une faveur à vous demander.

Les lèvres dans son cou, il acquiesça d'un grognement.

— À partir de maintenant, j'aimerais que nous partagions le même lit.

— C'est ce que nous allons faire sur-le-champ.

— Non. Enfin oui, mais ce n'est pas ce que je veux dire. Cela va peut-être vous paraître ridicule, mais je veux me réveiller près de vous, entendre votre respiration, sentir la chaleur de votre corps contre moi.

Il traça du bout du doigt la ligne de son sourcil et sourit.

— Je serais enchanté que vous dormiez avec moi toutes les nuits. Que puis-je vous donner d'autre ? Demandez et vous l'obtiendrez.

Elle secoua la tête.

— Je ne vois pas ce qu'une femme peut désirer de plus.

Elle était duchesse, mariée à l'un des hommes les plus riches d'Angleterre, elle possédait une beauté incroyable, une vie privilégiée, et elle réclamait le plus simple des cadeaux.

Elle pouvait lui demander tout ce qu'elle voulait, elle savait qu'il pourrait le lui offrir. Elle voulait simplement dormir avec lui.

Comment avait-il trouvé ce merveilleux trésor ?

Il ne la méritait pas.

— Nous pourrions rester à la maison ce soir, suggéra-t-il en la soulevant dans ses bras. Nous dînerons et passerons la soirée ensemble.

— C'est une idée merveilleuse. Lady Rothburg a écrit tout un chapitre sur les femmes enceintes. Il en ressort qu'elles sont plus amoureuses qu'en temps normal. Je pense qu'elle a raison.

Seigneur, il l'espérait de tout son cœur.

— Cette femme est une experte, dit-il en ouvrant la porte de sa chambre d'un coup d'épaule. Elle a eu une merveilleuse idée de vouloir faire profiter les autres de son expérience.

— Vous, le duc de Rolthven, vous chantez les louanges d'une courtisane ? s'exclama sa femme en riant.

Colton la déposa sur le lit.

— Absolument.

Il la déshabilla, tout en l'embrassant et en lui murmurant des paroles coquines.

La réaction de Brianna lui prouva qu'il avait raison.

Lady Rothburg était une femme d'une sagesse exceptionnelle.

Épilogue

Damien Northfield se renversa confortablement dans son fauteuil, un flacon de whisky à portée de main. Son départ pour l'Espagne avait été repoussé pour diverses raisons d'ordre administratif et cela l'agaçait. En revanche, certains problèmes avaient été résolus de manière satisfaisante.

Son frère cadet s'était marié, et bien marié. Rebecca allait bientôt donner un récital en public. Robert n'avait jamais été homme à respecter les conventions, et avec son audace habituelle, il tenait à faire connaître à tous l'extraordinaire talent de sa femme.

Colton était plus heureux et plus épanoui que jamais. Sa future paternité l'enchantait et Brianna était rayonnante de bonheur.

Il sourit paresseusement à ses deux frères, sans chercher à cacher son amusement.

— Elles l'ont lu toutes les deux ?

— Dieu seul sait à qui ma femme va prêter ce livre, à présent, dit Colton en haussant les sourcils. Je n'essaye même plus de contrôler ce qu'elle fait.

— Tu lui passes tous ses caprices ? interrogea Robert, hilare.

— Peut-être.

— Je suis un grand admirateur de cet ouvrage, ajouta Robert en buvant une gorgée de whisky. Damien, quand tu te marieras, tu demanderas à Brianna de le prêter à ton épouse. Je te promets que tu ne le regretteras pas.

— Je repars en Espagne demain, fit remarquer Damien. Je doute de trouver une fiancée avant mon départ. Mais je n'oublierai pas ce conseil.

— On ne sait jamais, dit Colton. Si on m'avait dit que j'allais vivre une histoire d'amour, je ne l'aurais pas cru.

En effet. Qui aurait pu prévoir que son frère aîné, si guindé, épouserait une jeune femme ravissante et impulsive qui saurait abattre l'image du duc de Rolthven distant et glacial ?

Et qui aurait pu croire que Robert épouserait une jeune femme respectable qui le persuaderait de jouer du violoncelle en public ?

Damien leva son verre.

— Portons donc un toast à l'abominable lady Rothburg.

Épilogue de l'ouvrage
de lady Rothburg

J'espère, ma chère lectrice, que mes conseils vous ont été utiles. Il n'y a naturellement pas de formule infaillible en amour. Mais si je ne devais vous donner qu'un seul conseil pour résumer ce livre, c'est qu'un mariage réussi demande des efforts de la part des deux parties. Ce qui se passe dans le lit, ou n'importe où ailleurs, comme on l'a vu dans le chapitre huit, est important. Le désir sexuel est ce qui nous pousse l'un vers l'autre au départ. Mais ce qui est primordial, c'est le lien que vous allez créer au fil du temps.

Il est essentiel de trouver le bon partenaire, mais savoir le garder est une tâche quotidienne, fort agréable.

Lady Rothburg

Écrit après son mariage, le 19 avril 1802

Découvrez les prochaines nouveautés
des différentes collections J'ai lu pour elle

AVENTURES
&PASSIONS

Le 5 décembre

Inédit   *Le club des Gentlemen - 3 -*
Three nights with a scoundrel ⚭   **Tessa Dare**
Fils illégitime d'un lord, Julian Bellamy passait son temps à
ruiner les aristocrates et à séduire les femmes. C'est Leo
Chatwick, le fondateur du Stud Club, qui lui a ouvert les
portes d'une vie nouvelle. Or, depuis l'assassinat de son
meilleur ami, Julian n'a de cesse de traquer le meurtrier. Par
vengeance. Par amour aussi. Pour Lily, la sœur de Leo...

Inédit   *Il était une fois - 1 -*
Au douzième coup de minuit ⚭   **Eloisa James**
Reléguée au rang de simple servante depuis la mort de son père,
Kate Daltry vit sous le joug de Marianna dont la fille, Victoria, doit
faire son entrée dans le monde. Or, souffrante, Victoria ne peut se
rendre au fameux bal où est convié le prince Gabriel. Il faut à tout
prix trouver une demoiselle qui ira à sa place ! Qu'elle le veuille ou
non, ce sera Kate...

Compromise ⚭   **Judith McNaught**
À dix-huit ans, Elisabeth Cameron fait une entrée retentis-
sante dans le monde. Alors que son frère aîné va accepter l'offre la plus flatteuse, Elisabeth est compromise par Charles
Thornton, au passé et aux origines obscures. Quand il apprend
qu'elle est déjà fiancée, il l'abandonne et Elisabeth fuit à la
campagne.
Deux ans plus tard, elle revoit Charles. Riche et héritier d'un
duché...

Les trois princes - *3* - *Le dernier duel* ✧ **Elizabeth Hoyt**
Au détour d'un chemin, Lucinda trébuche sur ce qu'elle croit
être un cadavre. Le bel Apollon se révèle pourtant bien vivant.
Sans doute a-t-il été attaqué par des brigands. Qui est-il, en
fait ? Un vagabond ou une canaille, comme le redoute le père
de Lucinda, craignant pour la vertu de sa fille depuis l'arrivée
de l'inconnu sous son toit...

Le clan des MacLaren ✧ **Susan King**
Écosse, 1170. Alors qu'elle chasse le gibier, Alainna MacLaren
voir surgir au loin un groupe de cavaliers. Des Normands...
L'un d'eux possède un bouclier décoré d'une flèche blanche sur
fond d'azur. Ce blason, Alainna l'a vu en rêve, sur un
mystérieux guerrier aux cheveux d'or. Son cœur s'emballe. Cet
homme est le messager du destin...

PROMESSES

Inédit *Coup de chaud en Alaska* ☙ **Addison Fox**

Sloan McKinley se demande ce qui lui a pris de quitter New York pour Indigo. Venue expressément dans cette petite ville d'Alaska à la demande de sa meilleure amie, la voilà inscrite à une compétition locale des plus atypiques... un concours de prétendantes ! Parmi les célibataires tant convoités, le beau Walker Montgomery...

Inédit *Un Noël à Virgin River* ☙ **Robyn Carr**

À Noël dernier, Marcie Sullivan perdait son mari Bobby, grièvement blessé après avoir servi en Irak. Pleine de vie et d'espoir, elle part direction Virgin River. Pourquoi cette bourgade perdue dans les montagnes de Californie ? Pour partir à la recherche de Ian Buchanan, un ancien marine et ami de Bobby...

Le 5 décembre

CRÉPUSCULE

Inédit **Le cercle des Immortels - Dark-Hunters - 13 - Le silence des ténèbres** ⋙ **Sherrilyn Kenyon**
Dévoré par la soif de vengeance, Stryker, le chef d'une armée de démons, libère le redoutable War, qui a le pouvoir d'anéantir les dieux de l'Olympe. Alors qu'il s'apprête à livrer bataille, un vieil ennemi surgit de son passé. Zephyra, son ex-femme. Stryker enrage. Car l'attirance qu'il éprouve pour elle risquerait bien de ruiner ses projets.

Chasseuses d'aliens - 2 - Eden en enfer
⋙ **Gena Showalter**
Eden Black n'a besoin de personne pour sauver le monde. Certes, sa dernière mission a été un fiasco. Elle a failli y laisser sa peau et n'a pas su localiser les portails qu'utilisent les aliens pour envahir la planète. Mais de là à lui coller Lucius Adaire comme coéquipier, cet humain arrogant, prétentieux. Et terriblement séduisant.

Le 5 décembre

*P*assion *intense*
Des romans légers et coquins

Inédit **Protections rapprochées - 3 -**
Charisme fatal ✂ **Lisa Marie Rice**
Ancien marine, spécialiste des arts martiaux, Mike Keillor a
fondé une société de surveillance florissante. Doué en affaires,
Mike peut venir à bout de tout danger. Sauf un : les femmes.
Et il y en a une qui est loin de le laisser indifférent. Chloe
Mason, disparue depuis des années, aujourd'hui poursuivie
par la mafia russe…

Plus fort que le désir ✂ **Cheryl Holt**
Philip Paxton a toujours vécu dans l'ombre de son père. Aussi,
quand ce dernier reçoit sa future épouse lady Olivia Hopkins,
Philip met au point sa revanche. Lui, le libertin décrié, va
s'amuser avec cette belle ingénue qu'il devine intrépide sous
ses airs innocents. De fait, Olivia ne résiste pas longtemps à
son charme. Et Philip est bien vite pris à son propre jeu.

Et toujours la reine du roman sentimental :

Barbara Cartland

« Les romans de Barbara Cartland nous transportent dans un monde passé, mais si proche de nous en ce qui concerne les sentiments.
L'amour y est un protagoniste à part entière : un amour parfois contrarié, qui souvent arrive de façon imprévue.
Grâce à son style, Barbara Cartland nous apprend que les rêves peuvent toujours se réaliser et qu'il ne faut jamais désespérer. »
Angela Fracchiolla, lectrice, Italie

Le 5 décembre
Pour l'amour de vous

10083

Composition
FACOMPO

Achevé d'imprimer en Italie
par GRAFICA VENETA
le 8 octobre 2012.

Dépôt légal : octobre 2012.
EAN 9782290055090
L21EPSN000881N001

ÉDITIONS J'AI LU
87, quai Panhard-et-Levassor, 75013 Paris

Diffusion France et étranger : Flammarion